바티칸의
최종병기

바티칸의
최종병기
서랍의날씨

마르 데페스(Mar Defez)에게 이 책을 바칩니다.

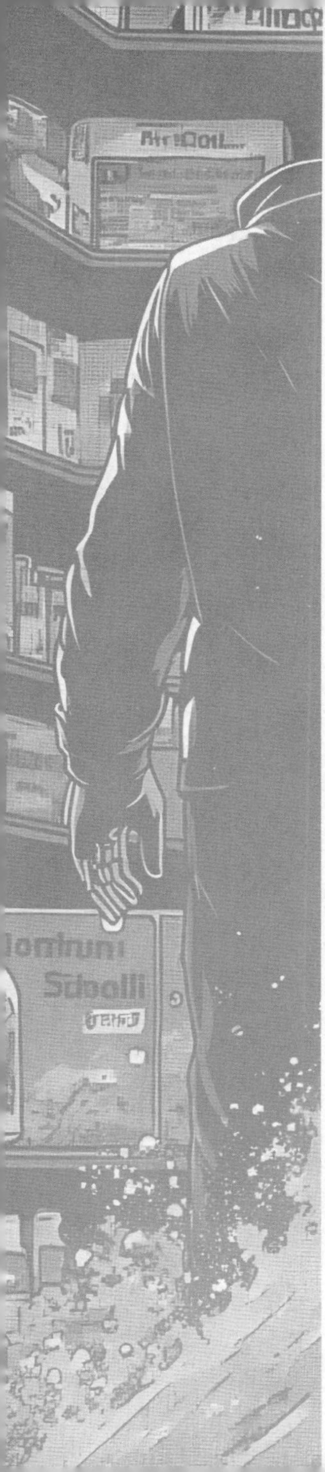

차례

예지몽 9
미지와의 조우 28
미션 임파서블 45
내겐 너무 과분한 그녀들 62
첫 데이트 79
IMF (Impossible Missions Force) 97
남극 돔 106
유럽으로 고고 124
사이비 컬트 종교 140
콩나물 심었다 155
불 좀 꺼주세요 171
오타고스 187
노아의 방주 203
재회 222
도대체 당신은 누구신가요? 239
아들을 만나다 256
곱쟁이 구르드손 274
푸른 소녀 303
호랑이 굴 340
프리 버드 356

에피롱

아주 오래전, 유럽 변방의 어느 조용한 시골에 파벨이라는 80대 노인이 살고 있었다. 어느 날 그는 양들을 몰고 길을 가던 중, 따가운 햇볕에 모처럼 일광욕을 즐기고 있는, 젊은 마태오 신부를 보았다.

"안녕하세요? 신부님! 좋은 한낮입니다."

"아! 반갑습니다. 파벨 아저씨! 오늘도 여전히 들판으로 가는 중이군요?"

신부는 온화한 미소를 띠며 노인을 바라봤다. 신부의 상체는 붉게 달아올라 있었다.

"네, 저야 늘 변함이 없습니다. 10살 때부터 해 오던 양치기를 70년이 넘도록 하고 있습니다. 하하하."

"이제 은퇴하고 쉬실 때도 되지 않았나요?"

마태오 신부는 구부정한 모습에 걷는 것조차 다소 힘들어하는 그에게 안타까운 표정을 지으며 부드럽게 물었다.

"쉬면 뭐 하겠습니까? 몸만 아프지. 그저 저는 주님의 품으로 다시 돌아갈 때까지, 제 자식과 다름없는 이 양들을 돌보며, 삶의 소소한 기쁨을 누리고 있습니다. 아멘."

파벨은 두 손을 곱게 모아 신부에게 고개를 숙였다.

"늘 변함없는, 주님의 은총이 함께 하시길…."

신부와 파벨은 동시에 눈을 감고 성호를 그은 다음 기도를 복창하였다.

"아, 그런데 안 그래도 신부님께 한 가지 여쭈어볼 게 있었는데, 늘 깜빡깜빡하다가 지금에서야 생각이 났습니다. 뭐 그다지 중요한 일은 아니고, 어쩌면 별스럽다고 흉보지 않을까 하여 사실, 좀 조마조마하기도 합니다만…."

파벨은 기도를 마친 후, 갑자기 뭔가 떠오른 듯, 돌아서던 발걸음을 멈춘 채, 주춤거리며 말했다.

"제게는 어떤 질문도 소중하기만 할 뿐입니다. 파벨 아저씨. 그러므로 허심탄회하게 가슴속에 품은 모든 이야기를 털어놓으셔도 좋습니다."

신부는 지극히 낮은 모습으로 파벨의 빛나는 푸른 눈을 쳐다보며 방긋 웃었다.

"그러면, 말씀을 드리도록 하겠습니다. 신부님께서 이렇게 이해해주시니 저로서는 한결 마음 편합니다. 그러니까…. 음…. 제 꿈에 관한 이야기입니다…."

파벨은 기억을 떠올려 차분히 정리하는 듯 눈을 위로 치켜뜨고 잠시 머뭇거렸다.

"아, 꿈요?"

"네, 꿈입니다. 최근에 늘 반복적으로, 똑같은 악몽을 꾸다가 깨곤 합니다. 늙은 육신이다 보니 기력이 쇠하고 피로를 늘 달고 살기는 하지만 정신만큼은 젊은이 못지않게 여전히 강하다고 자부하며 살고 있지만, 이 악몽은 그저 불길하기 짝이 없고 불편하기가 이를 데 없습니다. 신부님."

"어떤 꿈이기에 그러한가요? 파벨 아저씨."

신부는 호기심 가득한 표정으로 노인을 바라봤다.

"어떤 장례식입니다. 그 장면이 생생하기 이를 데가 없습니다. 물론 저의 장례식은 아닙니다. 하지만 무척 고귀하시고 높으신 분의 장례식입니다. 왜냐하면 낮고 어두운 하늘 아래 수많은 인파가 거리를 가득 메운 가운데로 운구 행렬이 이어집니다. 분명 한 사람의 죽음일 텐데, 그 뒤를 따르는 이는 그 끝을 헤아릴 수 없을 정도로 많습니다. 그리고 그 장면을 지켜보는 백성 한 사람 한 사람의 얼굴에는 곧 쓰러져 까무러칠 정도의 슬픔이 담긴 눈물이 맺혔습니다."

"혹시, 운구 행렬의 맨 앞에 펄럭이는 휘장이 어떻게 생겼는지는 기억이 나시는가요?"

신부는 무척 흥미가 당기는 듯한 눈빛으로 파벨에게 물었다.

"네, 물론 당연히 생각이 납니다. 왜냐하면 저는 이 꿈을 열흘간 하루도 빠짐없이 꾸었습니다. 이제는 꿈속의 거리를 장식하는 가로수의 이파리 개수까지 셀 수 있을 정도입니다. 그러니까, 음…. 그 첫 휘장은 붉은 바탕에 녹색과 푸른 수로 만든 용이 등장하고 그 뒤를 따르는 다섯 휘장은 세 갈래로 찢어진 면에 각각의 사자가 포효하는 형상입니다. 신부님."

"그럼, 왕입니다. 왕의 장례식입니다."

신부는 조용히 고개를 끄덕이며 확신에 찬 표정으로 파벨을 부드럽게 쳐다봤다.

"왕이라고요?"

파벨은 소스라치게 놀란 표정으로 믿기지 않는 눈빛을 반짝였다.

"네, 지금의 왕이신, 빌헤름 표도르 7세는 카사카르와 누바스키의 군주이신 아드롬 2세의 장남으로, 시조이신 당탈르 9

세가 젊은 시절 세 마리의 사자를 때려눕히고 나라를 건설하였다 해서 널리 퍼진 휘장이고, 표도르 국왕이 취임하는 그해, 하늘에서 갈라지고 용의 형상을 한 번개가 천지 사방을 메아리쳤다고 해서 만들어진 왕의 으뜸 휘장입니다."

신부는 차분한 어조로 휘장의 역사를 읊어 나갔다.

"그런데 신부님은 어떻게 그렇게 잘 아십니까?"

파벨은 눈을 동그랗게 뜬 채, 경탄을 담은 표정으로 신부를 쳐다봤다.

"저의 출신은 미혹하고 고아로 세 살 때까지 자랐으나, 운좋게 대관자의 양아들로 입양이 되어 늘 가까이에서 왕족을 볼 수 있는 영광을 누렸습니다. 게다가 표도르 국왕의 다섯째 아드님이신, 나르히르 왕자님은 저와 둘도 없는 절친이었습니다."

신부는 최대한 낮은 자세로 그의 배경을 설명했다.

"그런데 어쩌다가 이런 시골에 신부님으로 부임하셨는지요?"

파벨은, 한편 놀라움으로, 또 한편으로는 안타까운 표정이 되어 신부를 우러러봤다.

"그건, 순전히 저의 뜻입니다. 저는 나이가 들수록 읽기와 쓰기, 그리고 주님의 경배에 보내는 시간만이 진정한 제 삶의 기쁨으로 받아들이게 되었습니다. 저는 사람들이 천천히 걷고, 바람이 온순하고, 풍경이 목가적인 세상에 빛을 쏘이며, 앎의 경이에 다다르기를 늘 갈망하였습니다. 그리고 이곳은 그야말로 저에게는 더할 나위 없이 완벽한 곳이고요. 그렇지 않겠습니까?"

"아, 그런 깊은 뜻이 있었군요. 네, 하여튼 감사합니다. 늙은이의 주책맞은 꿈을 들어주셔서…. 그럼 이만 저는 가는 길을 다시 가도록 하겠습니다. 신부님. 고맙습니다."

"아, 그런데 혹시? 아저씨 꿈에 나타난 곳을 이전에 실제로 가보신 적은 있으신가요?"

신부는 막 돌아서려는 노인을 손으로 제지하며 물었다.

"에구, 그럴 리가 있겠습니까. 저는 제 팔십 평생, 이 마을을 벗어나 본 적이 없습니다. 제가 꿈에 보는 모든 도시와 풍경, 거리와 사람들의 모습이 저에게는 모두 생소한 것이었습니다. 그러니 저는 누군가에게 설명하고 싶어도 어떻게 표현해야 할지를 모를 정도였습니다. 신부님."

"거참, 이상하고 신기하기 짝이 없습니다. 혹시 이전에도 이렇게 반복적으로 꿈을 꾼 적이 있으신가요?"

신부는 노인에게 바짝 다가서며 그의 관심을 드러냈다.

"아뇨, 이번이 처음입니다. 신부님. 저는 대체로 일찍, 깊이 잠들고 한번 잠들면 무척 깊이 잠드는 편이라 사실 꿈을 잘 꾸지도 않았습니다. 설령 꾸더라도 흐릿하여 잊어버리거나 무척 황당한 것뿐이었습니다. 이처럼 반복적으로 생생하게 꿈을 꾼 것은 이번이 처음입니다. 신부님."

파벨은 너스레를 떨며 몇 개 남지 않은 이빨을 환하게 드러냈다.

"아, 그렇군요. 아 네, 잘 알겠습니다. 파벨 아저씨. 아무튼 이후라도 이런 현상이 계속된다면 저에게 언제든지 말씀해 주시기를 바랍니다."

신부는 그의 호기심을 최대한 억제하며 말을 맺었다.

"네, 당연히 말씀드리겠습니다. 신부님. 그럼 이만…."

그렇게 헤어진 파벨은 양을 몰고 신선한 목초가 무성하게 자란 들판으로 뚜벅뚜벅 걸어갔다.

그런데 보름 뒤, 이 작은 마을의 유일한 관공서이자 마을 회관에 검은 깃발이 게양되었다. 실제로 빌헬름 표도르 7세가 서거하신 거였다. 이 소식을 접한 신부는 놀라지 않을 수 없었다. 이주 전 파벨의 꿈이 현실이 된 것이다. 그래서 신부는 급하게 파벨을 찾아갔다.

마을에서 제법 떨어진 산 중턱에 자리 잡은 파벨의 집은 오두막에 가까웠다. 마당에는 닭, 오리, 고양이, 개가 뛰어다녔고 뒷마당 텃밭에는 각종 채소가 자라고 있었다. 날은 어느새 상당히 무더워져 신부는 땀이 흠뻑 젖은 채 대문을 조용히 두드렸다. 그리고 기다렸다.

꽤 오랜 시간이 지난 뒤에 인기척이 들리며 노인이 문을 빼꼼히 열었다. 그는 무심한 표정으로 신부를 보고는 깜짝 놀라 문을 확 젖히고 서둘러 신부를 맞았다. 사실 지금까지 이 동네 사람 그 누구도 파벨의 집을 방문하는 적이 없었다.

"안녕하세요? 파벨 아저씨."

신부는 특유의 온화한 미소로 좁은 방을 눈으로 한 바퀴 쓱 둘러보며 노인에게 인사했다.

"오! 신부님께서 어떤 일로 이렇게 누추한 곳까지?"

노인은 당황한 표정으로 널브러진 잡동사니를 대충 정리하고 침대 겸 소파에 자리를 권했다. 그리고 차가운 물 한 잔을 투박한 컵에 담아 대령했다.

"네, 한가지 전할 말씀이 있어서 들렀습니다. 일전에 저에게 들려주신 꿈 말입니다…."

신부는 목을 한 모금 축인 다음 그의 방문 목적을 꺼냈다.

"아, 네. 꿈. 제가 자주 꾼다는 그 꿈 말씀인가요?"

노인은 신부 옆에 나란히 앉아 다소곳이 신부를 바라봤다.

"네, 맞습니다. 그 장례식 꿈…. 그런데 사흘 전 실제로 국왕께서 서거하셨다는 통보를 받았습니다."

신부는 경이로운 눈빛으로 노인에게 조용히 속삭였다.

"서거했다면?"

언뜻 신부의 말을 이해하지 못한 파벨은 눈을 크게 뜨고 다시 물었다.

"네, 왕께서 돌아가셨습니다."

파벨은 신부의 말에 뒤통수를 크게 맞은 듯 화들짝 놀라며 턱과 손을 덜덜 떨기 시작했다.

"이런, 불경스러운 짓을 내가 저지러다니…."

파벨은 그 자리에서 바닥에 쓰러질 듯, 털썩 주저앉아 머리를 조아리며 신부님께 용서를 빌었다. 그러자 신부는 당황한 듯한 표정으로 그를 두 팔로 감쌌다.

"이건, 파벨 아저씨의 잘못이 절대 아닙니다. 단지 주님의 뜻이 반영된 결과일 뿐입니다. 그러므로 너무 심려하시지 마시고 죄책감도 느끼지 않으셔도 됩니다. 아멘."

"하지만, 어떻게 이런 엄청난 일이 무지렁이로 살아온 저에게 일어난단 말입니까?"

노인은 흐느끼듯, 어깨를 들썩거렸다.

"어찌, 어리석은 인간이 높으신 주님의 뜻을 한치라도 이해할 수 있겠습니까? 그저 받아들이고 기도하심으로 정성을 보살피는 것만이 최선이라고 생각합니다. 파벨 아저씨."

신부는 노인을 다시 침대에 앉힌 뒤 그의 손을 살포시 잡으며 위로했다.

"네, 신부님, 그럼 그렇게 알고 간절한 기도와 참회의 묵송을 바치도록 하겠습니다. 감사합니다. 이렇게 귀하신 분이 이곳까지 애써 오셨으니….”

노인은 눈물을 훔치며 신부를 바라보았다.

“아닙니다. 파벨 아저씨. 제가 응당 해야 할 일을 하기 위해 이 자리에 있는 것뿐입니다. 그리고 한가지 질문을 드리자면….”

“네, 신부님. 무엇이 궁금합니까?”

“혹시, 아직도 그 꿈을 계속 꾸시는 가요?”

신부는 노인의 안색을 찬찬히 살피며 조심스레 물었다.

“아이고, 아닙니다. 신부님. 요즈음은 아주 편하게 잘 자고 있습니다. 신기하게도 신부님께 말씀을 드린 그날 이후 지금까지 저는 어떤 꿈도 꾸지 않고 있습니다.”

안정을 되찾은 노인은 합죽한 표정을 지었다.

“아, 그러시군요. 무척 다행입니다.”

신부는 고개를 끄덕였다.

“네, 안 그래도 한번 찾아뵙고 고맙다는 인사를 드리려고 하였습니다. 저의 악몽을 싹 고쳐주셨으니깐요. 신부님.”

노인은 다시 미소를 보이며 신부에게 고마움을 표했다.

“네, 그러면 안심입니다. 파벨 아저씨. 그러면 주님의 은총이 가득하여지시길…. 이만….”

신부는 컵을 비우고 자리에서 일어났다.

“네, 감사합니다. 신부님….”

신부는 파벨에게 작별하였다. 그리고 그해 겨울이 오기까지는, 파벨 노인에게 아무 일도 일어나지 않았다.

그러던 어느 날, 추위가 막 시작되어 마을이 얼어붙기 시작한 새벽쯤에 파벨은 급히 성당 옆 성직자 숙소의 문을 다급히 두드렸다.

"신부님! 신부님!"

어둡고 조용한 마을을 깨우는 듯한 소리에 동네 개들이 하나둘씩 짖기 시작했다. 신부는 자정 미사를 막 끝내고, 깊은 잠이 들었지만, 계속되는 소음에 겨우 눈을 떴다. 그리고 창문을 조금 열었다. 뼛속을 뚫는 찬바람이 쏟아졌다. 그는 파벨을 알아채고 서둘러 문을 열어 그를 맞이했다.

"아, 네, 파벨 아저씨! 이 야심한 밤에 어쩐 일이십니까?"

신부는 칼칼한 목을 억지로 다듬으며 겨우 입을 열었다.

"네, 신부님, 아무래도 지금 말씀드리지 않으면 또 까먹을 것 같아서 이렇게 왔습니다. 송구합니다. 잠을 깨울 생각은 추호도 없었습니다."

노인은 바들바들 몸을 떨며 겁에 잔뜩 질린 표정으로 신부를 응시했다.

"아, 네, 괜찮습니다. 파벨 아저씨. 뭔가 틀림없이 중요한 일인 것 같은 느낌이 드는군요."

신부는 애써 그를 달래며 그에게 따뜻한 와인 한잔을 따라 건넸다. 하지만 노인은 마실 엄두도 내지 못한 채, 잔을 든 채, 손을 바르르 떨었다.

"에구, 뭐 이게 중요한지 아닌지는 신부님의 뜻에 따르겠지만…. 제가 워낙 기억이 오락가락하는지라…. 지금 생각날 때 말씀드리지 않으면 또 한 며칠을 까먹을 것 같아서 이렇게 불편한 자리를 만들고야 말았습니다. 신부님."

노인은 머리 숙여 신부에게 용서를 구했다.

"네, 무슨 뜻인지는 잘 알겠습니다. 아저씨. 그래 무슨 일이신가요? 혹시 꿈 이야기인가요?"

신부는 다시 찾아온 호기심에 참지 못하게 서둘러 물었다.

"네, 맞습니다. 제가 같은 꿈을 또 꾸기 시작했는데, 매일 아침이 되면 신부님께 말씀드려야지 하고선 오후가 되면 그만 까먹어 버리고 또 다음 날 아침이면 생각나고…. 이러기를 사흘 내리 하다가 오늘은 새벽에 깨자마자 이렇게 달려왔습니다. 신부님."

"아, 네, 어떤 꿈입니까? 또 왕과 관련된 꿈인가요?"

신부는 조급하게 다시 물었다.

"아닙니다. 이번에는 우리 동네에 관한 것입니다."

"우리 동네?"

신부의 얼굴이 기대감으로 바짝 달아오르기 시작했다.

"네, 그렇습니다. 그러니까 그게…. 함박눈이 내린 날 아침입니다. 온 세상이 하얗게 색칠한 듯 눈부시게 아름다운 날이었습니다….”

노인은 그제야 손에 쥔 포도주잔이 생각났는지 한 모금 홀짝이고는 말을 이어갔다.

“그런데요?”

신부는 조급함에 고개를 파벨 아저씨에게로 바싹 다가가며 물었다.

“저 멀리 언덕 너머에서 한 무리의 군인이 마을로 쳐들어왔습니다….”

노인은 다시 와인을 홀짝였다.

“그리곤요?”

신부는 살짝 긴장하기 시작했다.

“우리 마을에 사는 모든 주민과 동물을 다 죽였습니다. 그 군인들이….”

노인은 겁에 질린 표정을 지으며 남은 와인을 꿀꺽 삼켰다.

“악몽이군요….”

신부의 눈동자가 강하게 흔들렸다.

“네, 저는 내리 사흘 동안 아침이면 온몸이 땀으로 범벅이 된 채 깼습니다. 추운 방에서 말입니다.”

금세 얼굴이 달아오른 노인은 다시 몸을 떨었다.

"음…. 그 꿈이 현실이 된다면 불행하기 짝이 없는 상황이군요…. 하지만…. 아저씨도 잘 아시다시피 이곳은 지난 300년 동안 훌륭한 성품의 군주가 다스리는 평화롭기 그지없는 나라이지 않습니까?"

신부는 애써 불안한 마음을 감춘 채, 짐짓 태연한 척, 평화로운 표정으로 노인을 바라봤다.

"네, 맞습니다. 저는 전설에서나 전쟁을 들어 봤지 제 평생 전쟁은커녕 분란조차 일어나지 않은 소박하고 정겨운 마을에 살고 있다는 즐거움에 살고 있기는 합니다."

노인도 신부의 얼굴이 어둡지 않음을 인지하고 맞장구를 쳤다.

"네, 맞습니다. 그래서 제가 이 마을을 택한 이유이기도 합니다…. 아무튼 감사합니다. 이렇게 어두운 새벽에 먼 길을 손수 오셔서…."

"아, 아닙니다. 괜히 신부님의 잠만 깨우고 또 괜한 걱정을 일으키게 한 것 같아서 송구스럽기만 합니다. 아무튼 저는 오늘부터 또다시 꿈을 꾸지 않기를 바라며 물러가도록 하겠습니다."

신부의 위로에 용기가 생긴 듯, 노인은 작별 인사를 하였다.

"이왕 이렇게 오셨으니, 따뜻한 와인을 한 잔 더 드시고 몸을 충분히 녹인 다음 떠나시기를 바랍니다. 찬 바람을 너무 많이 쐬시면 몸이 상할까 두렵습니다. 그리고 한가지, 혹시라도 모르니 꿈 이야기는 저와 아저씨만 간직하도록 하겠습니다."

신부는 이게 제발 신의 뜻이 아니기를 희망하며, 혹여나 이런 흉흉한 이야기가 세상에 알려질까를 두려워하기 시작했다.

"네 감사합니다."

◆◆◆

파벨이 떠나고 난 뒤, 그날 아침. 꿈이 계속해서 마음에 걸린 신부는 혹시나 하는 마음에, 파발마를 수도에 띄웠다. 그리고 반나절 만에 접한 소식은 불안하기 짝이 없었다. 성군으로 알려진 왕의 장례식이 끝나고 새 왕으로 등극한 하빈 괘찬 17세는 나이가 겨우 일곱 살이었다. 그래서 왕의 섭정을 두고 친어머니와 왕비 간의 알력이 다툼으로 번지고 급기야 두 가문 간의 전쟁으로 확산되고 말았다는 거였다. 더욱 불안한 거는 이 마을을 호령하는 귀족이 바로 왕비의 가문이었다.

신부는 뭔가 심상치 않음을 직감했다. 그는 서둘러 마을

이장을 찾아가, 파벨의 꿈 이야기는 숨긴 채, 서울에서 현재 벌어지고 있는 사태를 설명하고 동네 청년들을 소집했다. 우선 마을 입구에 봉화대를 설치하고 마을 곳곳에 꽹과리를 두었다. 그리고 마을 주민을 산속으로 이끌 선발대를 훈련하고 피난처에는 최소한의 양식을 보관해 두었다.

그리고 얼마 지나지 않아 노인이 꿈에서 본 그대로, 함박눈이 펑펑 내린 다음 날 아침, 군인들이 쳐들어왔다. 마을 주민들은 연습한 대로 신속하게 피신하였다. 그리고 산속 피신처에서 자신들의 마을이 불타오르는 장면을 불안한 시선으로 지켜봤다. 그렇게 다들 목숨을 부지한 마을 주민들은 신부님께 무한한 감사를 잊지 않았다. 하지만 파벨의 꿈에 대해서는 아무도 몰랐다. 신부는 파벨이 예언자라는 사실이 알려지면 삽시간에 소문이 퍼질 것이고 그러면 그의 평화로운 삶도 깨질 게 당연하다는 것을 잘 알고 있었다.

그리고 그날 이후, 신부는 매주 두 번씩 은밀히 파벨을 찾아가서 그의 꿈 이야기를 기록하기 시작했다. 하지만 마태오 신부는 여전히 파벨의 꿈이 정말 예언이 맞는지, 그리고 하나님의 말씀이 맞는지에 대해 확신할 수는 없었다. 게다가 더욱 궁금한 것은, 이러한 예언을 지난번처럼 인간의 의지로 바꿀 수 있는지에 대한 여부였다. 하지만 신부의 그러한 궁금증은 이내 확신으로 바뀌었다.

어느 날, 파벨은 또다시 신부를 찾아와 다급한 사연을 그에게 알려주었다.

"선한 왕비가 독살되는 꿈을 꾸었습니다. 신부님!"

겨울의 끝자락이었지만 여전히 쌀쌀한 날씨임에도 노인은 땀을 뻘뻘 흘리고 있었다.

"감히 누가 왕비를 시해한단 말입니까?"

신부는 다급한 목소리로 물었다.

"시종입니다. 이마에 붉은 점이 박힌 시종이 독초를 끓인 차를 대령합니다. 신부님!"

노인은 부들부들 떨리는 팔다리를 주체하지 못한 채, 절박한 심정으로 신부의 귀에다 속삭였다.

신부는 그 즉시 가장 빠른 말을 몰아 수도로 달렸다. 그리고 그의 가장 친한 친구인, 나르히르 대군에게 이 사실을 은밀히 고했다. 시종은 즉시 잡혔고 그의 숙소에서 증거물이 나왔으며, 문초 끝에 모든 게 사실이라는 자백을 받아 내었다. 신부는 안심하고 떠나면서 친구에게 이 사실을 절대로 발설하지 말기를 신신당부했다. 그리고 마침내 그는 모든 것을 받아들였다. 이 모든 것은 신의 뜻이고 파벨은 선택된 예언가이며 그의 예언은 인간의 의지로 바꿀 수 있다는 진실을 ….

그렇게 세월은 흘러, 어느덧 아흔이 된 파벨은 신부의 축복 속에서 눈을 감았다. 그리고 신부의 비밀 서재에는 파벨의 꿈을 기록한 10권 분량의 책이 쌓였다. 그 속에는 수많은 신의 예언이 적혔다. 그리고 신부는 생각했다.

혼자 힘으로 이 모든 예언을 해석하고 준비하고 그에 따른 실천을 하기란 정말 힘들다는 사실을…. 그래서 은밀히 바티칸에 편지를 보냈다. 몇 주 후, 바티칸에서 온 답장에 따라 신부는 로마로 향했다.

바티칸에서 교황을 알현한 신부는 그간, 파벨에 관한 그의 경험을 모두 사실대로 들려주었다. 그리고 책을 내밀었다. 그는 그동안 발생한 사건과 관련하여 책에 기록된 예언을 하나씩 비교해가며 설명했다. 교황은 놀라움과 당혹함을 감출 수 없는 얼굴로, 연신'아멘'을 외치며, 신부의 이야기를 경청했다. 신부가 지적한 예언은 모두 12가지로 하나도 틀리지 않고 사실로 드러났다. 그중에는 전임 교황의 갑작스러운 서거도 실려 있었다.

곧이어 긴급 비밀회의가 열렸다. 바티칸에서 기적 혹은 설명할 수 없는 현상 그리고 영매, 퇴사를 담당하는 극소수의 추기경들이 소집되었다. 그들은 사흘 낮 사흘 밤을 지새우며 파벨의 꿈을 모두 훑어보고, 놀라움과 동시에 불안감 그리고 신에 대한 경외를 논했다.

나흘째 되던 날, 마침내 이 예언서들은 모두 지하 깊숙이 은밀한 장소에 봉인이 되었다. 그리고 파벨의 예언서를 연구하는 7인의 학자가 선발되었다. 그들은 침묵의 서명을 한 뒤, 매달 1회 모여서 예언서의 해석과 대비책을 정하고 교황에게 조언하도록 명받았다. 이 모임의 이름을 〈파벨코란데오〉로 명하였고, 책임자는 마태오 신부가 맡았다. 만약 7인의 학자 중 누군가가 죽게 되면 나머지 6인이 의논하여 새로운 학자를 뽑도록 하였다.

이 비밀회의는 천 년 동안 이어졌다. 그동안 교황과 극소수 추기경을 제외한 누구도 이 비밀 모임의 존재를 알 수 없었다. 교황에게 전하는 조언은 오직 말로만 전달하였고, 비밀을 누설하는 학자는 지금까지 단 한 명도 없었다. 그들의 가족에게조차 발설하지 않았다.

하지만 그들은 알고 있었다. 파벨의 꿈 중 가장 충격적인 예언이 곧 임박했다는 사실을.

그들은 염려하고, 그들이 취할 수 있는 모든 것을 준비하고 조용히 그날을 기다렸다.

그 시발점은, 로마에서 9,000km나 떨어진 대륙의 동쪽, 대한민국의 수도, 서울의 어느 초라한 원룸에서 비롯하였다.

미지와의 조우

박칠규는 오늘 절망했다. 그가 삼 년 동안 공을 들인 여자 친구에게서 차인 것이다. 그의 나이 이제 서른아홉. 평범한 외모에 어중간한 중소기업을 다니고 있는 그는, 그의 마지막 희망이 사라짐을 분노와 고통의 시선으로 쳐다봤다. 그녀에게 장가가기 위해 그는, 물질적으로 정신적으로 아낌없이 투자했다. 한마디로 몰빵을 한 것이다. 그는 자신에게 들어가는 모든 비용을 극한의 절약 정신으로 아껴가며, 돈을 끌어모아, 비록 전세지만 자그마한 아파트를 구매하고 필요한 세

간살이를 모두 준비하였다. 그리고 오늘, 그는 드디어 그녀에게 프러포즈하기 위해, 작은 다이아몬드 반지를 준비하여 고급 레스토랑에서 그녀를 맞이했다. 하지만 그녀는 싸늘한 미소와 함께, 미안하다는 말 한마디조차 하지 않은 채, 모든 것을 거부하고 나가 버렸다. 그리고 그와 관련한 모든 SNS 계정을 차단했다.

이로써 그는 공식적으로 99번의 맞선을 보았고, 그중에 10회 이상 데이트에 성공한 7명의 여인에게 모두 버림받게 된 비극의 주인공으로 등극했다. 그는 이제 더 이상 살 가치를 찾을 수 없었다. 돌이켜보면 그는 첫사랑 이후, 단 한 번도 어떤 여인에게서 〈사랑한다〉라는 말을 들어본 적이 없었다. 성격이 모난 것도 아니고 말을 어눌하게 하는 것도 아니며, 외모가 혐오스러운 것도 아닌데다 교양이나 예의가 없는 것도 아닌데, 이상하게도 그의 사랑 전선은 늘 참혹한 패전으로 이어졌다. 그리하여 그는 마침내 모든 것은 내려놓았다.

그는 회사에 사표를 내고 모든 재산을 처분하여 형제들에게 골고루 나누어주었다. 그리고 선산에 들러 돌아가신 부모님께 큰절을 올리고 유서를 작성한 뒤, 새벽 3시 차를 몰고 한강으로 향했다. 비가 억수같이 쏟아지는 그 날, 그는 마포대교 근처에 차를 주차하고 천천히 다리를 걷기 시작했다. 그리고 마침내 다리의 중간 지점에 왔을 때 그는 크게 심호

흡을 두 번 하고 아래를 내려다봤다. 검은 물결이 아귀처럼 입을 쫙 벌리고 있었다. 그 순간, 그는 주마등처럼 흐르는 그의 짧은 생을 되돌아봤다. 늘 가슴 한쪽 저편에 무겁게 자리 잡은 그의 첫사랑, 송미자. 그는 그때 느꼈다. 그가 아무리 부정하려고 애쓰고 달아나려고 노력했지만, 결국 그는 다른 여자를 사랑할 수도 사랑받을 수도 없는 불쌍한 존재라는 것을 …. 그는 사랑의 처음이자 마지막인 미자를 생각하며 다리의 난간에 올라 아낌없이 몸을 공중으로 날렸다. 그리고 서글픈 그의 사랑에 작별을 고했다.

◆◆◆

그가 눈을 떴을 때 모든 것이 생소했다. 작고 단출한 흰색 방에 흰색 침대에 흰색 모포를 덮고 그는 누워 있었다. 그는 그 순간 생각했다.

'아 이곳이 바로 천국이구나'

그의 옷도 흰색 잠옷이었으며 흰색 화병에 흰색 안개꽃이 흐드러지게 꽂혀 있었다. 모든 게 단색이지만 창문만을 예외였다. 길고 좁은 창문에 비친 세상은 그가 늘 보아온 평범한 하늘과 도시였다.

'아, 천국도 현세와 그다지 다르지는 않구나' 하고 그는 그때 생각했다.

그는 천천히 일어나 창문으로 다가갔다. 푸른 하늘 아래, 새들과 기찻길, 차량이 보이고 바람에 흩날리는 나뭇가지를 지켜봤다. 그러자 그는 〈내가 여전히 살아 있다〉라는 의구심을 갖지 않을 수 없었다. 혼란과 의문이 그를 휘감았다. 그리고 그때, 노크 소리와 함께 흰색 가운을 입은 간호사가 나타났다. 그는 그 순간 머릿속을 휘젓던 생각을 묻지 않을 수 없었다.

"혹시, 여기가 천국인가요?"

그러자 간호사는 한심하다는 표정으로 그를 쳐다보며 차갑게 말했다.

"박칠규 환자님, 여기 누우셔서 바지 내리셔요…. 주사 들어갑니다. 항생제 주사니까 좀 아플 거예요."

◆◆◆

박칠규는 한동안 멍하니 누워 있었다. 머릿속이 짜장면과 스파게티를 섞은 놓은 것처럼 혼란스럽고 지저분했다.

'나는 틀림없이 차디찬 강물 속으로 속절없이 뛰어들었는데…?'

'누가 나를 구한 거지? 어떻게? 왜?'

그의 궁금증은 점점 쌓여만 갔다. 하지만 그 누구도 속 시원하게 그에게 설명해 주지 않았다. 그가 담당 간호사를 붙잡고 겨우 얻어낸 지식으로는, 그가 누군가에 의해 병원으로 실려 왔고 누군가가 나 대신 입원 절차를 밟았다는 것뿐이었다. 게다가 이 병원 최고층 MVP 병실로.

그는 어안이벙벙한 채 이틀을 병원에서 더 보낸 뒤 퇴원하였다. 퇴원 절차도 이미 누군가가 다 처리한 상태였다. 다만 그 누군가에 대해서는 아무도 입을 열지 않았다.

박칠규가 병원 문을 막 나서려고 하는데 자신을 돌봤던 그 간호사가 따라 나오더니 갈색 봉투를 그에게 내밀었다.

"이게 뭔가요?"

칠규는 봉투를 손에 든 채 멍하니 간호사를 쳐다봤다.

"글쎄요. 저도 부탁받은 거라 모르겠어요. 단지 퇴원할 때 드리라고만 하셨어요. 그럼 잘 가시기를 바랍니다. 그리고 이젠 딴마음 먹지 마시고요."

"아, 아, 예, 아무튼 감사합니다. 그러면 이만."

칠규는 돌아서며 서둘러 봉투를 열어 보았다. 그곳에는 명함 한 개와 오만 원권 지폐가 10장 들어 있었다. 칠규는 명함을 이리저리 살폈다. 명함은 단순하기 그지없었다. 이름과 주소뿐이었다. 그런데 이름이 좀 이상했다. 〈가브리엘〉. 그리고 명함 뒷면에는 다음과 같은 글이 적혀 있었다.

'최대한 빠른 방문 요망'

집으로 돌아온 그는 한동안 막막하고 답답한 상태로 누워만 있었다. 그가 작성한 유언은, 여전히 책상에 그대로 있었다. 그의 방은 모두 정리가 된 상태라 텅 비었다. 당장 갈아입을 속옷도 없었다. 원룸도 일주일 뒤에는 비워두어야만 했다. 직장도 이제 없고 당장 뭔가를 할 용기도 나지 않았다. 그저 반듯이 누운 채 왜 자기가 죽지 않았는지를 곱씹을 뿐이었다. 그리고 생각했다. 틀림없이 이 명함에 적힌 이 사람만이 자신의 의문에 답해주리라는 것을….

다음 날 이른 아침, 그는 편의점에서 삼각김밥과 컵라면으로 때운 뒤, 명함에 적힌 주소로 가기 위해 택시를 탔다. 택시는 꽤 오랜 시간 달려, 시 외곽에 있는 어느 한적한 수도원 앞에 멈추었다. 비가 처량하게 내리고 있었다. 음산하기 이를 데 없는 검고 투박한 건물이 그를 두렵게 하였다. 잠시 돌아갈지 하다가 그는 어차피 이래도 죽고 저래도 죽을 건데 뭐가 두려울지 하며, 자신을 다 잡은 다음 천천히 건물의 입구로 갔다. 그리고 벨을 눌렀다.

한참 뒤, 검은 사제복을 걸친 백발의 노인이 문을 열어 주었다. 그는 구부정한 자세로 말없이 그를 맞은 뒤, 따라오라는 시늉을 하더니 앞서 나갔다. 빼곡히 들어찬 수풀 사이로 좁고 구부정한 길이 끊어질 듯 이어졌다. 그렇게 한참을 간

다음 그들은 붉은 녹이 잔뜩 낀 거대한 철문 앞에 이르렀다. 노인은 힘에 부치는 듯 몇 번 헛기침하더니 천천히 대문 손잡이의 고리를 톡톡 두드렸다. 그리고 꽤 한참 그들은 기다렸다. 서걱거리는 음울한 바람이 비와 함께 박칠규의 속을 파고들었다. 그는 한기와 공포를 느끼며 몸을 떨었다.

이윽고 큰 철문이 끼익하며 열렸다. 안은 칠흑같이 어두웠다. 그저 눈앞 저 멀리 아롱거리는 불빛만 보일 뿐이었다. 박칠규는 이제 그가 한강 물에 뛰어 내릴 때보다 더한 공포를 느끼며 억지로 그의 뒤를 따랐다. 그렇게 한참을 갔다. 이윽고 어둠이 눈에 익을 때쯤, 칠규는 지극히 단순한 홀에 다다랐다. 중앙에는 둥근 탁자가 놓여 있었다.

그곳에는 모두 여덟 명의 사제가 앉아 있었다. 그들은 칠규를 보더니, 나머지 9번째, 빈자리에 앉을 것을 권유했다. 그가 조심스레 착석하자 그들은 일제히 눈을 감고 알 수 없는 기도문을 중얼거렸다. 그 사이 박칠규는 불안한 눈으로 그들을 하나하나 훑어봤다. 같은 복장을 하였으나 그 모습은 모두 제각각이었다. 나이도, 얼굴 생김새도, 덩치도 모두 달랐다.

기도가 끝나자 일제히 그들은 칠규를 쳐다봤다. 칠규의 심장은 폭주 기관차처럼 뛰었다. 그중에 한 사제가 입을 열었다.

"여기까지 모시게 되어 영광입니다. 박칠규님."

그 사제는 그들 중 유일하게 아시아인처럼 보였다.

"아, 네…. 어떻게 제 이름을?"

박칠규는 손발을 달달 떨면서 얼떨떨한 표정으로 그를 쳐다봤다.

"네, 우선 저희 소개를 먼저 하는 게 합당할 것으로 보입니다. 박칠규님이 보시고 추측하신 대로 저희는 모두 사제입니다. 저는 요셉 신부입니다. 저는 지금 통역사로 여기 와 있습니다. 나머지 일곱 사제분은 모두 로마 바티칸에서 오셨습니다. 파벨코란데오라는 모임의 회원이십니다."

"혹시, 저는 죄송하지만, 저는 종교가 없습니다. 하나님이나 신을 믿지도 않고요…. 그래서 그러는데 혹시 뭔가 착각하거나 잘못된 것이 아닌가 해서 여쭈어봅니다만…."

칠규는 모기 같은 목소리로 떠듬거리며 말했다.

"아, 네 박칠규님의 종교에 대해서는, 저희는 사실 관심이 없습니다. 그리고 우선 죄송하지만, 확인이 필요해서 그런데 바지를 좀 내려주시겠습니까?"

"네? 바지를요?"

박칠규는 그 순간, 다큐멘터리에서 봤던 변태 사제가 떠올랐다. 갑자기 지옥으로 떨어지는 듯한 절박함이 그를 휘감았다.

"네, 바지만 내리면 됩니다. 박칠규님. 팬티는 안 내려도 됩니다."

박칠규는 요셉 신부의 말에 더더욱 소스라쳤다. 이게 지금 꿈인지 현실인지 구분도 되지 않았다. 그는 순간적으로 자리를 박차고 일어나 뛰쳐나가고 싶었다. 하지만 그를 쳐다보는 여덟 사제의 눈빛이 너무도 진지하였다. 그들의 엄숙한 모습은 마치 자신을 죽여서라도 바지를 벗길 것만 같은 느낌이었다. 그는 고개를 세차게 저으며 온 힘을 다 짜내 천천히, 또박또박 말했다.

"정말 팬티는 안 내려도 됩니까?"

"네, 박칠규님. 죄송하지만 잠시만 내려주시면 되겠습니다."

요셉 신부는 박칠규를 안심시키려는 듯, 최대한 아름다운 미소를 지으며 그에게 요청했다. 결국 박칠규는 엉거주춤한 자세로 서서 혁대를 풀고 두 손으로 바지춤을 꽉 잡은 후, 두려움에 떨면서 바지를 천천히 내렸다. 바지가 거의 종아리 밑으로 내려갔을 때쯤, 모든 신부가 벌떡 일어나 그의 곁으로 모여들기 시작했다. 그러고는 찬찬히 그의 종아리를 살폈다. 그러더니 알아들을 수 없는 말을 서로 주고받기 시작했다. 누군가는 언성이 높아지기도 하고 누군가는 고개를 끄덕거리고 누군가는 심지어 그의 종아리를 만지기까지 했다.

그리고 가장 나이가 들어 보이는 사제는 그의 침을 집게손가락에 바르더니 박칠규 종아리에 대고 문지르기까지 하였다. 박칠규는 이 경악스럽고 변태스러운 사제들의 행위에 까무러칠 뻔한 충격을 받았으나 그들에게 완전히 압도당해 어쩌지를 못하고 그냥 서 있었다.

"박칠규님, 감사합니다. 이제 바지를 입으셔도 되겠습니다."

모든 사제가 제자리로 돌아가 착석하자, 요셉 신부가 상냥한 목소리로 말했다. 박칠규는 총알 같은 속도로 바지를 입고 제풀에 지쳐 자리에 풀썩 주저앉았다.

"이제, 한 가지 묻겠습니다. 박칠규님. 종아리에 난 흉터는 언제 생긴 건가요?"

"흉터요?"

그제야 그는 자신의 왼쪽 종아리에 난 흉터가 생각났다.

"아, 그 흉터는…. 음…. 제가 초등학생 때 동네 형들과 불장난하다가 생긴 상처입니다. 하도 오래전이라 저는 까마득히 잊고 있었습니다. 그런데 그 흉터를 왜 물어보시는지?"

요셉 신부는 칠규의 질문에 대답은 하지 않고 고개를 돌려 다른 사제들과 다시 수군거리기 시작했다. 그러고는 가방에서 두툼한 문서를 꺼내, 요리조리 책장을 넘기더니 한곳을 짚으며, 칠규에서 말했다.

"이 책에 적힌 내용을 지금부터 제가 번역해서 읽어 드리도록 하겠습니다."

신부는 잠시 숨을 고르더니 한 문장 한 문장 번역해 나가기 시작했다.

'남자의 종아리에 용이 보입니다. 흐리고 작지만 분명 용입니다.'

박칠규는 어안이벙벙했다.

"그게 제 종아리에 있는 흉터하고 무슨 상관인지?"

그러자 요셉 신부는 백지에 연필로 박칠규의 흉터를 그렸다.

"어떻습니까? 박칠규님. 용과 흡사하지 않습니까?"

자신의 흉터 그림을 찬찬히 들여다본 박칠규는 이게 용인지 아닌지 아리송하기만 하였다. 자신의 흉터가 그저 못생겼다고만 생각했지, 용을 닮았을 줄은 꿈에도 생각 못 했던 일이었다.

"하지만…. 설령 제 흉터가 용이라고 쳐도, 왜 나의 종아리가 저 책에 실려 있는 건가요? 그것도 알 수 없는 문자로?"

그러자 다시 요셉 신부는 사제들과 토론하기 시작했다. 꽤 오랫동안 많은 이야기를 주고받더니 드디어 박칠규에서 고개를 돌려 말했다.

"아, 네. 죄송합니다. 박칠규님. 이제 모든 사제가 동의하였으므로 진실을 말씀드리도록 하겠습니다."

그러면서 그는 1,000년 전에 있었던 한 늙은 예언가와 신부에 얽힌 이야기를 그에게 상세히 털어놓았다.

"하지만…. 그럼 제 종아리에 관한 어떤 예언이 적혀 있다는 건가요?"

박칠규는 신부의 이야기를 들으면 들을수록 점점 많은 의문점이 생겨났다.

"네, 그에 관한 이야기도 곧 말씀드리겠습니다. 다만 한가지 지금부터의 이야기는 너무도 중요한 이야기이기 때문에, 누구에게도 발설하지 않겠다는 서명이 꼭 필요합니다. 동의하시겠습니까?"

요셉 신부는 갑자기 심각한 표정으로 칠규를 노려봤다.

"서명요? 만약 약속을 어기면 어떻게 되는 건가요?"

박칠규의 질문에 신부는 당혹한 표정으로 말을 더듬거리기 시작했다.

"음…. 그 그러니까…. 죄송합니다만…. 신부로서 이런 말씀을 드린다는 게 합당하지 않다는 것은 잘 알고 있습니다만…. 박칠규님의 목숨을 빼앗을 수도 있습니다."

그런데 그 순간 칠규의 입에서는 예상하지도 못한 웃음이 빵하고 터졌다.

"하하하…. 어차피 죽으려고 했던 건데…. 억지로 살려 놓고는…. 하하하…."

그러자 그동안 아주 심각한 표정으로 앉아 있던 모든 사제가 영문도 모른 채 덩달아 웃기 시작했다.

웃음이 잦아들기 시작할 때쯤, 요셉 신부는 헛기침을 몇 번 하더니 박칠규를 빤히 쳐다보며 한 장의 문서를 내밀었다. 그곳에도 역시 이상한 글씨가 가득 적혀 있었다. 박칠규는 당황하지 않을 수 없었다. 무슨 내용인지 전혀 알 수가 없었다.

"혹시 번역된 문서는 없는가요? 신부님."

문서의 내용을 보던 신부는 급하게 다른 문서를 찾아서 내놓았다.

"죄송합니다. 라틴어로 된 문서를 드렸군요. 여기 한글로 번역된 문서입니다. 여기 요 밑에 날짜와 성명, 그리고 서명하시면 되겠습니다."

그곳에는 깨알 같은 한글 문서가 빼곡히 적혀 있었다.

"와! 내용이 알아볼 수 없을 정도로 많은데요?"

박칠규는 문서를 눈 가까이 들여다보며 신부에게 투덜거리며 말했다.

"아, 죄송합니다. 워낙 중요한 사안이라…. 간단하게 말씀드리자면…. 박칠규님과 관련한 어떤 사실이 세상에 알려지더라도 저희는 모든 관계를 거부할 것입니다. 즉, 저희는 당신을 전혀 알지 못할 뿐만 아니라 만난 적도 없다는 게 요지입니다."

"꼭 이렇게까지 해야 하는 건가요?"

박칠규는 길게 한숨을 쉬며 요셉 신부에게 물었다.

"그만큼 중요한 사안입니다. 저희는 지금 세상의 종말과 관련한 이야기를 하고 있습니다."

"세상의 종말요?"

박칠규는 믿기지 않는다는 듯 혀를 내둘렀다. 하지만 내심 빈정거림도 다분히 담고 있었다.

'종말이라고? 웃기고 있네!'

"네, 가까운 미래에…. 기계들이…."

요셉 신부는 어두운 표정을 지었다.

"가까운 미래에? 기계들이?"

그러자 그 순간, 박칠규는 다시 한번 빵하고 웃음이 터졌다.

"하하하…. 그거 영화잖아요…. 아널드 형님이 주연으로 나오는 〈터미네이터〉…. 하하하"

그러자 엄숙한 표정으로 앉아 있던 사제들이 다시 술렁거리며 웃기 시작했다.

"하하하…. 그러면 혹시 제 아들이 미래의 반군 지도자가 되는 것은 아니겠죠? 하하하…."

박칠규는 이제 노골적으로 빈정거림과 헛웃음을 번갈아 하며 비꼬는 투로 신부에게 물었다.

"맞습니다. 박칠규님의 아들이…. 바로…. 그 지도자…."

요셉 신부의 목소리는 갈라지고 떨렸다.

"아, 그렇죠. 그렇죠…. 당연히 내 아들이 〈존 코너〉겠죠…. 헤헤헤…. 그러면 내 여자는 〈사라 코너〉일 테고…. 크크크…."

박칠규는 이제 입을 삐죽거리며 아예 대 놓고 신부에게 비아냥거렸다. 그러더니 갑자기 뭔가 생각났는지 코믹한 표정을 지으며 물었다.

"혹시 그러면 〈제임스 캐머런〉 감독이 또 다른 예언자?"

그러자 요셉 신부는 뭔가 생각났는지 가방 속을 뒤적뒤적하더니 한 뭉치의 문서를 꺼내서 박칠규에게 흔들어 보였다.

"그에 대한 예언도 있습니다. 여기에…."

그러더니 신부는 문서 일부분을 읽기 시작했다.

'그는 움직이는 그림을 만들어 세상 사람들에게 경고하노니 당신이 만든 도구가 결국 당신을 해칠 것이고 당신이 만든 큰 배가 결국 당신을 물에 빠트리고 당신이 침략한 그 땅에서 저지른 죄를 묻게 될 것이다.'

"우리는 이것을 그가 만든 영화 〈터미네이터〉, 〈타이타닉〉 〈아바타〉로 해석하였습니다. 박칠규님."

"움직이는 그림?"

박칠규는 여전히 빈정거리며 물었다.

"네, 예언자 파벨은 산업혁명 이전에 살았고 시골의 가난한 농부 출신이라 그가 꿈에서 본 대부분은 이해는커녕 표현조차 하기 힘들었을 것입니다. 그러므로 그의 표현은 당연히 모호하고 불분명할 수밖에 없으므로, 그가 본 것에 대한 정확한 해석은 우리가 짊어지고 갈 숙제로 남겼습니다."

요셉 신부의 엄숙한 표정에 박칠규는 머쓱한 표정을 지으며 다시 진지해지려고 노력하기 시작했다.

"그런데, 신부님. 제가 한강에 뛰어든다는 것은 어떻게 아셨습니까?"

칠규는 자신에 관한 가장 궁금한 점을 마침내 물었다.

"사실, 몰랐습니다."

신부의 의외 답변에 박칠규는 놀라움을 감출 수 없었다.

"그런데 저를 어떻게 살렸나요?"

신부는 다시 문서 한 장을 꺼내 그에게 보여주었다.

"파벨 예언자는 글만 남기신 것이 아닙니다. 글로 표현할 수 없는 부분은 그림으로 설명하였고 이를 마태오 신부가 비슷하게 그려서 문서에 남기셨습니다. 여기 이 부분을 보십시오. 이 그림이 무엇으로 보입니까?"

박칠규는 문서에 눈을 가까이 대고 자세히 살펴보았다. 그림 같기도 하고 글씨 같기도 한 것이 아리송했다. 그러자 신부가 천천히 문서를 180도 돌렸다.

"확실한 거는 알파벳은 아닙니다. 한글에 가깝죠…. 우리는 이 그림을 다음으로 해석하였습니다."

'많이 힘들었구나.'

"바로 박칠규님이 강으로 뛰어든 그 마포대교 다리에 적힌 문장입니다."

미션 임파서블

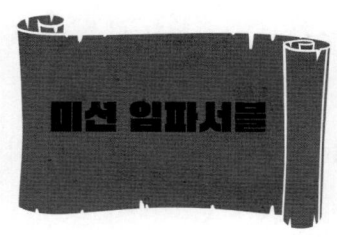

"하지만 제가 그날 그 다리에 가서 뛰어들 것이라는 사실은 어떻게 아셨나요?"

박칠규는 호기심이 다분히 묻은 얼굴로 물었다.

"사실, 몰랐습니다."

요셉 신부는 이제 무심한 듯한 표정으로 답했다.

"네? 아니 그런데 어떻게?"

박칠규는 다시 한번 믿기지 않는 듯한 표정으로 따질 듯이 요셉 신부에게 물었다.

"줄곧 지켜봤습니다. 마포대교를…. 오래전부터…. 그러니까 수년 동안…. 비만 오면…."

"와! 그럼 저를 만나기 위해 수많은 사람의 자살을 목격하셨군요?"

박칠규는 신이 난 듯 물었다.

"네, 박칠규님 덕분에 수많은 사람의 목숨을 살렸습니다. 저희 요원들이…."

요셉 신부는 자부심을 느끼는 듯, 어깨를 들썩이며 대답했다.

"그리고 한결같이 종아리 흉터도 확인하셨고요?"

박칠규는 장난기 섞인 표정으로 물었다.

"네, 당연히."

요셉 신부도 코믹하게 웃기 시작했다.

"그럼, 혹시 그동안 저처럼 종아리 흉터가 있는 사람을 한 번도 보지 못했나요?"

"딱 한 사람 만났습니다. 하지만…."

요셉 신부는 누군가가 생각이 난듯한 표정으로 시선을 하늘로 돌렸다.

"하지만?"

칠규는 궁금해 죽겠다는 듯이 바로 반문했다.

"그에게는 이미 자식이 여러 명이었습니다."

"그럼 안되나요?"

박칠규는 약간 생소한 모습으로 신부를 쳐다봤다.

"네, 예언서에 적힌, 우리를 구원하시는 분은 독생자이십니다. 즉, 외아들입니다."

"네? 그럼 저는 오직 아들 한 명만 둘 운명인가요?"

박칠규는 서운한 듯한 표정으로 신부를 바라봤다. 죽었으면 무자식으로 끝날 운명이었는데, 정작 살려 놓으니, 외아들이 성에 차지 않는 듯, 칠규는 욕심을 내고 있다.

"네, 맞습니다. 아들은 오직 한 명입니다. 그래서 사실, 저희 사제단에서 이런 의견도 있었지만…."

신부가 칠규의 눈치를 살피기 시작했다.

"어떤 의견인가요?"

"박칠규님이 불쾌해하지 않으신다고 약조하신다면 말씀드리겠습니다."

"네, 저야 뭐, 죽다가 살아났는데 무슨 얘기를 듣든 말든 그게 뭔 상관이 있겠습니까. 말씀해보시죠."

"그러니까, 저희 사제단에서 박칠규님의 정자를 채취하여 인공수정을 하자는 의견이 있었습니다만…."

"네? 인공수정요?"

"네, 아무래도 그편이 서로에게 빠르고 간편하고 편한 방법이라…."

신부는 머쓱한 듯, 말끝을 흐렸다.

"그런데요?"

반면 칠규에게는 이 상황이 재미있기까지 하였다.

"문제는, 인공수정 시 쌍둥이 확률이 30%가 넘습니다. 그래서 도저히…. 그 방법은…."

"그러면?"

"네, 자연적인 방법이죠. 박칠규님이 결혼해서 아기를 낳는 방법 말입니다."

"이보세요! 신부님! 장가 못 가서 자살하려는 사람에게 장가를 가라고요?"

칠규는 잠시 잊고 있었던 절망이 다시 샘솟는 듯, 괴로운 표정으로 신부에게 따졌다.

"그럼, 사랑이라도…."

신부는 기어들어 가는 소리로 답했다.

"이보세요! 신부님! 하 미치겠다. 제가 아무리 노력해도 사랑이 안되니까 여자가 없는 거고 여자가 없으니까, 장가를 못 가는 거 아닙니까! 이건 불가능한 미션입니다."

박칠규는 드디어 그를 휘어잡고 있던, 실연의 고통을 한꺼번에 느끼며 폭발하기 직전까지 도달했다.

"죄송합니다. 박칠규님…."

요셉 신부는 안절부절못하고 박칠규를 달래려고 노력하

였다. 그럴수록 더욱 화가 치밀어 오른 박칠규는, 꺼 억 꺽 흐느껴 울기 시작했다.

“박칠규님이 아기를 낳을 수 있도록 저희 사제단이 총력을 기울이도록 하겠습니다. 저희의 사명은 바티칸의 초미 관심사입니다. 저희는 절대로 박칠규님을 실망하게 만들지 않을 것입니다. 그러니 노여움을 거두시고 자식 생산에 부디, 적극적으로 협조해주시기 바랍니다.”

박칠규는 큰 한숨을 쉬었다. 이 세상에서 가장 어려운 게 여자와의 사랑이었는데 이제 그것을 의무로 꼭 해야만 한다고 생각하니 다시 죽고 싶은 마음만 들기 시작했다.

“수일 내로 한국 최고의 커플 매니저님이 방문하시어 박칠규님의 연애 사업을 한층 북돋워 주실 것입니다. 그리고 좋은 아기를 낳기 위해서는 훌륭한 몸매가 당연하므로, 한국이 자랑하는 최고의 헬스 트레이너님도 조만간 방문하실 것입니다. 그리고 그동안 여러 차례의 실연으로 망가진 박칠규님의 자존감을 되살리기 위해, 세계적인 심리학자이자 동기부여의 달인이신 이기자 박사님도 곧 연락하실 것입니다. 그리고 박칠규님의 원활한 데이트를 위해 최고급 〈청담동 박초이 헤어드레서 평생 이용권〉, 〈이태원 에메랄드 관광호텔 사우나 VIP 회원권〉, 〈싱그러운 항공 일등석 항공권〉, 〈백제 호텔 VVIP 룸 숙박권〉, 〈매리 호텔 미쉐린 쉐프 컬렉션 뷔페 항상 이용권〉, 〈아프리카 익스프레스 블랙 신용카드〉 등등 이 제공될 예정입니다. 그러므로 부디 아무 염려 마시고, 소중한 자식 생산에만 집중해 주시기를 바랍니다. 박칠규님"

요셉 신부는 준비한 목록을 쭉 읽고는 간곡한 표정으로 박칠규의 어깨를 토닥거렸다.

"아 그리고 집도 마련하였습니다. 한강의 좋은 전망과 럭셔리한 가구를 배치하였으므로, 박칠규님의 사랑을 쟁취하시는 데 부디 일조할 수 있기를 기원하는 바입니다."

◆◆◆

박칠규는 새집에 들어서자마자 입을 딱 벌렸다. 평생 이런 곳에서 두 팔 뻗고 자리라고는 꿈도 꾸지 않았다. 번쩍이는 대리석 복도, 완벽하게 갖추어진 홈시어터와 주방, 사람을 압도하는 초대형 벽걸이 TV, 코끼리도 들어갈 만큼 넓은 냉장고, 고풍스럽고 부티 나는 소파, 공설 운동장만 한 더블 엑스트라 킹사이즈 침대, 그리고 전면 유리에 펼쳐진, 황금빛으로 반짝거리는 한강. 불과 며칠 전까지만 해도, 저 한강 물을 벌컥벌컥 들이켜며 꼬르륵 죽어가던 그였건만, 이제는 세상 부러운 것 없는, 사치의 첨단을 달리고 있었다. 그러자 새삼, 인생사 새옹지마(塞翁之馬)라더니 틀린 말이 아님을 그는 느꼈다. 그는 자신이 살아온 초라하고 못난 인생이 갑자기 한꺼번에 솟구쳐 올라, 눈물이 복받치듯 흘러내렸다.

"쥐구멍에도 볕들 날이 있다더니만…. 으흐흐"

그는 푹신하고 엘레강스한 소파에 엎드려 감격의 눈물을 폭포수처럼 쏟았다. 그런데 그 순간이었다.

"띵 똥, 띵 똥, 띵 똥"

벨 소리에 놀란 박칠규는 얼른 눈물을 훔치고 옷매무새를 다듬은 다음, 현관으로 나갔다. 문을 열자, 우아한 모습의 중년 여성이 서 있었다.

"안녕하세요. 박칠규님. 저는 가사 도우미 김은혜입니다. 만나서 반갑습니다."

그녀는 고상한 미소를 지으며 살짝 고개 숙여 박칠규에게 인사를 했다.

"아, 네. 그런데 어떻게?" 박칠규는 엉거주춤한 자세로 그녀를 쳐다봤다.

"당연히 집안일을 하러 왔습니다. 저는 매주 3회, 월, 수, 금 오전 10시에 방문하여, 집을 청소하고 빨래 및 각종 밑반찬 및 요리를 준비할 예정입니다. 오늘은 박칠규님 얼굴 뵙고 몇 가지 여쭈어보려고 왔습니다. 지금 실례가 되지 않는다면…."

"아, 네. 그럼 들어오시죠. 그런데 월급은 어떻게 드리면 되나요?"

칠규는, 그녀가 소파에 앉자마자, 가장 궁금한 것부터 먼저 물었다.

"급여는 요셉 신부님께서 알아서 주십니다. 박칠규님은 전혀 신경 안 쓰셔도 되십니다. 호호호"

"아, 네. 감사합니다." 칠규는 그녀의 어색한 웃음을 뒤로 넘기며 괜히 관심 없는 척 허공을 쳐다봤다.

"혹시, 좋아하는 반찬이나 요리, 음식이 있으시면 알려주세요. 박칠규님의 취향을 적극적으로 반영하도록 하겠습니다."

"헤헤헤…. 저야 뭐 다 잘 먹습니다. 사실, 그동안 없어서 못 먹었습니다. 헤헤헤…."

사실이었다.

"그래도 좀 더 좋아하는 요리라면?"

은혜는 비음을 섞은 음성으로 유혹하듯 물었다.

"네, 저…. 그러니까…. 달걀 후라이?"

박칠규는 더듬더듬하며 가장 먼저 생각나는 음식을 말했다.

"네? 달걀 후라이요?"

"네, 달걀후라이."

그러자 김은혜 여사는 웃음을 참지 못하겠는지, 손으로 입을 콱 틀어막고는 컥컥거리기 시작했다. 박칠규도 민망하고 송구스러운 마음으로 덩달아 웃기 시작했다.

"음…. 저를 간략하게 소개해 드리자면, 특급호텔에서 20년 경력의 요리사였습니다. 그러므로 한식, 일실, 중식, 양식뿐만 아니라 각종 제과 및 제빵에도 전문가가 되겠습니다. 지금 아니더라도 잡숫고 싶으신 요리가 있으면 언제든지 카톡에 남기시기를 바랍니다. 모든 요리가 가능합니다."

"와! 대단하십니다.!"

박칠규는 감탄의 눈으로 그녀를 우러러봤다.

"네, 감사합니다. 박칠규님. 그럼 오늘은 이마 돌아가겠습니다. 그럼 내일 오전에 뵙겠습니다. 주님의 은총이 가득하시길…."

"네, 감사합니다."

김은혜 여사가 돌아가고 나서 박칠규는, 이 세상 모든 요리를 다 먹을 수 있다는 생각에, 깡충깡충 깨춤을 추었다. 그러면서 새삼, 미래에 태어날 그의 아들에게 고마움을 전했다. 그는 큰 소리로 외쳤다.

"고맙다! 잘난 아들아! 네 덕분에 호의호식하면서 잘 살겠다! 아들아! 사랑한다!"

그는 또 한 번 감동의 눈물을 쏟으며 소파에 벌러덩 드러누웠다. 그리고 늘 그의 가슴, 한쪽 구석을 채우고 있는 그의 첫사랑, 송미자를 떠올렸다. 그리고 중얼거렸다.

"내 영원한 사랑…."

◆◆◆

벨 소리에 억지로 눈을 떴다. 박칠규는 그러고도 한참 멍하니 누워 있었다. 이게 내가 사는 세상이 맞는지 아닌지 의심이 들 정도로, 여전히 자신을 둘러싼 이 사치스러운 공간이 낯설기만 했다. 잠시 후 다시 벨이 울렸다. 그는 천천히 일어나 모니터를 들여다봤다. 짧은 머리의 건장한 남성이 서 있었다.

"누구신지?"

박칠규는 소심하게 물었다. 그러자 상대방은 아주 우렁차게 대답했다.

"네, 안녕하세요. 헬스 트레이너 김종국입니다."

그는 모니터에 하얀 이빨을 보이며 자랑스럽게 웃고 있었다. 박칠규는 마지못해 오픈도어 버튼을 눌렀다. 사실 그는 오늘 하루 정도는, 대궐 같은 집을 찬찬히 살펴보면서 혼자 조용히 즐기고 싶었다.

집 안으로 들어온 김종국은 박칠규보다 훨씬 크고 우람했다. 그는 연신 해맑은 미소를 지으며, 마치 인생이 너무 즐거워 죽겠다는 표정으로 그를 주도했다.

"저는 매주 화, 목, 토 오전 10시에 방문하여 박칠규님의 다이어트 및 조각처럼 매력적인 몸매를 만들어드릴 예정입니다. 100% 기대할 만하십니다. 고객님."

"하지만 저는 아직 헬스 기구가 준비되지 않았습니다만…."

박칠규는 무안한 표정으로 그를 쳐다봤다.

"하하하…. 농담이 심하십니다. 고객님. 하하하…."

김종국은 크게 웃으며 성큼성큼 지하 계단으로 내려가기 시작했다. 그러더니 익숙하게 지하 문 비밀번호를 누르고는 들어가더니 박칠규 보고 들어오라고 손짓했다. 박칠규는 놀란 표정으로 주춤거렸다.

'아니, 이 사람이 어떻게 우리 집 지하실 문 비밀번호를?'

그는 의심 가득한 눈으로 컴컴한 지하실에 발을 들여놓았다. 그러자 김종국은 손뼉을 두 번 크게 쳤다. 순간 태양 빛보다 더 찬란한 형광등이 줄줄이 불을 밝혔다. 그러더니 지하실 양면의 전면 유리 블라인드가 서서히 올라갔다. 박칠규는 다시 한번 입을 쫙 벌렸다. 그곳에는 수십 종의 번쩍이는 첨단 헬스 트레이닝기구가 배치되어 있었다. 맞은편 벽에는 온통 거울이었다. 그곳에 혈기 왕성한 헬스 트레이너와 왜소한 박칠규가 서 있었다.

"그런데 어떻게 우리 집에 헬스장이 있다는 거와 지하실 암호를 아셨나요?"

박칠규는 마치 프라이버시를 침해당한 소년처럼 미심쩍은 표정으로 물어봤다.

"하하하…. 그건 간단합니다. 고객님. 요셉 신부님과 함께 이미 이곳 헬스 시설을 사전 답사했습니다. 하하하…. 고객님의 헬스 장비를 파악해야 운동 스케줄을 짤 수가 있지 않겠습니까? 하하하…. 그리고 신부님께서 간곡하게 저에게 부탁하셨습니다…. 하하하"

"뭐라고 말씀하셨나요? 신부님께서."

"최대한 빨리 몸을 만들어달라고…."

그러면서 김종국은 자기 가방을 뒤지더니 A4 용지 한 장을 꺼내 박칠규에게 주었다. 거기에는 주간 스케줄이 적혀 있었다.

월요일 : 상체. 벤치프레스 / 데들리프트 / 덤벨 암컬

화요일 : 코어 및 유산소. 러닝 30분 / 싯업

수요일 : 하체. 스쿼트 / 런지 / 레그프레스

목요일 : 상체. 벤치프레스 / 데드리프트 / 레터럴레이즈

금요일 : 코어 및 유산소. 러닝 30분 / 싯업

토요일 : 하체. 스쿼트 / 런지 / 레그 컬

일요일 : 휴식

• 모든 운동은 12개 x 3세트 기준

"하지만 강사님은 화, 목, 토요일에만 오신다고 하시지 않으셨나요?"

박칠규는 고개를 갸우뚱하며 물었다.

"하하하…. 사실 기구 사용 방법과 자세만 정확히 익히면 제가 없어도 모든 운동이 가능합니다. 하하하…. 그리고…."

김종국은 헬스장 입구 옆 선반에 놓인, 하얗게 생긴 리모터 컨트롤을 집더니 파워 버튼을 눌렀다. 그러자 선반 옆에 걸려 있는 길게 생긴 거울이 환하게 밝아왔다.

"헬스미러입니다. 제가 여기 없어도, 이 쌍방향 거울을 통해 충분히 트레이닝을 받으실 수 있습니다. 고객님."

박칠규는 생전 처음 보는 화면을 호기심을 가득 담고 쳐다봤다. 그 속에는 어깨가 축 처진 채 구부정하게 서 있는 자신이 보였다. 트레이너가 리모터 버튼을 한 번 더 누르자 이번에는 아리따운 몸매의 여인이 나타나 섹시한 미소를 띠며 그에게 손을 흔들었다.

"강민영 헬스 트레이너입니다. 저의 보조 강사로 박칠규님을 적극적으로 도와드릴 겁니다." 박칠규는 얼떨결에 한 걸음 물러난 다음, 황홀한 표정으로 그녀를 쳐다봤다. 그녀는 화면에서 자신감 넘치는, 다양한 포즈를 취하며, 마치 유혹하는 듯이 보였다. 박칠규는 그때 이런 생각을 했다. 백설 공주에 나오는 그 거울이 바로 저거일 거라고….

◆◆◆

헬스 트레이너가 돌아가고 난 뒤, 그는 내친김에 집 안 구석구석을 둘러봤다. 지하 1층 지상 2층으로 구성된 건축물은 대충 200평쯤 되어 보이고 대지는 400평쯤 되었다. 집안에 소형 에스컬레이터가 있고 원목 마루를 중심으로 게임실, 당구대, 오디오 룸, 홈바, 수족관, 사우나실, 주방, 욕실, 다락방, 드레스룸이 있었다. 서재에 있는 의자는 푹신하였고 미닫이문으로 침실과 연결되었다. 입구 쪽 신발장에는 고급 구두가 각 층에 3켤레씩 모두 아홉 켤레가 놓여 있었다. 그중 하나를 꺼내 신어보니 그의 발에 딱 맞았다.

그는 바깥으로 나왔다. 오래된 나무 몇 그루가 정렬이 된 채 화단에 심겨 있었다. 수영장이 보이고 주차장에는 검은 세단이 두 대 있었다. 그리고 전기차 충전 시설이 있었다. 뒷마당에는 바비큐 시설이 있고 간이 창고에는 전동킥보드, 사이클, 낚시 및 캠핑 도구, 등산 장비, 스키 장비가 있었다. 박칠규는 살짝 궁금해졌다. 이 모든 것이 나를 위해 특별히 준비한 것인지, 아니면 누군가 이렇게 살다가, 뭐 파산이나 그런 거에 당해서 경매에 넘긴 건지?

아무튼 그로서는 갑자기 삶의 질이 심하게 바뀌어서 그런지, 혹시나 이 모든 것이 또 삽시간에 사라질 것 같은 불안감이 들었다. 굳이 따지자면, 뭐 어찌어찌해서 그가 아들을 낳았다 치면, 이후 아들은 당연히 뺏길 것이고, 그러면 낙동강 오리알 신세가 될 텐데, 그때도 이런 삶을 보장받을 수 있는지 확신이 서지 않았다. 말하자면 현대판 씨받이인 셈이었다. 하지만 또 한편 생각해 보면, 어차피 죽은 인생인데, 지금은 보너스 삶을 사는 셈. 굳이 나락으로 다시 떨어져도 아쉬운 것 없기도 하였다. 아무튼 여러 가지 복잡한 생각을 하고 있는데 또다시 벨이 울렸다. 큰 집에 사니까 꽤 귀찮을 정도로 사람이 찾아온다고 그는 생각했다. 사실 그가 예전 원룸에 살 때는 단 한 명도 그를 찾아오지 않았다.

"안녕하세요. 박칠규님. 호호호…. 저는 엘레노블 커플 매니저 박선영 부대표입니다."

늘씬한 키에 까만 정장을 하고 고혹적인 미소를 지으며 그녀는 자신을 소개했다.

"아, 네, 네, 네"

여자 앞에서 수줍음을 많이 타는 박칠규는 눈을 사방으로 돌리며 더듬더듬 말했다.

"요셉 신부님에게 말씀 많이 들었습니다. 아주 건실하고 바른 청년이시라고요…. 호호호"

박선영은 집안을 눈으로 한번 쓱 훑어보면서 천천히 고개를 끄덕끄덕하며 말했다.

"아이고, 신부님께서 그렇게 말씀해 주셨다니 고마울 따름입니다. 헤헤헤…."

박칠규는 그녀의 진한 화장품 냄새에 취해 몽환 눈으로 그녀를 쳐다봤다.

"우선, 제 소개를 살짝 하자면, 국내 최대 결혼 정보 회사인 엘레노블에서 11년째 근무하면서, 주로 혼기를 놓친 유명인, 재벌, 사업가, 전문직 종사자분들의 결혼을 성사해, 이 분야 최고로 평가받고 있습니다. 호호호…. 제 자랑 같지만요…. 호호호"

그녀는 아주 자신만만한 모습으로 박칠규를 찬찬히 뜯어보기 시작하였다.

"아무튼 감사합니다. 보잘것없는 저를 위해서 이렇게…."

박칠규는 송구스러운 표정으로 고개를 숙였다.

"아 아닙니다. 보잘것없다뇨…. 호호호…. 이런 엄청난 집에 사시는 분이신데…. 호호호…."

"네, 뭐 이 집이야 엄청 훌륭하다만…. 사실…. 이 집이 제 것이"

라고 박칠규가 말하는 순간 커플 매니저는 집게손가락을 입에 조용히 갖다 대고는 박칠규에게 속삭였다.

"신부님께 모든 이야기를 들었습니다. 국가 정보원 혹은 미국 CIA 같은 그런 절대 밝힐 수 없는 유엔 산하 아주 중요한 기관에 근무하시고, 표면적으로 아주 평범한 보통 사람으로 보이지만, 사실 엄청난 갑부시라는…."

그녀는 동의를 구하는 듯 눈썹을 까딱까딱했다.

"아, 예…. 뭐…. 그렇죠…. 아주 중요한 일이죠…. 세상을 …. 구하는…."

"네, 저도 박칠규님 처음 보는 순간 딱 느꼈습니다. 지금까지의 삶이 예사롭지 않은 인물이시라는 것을요…. 호호호…. 사실 저의 촉이 틀린 적이 없거든요…. 호호호"

그녀는 가방에서 서류 봉투를 꺼냈다.

"그래서 우선 몇 분을 추려 보았습니다. 박칠규님이 좋아하실 만한 여성으로요…. 호호호…." 그녀는 A4 크기의 여성 사진을 테이블에 쭉 늘어놓았다. 박칠규는 그 사진들을 보면서 입을 다물 수가 없었다. 어마어마한 미모의 여성들이 그를 향해 방긋방긋 웃고 있었다.

내겐 너무 과분한 그녀들

커플 매니저가 돌아가고 난 뒤에도 박칠규는 여전히 눈을 사진에서 뗄 수 없었다. 이게 꿈인지 생시인지 분간이 안 가, 그의 볼을 몇 번씩 꼬집어 보기도 했다. 하지만 심하게 볼때기만 아팠다. 그는 입을 헤 벌린 채, 탁자에 놓인 일곱 장의 사진을 번갈아 가며, 심오하게 살폈다. 불과 며칠 전만 해도 시답잖은 여인에게 차이고 생을 놓으려고 했건만, 지금 자신 앞에 펼쳐진, 달콤하기 그지없는 인생 역전을 어떻게 말로 표현해야 좋을지 알 수 없었다. 깨춤이라도 추고 싶었다.

하지만 한편으로는, 결국 세상의 잣대는 돈으로 측정된다는, 싸늘한 현실이 그의 마음 한편을 씁쓸하게 만들었다. 그는 첫 번째 여인의 사진을 들어 뒷면을 봤다. 그곳에는 자세하게 그녀의 이력이 적혀 있었다.

이름 : 전도언

나이 : 33세

키 : 176cm

몸무게 : 49kg

직업 : 모델, SCM 원장, 화양예종 패션모델예술학부 교수

학력 : 런던 패션 대학 졸업

경력 :

- 2011년 제롬 슈퍼모델 오브 더 월드 동양인 최초 우승
- 에브라 제이콥스, 필립 남, NKSY, 코니아 리키은 런웨이 출연
- 돌케 앤 하바나, 카넬, 안다 수도, 루비 비퉁, 사리 구리온 전속 모델
- 뉴욕과 밀라노 컬렉션 다수 참여
- 환상적인 캣워킹, 수많은 광고와 매거진 화보 출연

• 자세한 정보는 <Only for You> 사이트 접속, 아이디 :

<chilguepark> 비밀번호 : <도언칠규사랑33>

박칠규는 호기심에 휴대전화기로 사이트에 들어가 보았다. 그러자 그녀의 모델 활동사진, 동영상들이 수도 없이 쏟아졌다. 그러고 보니 어디선가 많이 익은 얼굴이라고 생각했는데, 제법 알려진 영상 속에서, 멋진 몸매의 그녀가 찰랑찰랑한 머리를 휘날리며 샴푸 광고를 하는 그녀를 떠올렸다. 그는 속으로 생각했다.

'와! TV에 나오는 사람은 아예 다른 별에 사는 별종으로 생각했는데…. 이렇게 현실이 될 줄이야?'

그는 다음 장 사진을 돌려봤다.

이름 : 김태이

나이 : 36세

키 : 164cm

몸무게 : 46kg

직업 : 카이스트 조교수

학력 : 미국 MIT 항공우주공학과 석, 박사

경력 :

- 국제 수학 올림피아드 우승
- 서울대 수석 입학

- 스페이스 Y 객원 연구원
- 항공 우주국 화성 탐사 개발팀 자문
- 과학 저널 <네이처>와 <사이언스> 다수의 논문 게재

• 자세한 정보는 <Only for You> 사이트 접속, 아이디 : <chilguepark> 비밀번호 : <태이칠규사랑36>

박칠규는 이번에도 사이트에 들어가 보았다. 그러자 동영상과 함께 깨알 같은 글씨로 된 영어 논문이 쏟아졌다. 그러고 보니 어디선가 많이 익은 얼굴이라고 생각했는데, 제법 유명한 과학 유튜버로, 멋지고 도도한 미소로 〈양자 역학〉 이론을 설명하곤 한 여인이었다. 물론 박칠규는 아주 당연하게도 무슨 소리인지 전혀 알아들을 수 없었지만…. 그는 속으로 생각했다.

'와! 저런 사람은 실험실에 콕 처박혀 외계인과 교신하는 별종으로 생각했는데…. 이렇게 짝을 찾기도 하는구나!'

박칠규는 점점 깊숙이 여인들에게 빠져들기 시작했다. 그는 이제 세 번째 사진을 들었다.

이름 : 전지은

나이 : 37세

키 : 160cm

몸무게 : 45kg

직업 : 영화배우

학력 : 서던 캘리포니아 대학교 영화과

경력 :

- SNS 연기 대상 : 드라마 <모래 시간>
- 제28회 황룡영화상 여우조연상 수상 : 영화 <기생 오라버니>
- 미국 애비상 최우수 여우조연상 수상 : 넷시네마 드라마 <도다리 게임>
- 제4회 엘레강스 김 베스트 무비 어워드 수상
- 다수의 영화, 드라마, 뮤직비디오에 출연

• 자세한 정보는 <Only for You> 사이트 접속, 아이디 : <chilguepark> 비밀번호 : <지은칠규사랑37>

박칠규의 예상대로 사이트에는 수많은 사진과 영화 장면, 동영상들이 꿈틀댔다. 어느 것부터 봐야 할지 모를 정도였다. 왠지 친숙한 얼굴이라고 느꼈는데, 아니나 다를까 그녀가 연기한 상당수의 드라마, 영화들은 그가 최근에 본 거였다. 그는 늘 여윳돈이 없는 생활을 하였으므로, 그의 유일한 취미가 인터넷으로 영화 보기였다. 그리고 그는 항상 생각했다.

'연기를 하는 사람은, 하루하루 따가운 현실을 살아가는, 우리와는 동떨어진 하늘나라에 산다고 생각했는데…. 이렇게 남군을 찾으러, 달 밝은 밤에 두레박에 몸을 싣고 지상으로 내려오기도 하는구나!'

내친김에 그는 네 번째 사진을 돌려봤다.

이름 : 송애교

나이 : 39세

키 : 167cm

몸무게 : 47kg

직업 : 아나운서

학력 : 연세대 정치외교학과

경력 :

- TBS 국제부 기자 및 앵커
- TBS <그것이 궁금하다> PD 역임
- 동국대학교 겸임 교수
- svKN <막장 토론> 메인 아나운서
- KBC4 〈친척 오락관〉 공동 MC

• 자세한 정보는 <Only for You> 사이트 접속, 아이디 : <chilguepark> 비밀번호 : <애교칠규사랑39>

역시 그녀의 사이트도 기자 출신답게 수많은 현장 사진과 동영상들이 연이어 쏟아졌다. 특히 인상 깊은 장면들은, 폭탄이 수도 없이 날아드는 격전지를 여인이 홀로 철모 하나만 걸친 채 군인들과 함께 이동하며 긴장감 있는 목소리로 뉴스를 전달하는 모습이었다.

'저렇게 이쁜 여자가 죽음을 각오하고 전장에 뛰어들다니…. 참 그녀에 비하면 나는 너무도 소심하고 비겁하게 살았구나' 하고 칠규는 그녀를 보며 자신을 돌아보게 되었다.

그는 다섯 번째 사진을 올려 봤다.

이름 : 손애진

나이 : 34세

키 : 169cm

몸무게 : 49kg

직업 : 변호사

학력 : 서울대 법대

경력 :

- 한국 경제 연구소 사외이사 역임

- 김 앤 맹 법률사무소 기업 전문 변호인
- 금융 및 자본시장, M&A 전문 변호사
- 사법연수원 33기

• 자세한 정보는 <Only for You> 사이트 접속, 아이디 : <chilguepark> 비밀번호 : <애진칠규사랑34>

그녀의 사이트에는 역시 기대한 대로, 도도한 표정의 그녀가 각종 기업체 임원과 어깨를 나란히 한 사진과 대학 강연 모습이 담긴 동영상들이 펼쳐졌다. 동영상 하나를 틀어보니 영어로 막힘없이 수천의 학생들 앞에서 연설하는 멋진 모습이었다. 하지만 보면 볼수록 점점 칠규와는 완전히 동떨어진 세상 사람이었다. 그는 여인들의 사진을 하나하나 보면서 알게 모르게 점점 수축하여 가는 자신을 발견하였다.

그래서 그는 여섯 번째 사진을 넘겨 그녀의 직업을 보는 순간 그냥 사진을 덮어 버렸다. 그녀의 직업은 코코아뱅크 CEO. 그는 그 순간, 힘이 쭉 빠졌다. 이런 여인들과 데이트해야 한다고 생각하자 갑자기 식은땀이 등줄기를 타고 쭉 흘렀다.

'나는 단지 아무것도 아닌 나를 사랑해줄 여인이 필요한 거야'라고 그는 속으로 항변하듯 외쳤다. 그러고는 마지막 일곱 번째 사진을 자포자기 상태에서 보았다. 그런데 신기하였다. 일곱 번째 여인의 외모는 지극히 평범하였다. 화장기 없는 얼굴에 수수한 표정과 따스한 미소만 머금고 있었다. 그는 사진의 뒷면을 보았다.

이름 : 김추자

나이 : 37세

키 : 155cm

몸무게 : 53kg

직업 : 상공인

학력 : 대한 전문학교

경력 :

- 이혼녀
- 1,000원 분식집 사장

• 자세한 정보는 <Only for You> 사이트 접속, 아이디 : <chilguepark> 비밀번호 : <추자칠규사랑37>

그는 눈이 번쩍 띄었다. 그녀의 이력을 보는 순간, 그는 마음이 푸근해지고 안정감을 느꼈다. 나머지 여섯 여인과 완전히 다른 여인. 그는 마치 지금까지 외계인을 보다가 갑자기 사람을 보게 된, 친밀감 혹은 동질감 속으로 확 빨려 들어가는 기분이었다. 그리고 속으로 생각했다.

'그래! 맞아 송충이는 솔잎을 먹어야지…. 게다가 나는 나를 사랑해 줄 여인을 만나 나의 아기를 낳고 싶은 거지…. 돈으로 얻은, 내가 감당할 수 없는 여인이 필요한 것은 아니지…. 암…. 암.'

그는 속으로 몇 번을 다짐하며 여러번 김추자의 사진을 쳐다봤다. 보면 볼수록 점점 다정다감해 보였다. 그러면서 그는 동시에 아련한 추억으로 남아 있는 그의 첫사랑을 회상했다. 미자.

제주도의 한적한 시골 마을에서 태어난 칠규는 중학교는 서귀포시 소재지로 옮겼다. 중학교 입학식을 며칠 앞둔 어느 날, 칠규는 어머니와 함께 학교 근처 자취방을 뒤지고 다녔다. 하지만 좀체 싸고 마음에 드는 집을 구할 수가 없었다. 그렇게 어머니와 헤매다 어느새 오후를 훌쩍 넘긴 시각에 가까이에 있는 중화식당에 들러 짜장면을 시켰다. 그런 데 짜장면을 가지고 오는 소녀의 모습에 그는 그만 넋이 나가고 말았다. 그녀의 앳된 모습과 묘한 미소가 그의 사춘기 마음을 한순간에 흔들어버렸다.

박칠규는 짜장면을 입으로 넣었는지 코로 넣었는지 모를 정도로 멍한 채 그녀가 이동하는 구석구석을 눈길로 따라다

냈다.

"칠규야! 니 정신을 어따 팔고 있노?"

보다 못한 어머니가 칠규의 머리에 꿀밤을 주었다. 정신이 번쩍 든 그는 자신이 처한 상황을 비로소 인지했다. 짜장면은 비비지도 않은 채 고대로 퉁퉁 불어 있고 애꿎은 단무지만 싹 비운 채, 빈 접시에 젓가락질하고 있었다.

"여, 단무지 좀 더 주이소!"

어머니가 아들의 짜장면을 대신 비벼주며 큰 소리로 외쳤다. 곧이어 송미자가 하늘하늘한 미소를 띠며 다시 나타났다. 그리고 단무지 접시를 살포시 탁자에 놓으며 고개를 한번 까딱하고는 돌아갔다. 그 사이 박칠규의 심장은 터질 듯이 뛰기 시작했다. 그는 어머니가 정성껏 비벼서 내놓은 짜장면에 집중하려고 하였으나 자꾸만 시선은 주방 쪽으로 돌아갔다.

"야가, 오늘 와이라노? 니 뭐 잘못 묵었나?"

어머니의 호통을 받고 비로소 제정신으로 돌아온 칠규는 불어 터진 짜장면을 어기적어기적 입에 쑤셔 넣었다. 가뜩이나 빨라진 심장에 억지로 입에 음식을 집어넣으니 칠규의 얼굴이 빨갛게 달아올랐다.

"니 아무래도, 오늘 병원부터 가야겠다."

어머니는 아들의 이마에 손을 대 보더니 걱정스러운 눈빛을 보냈다. 하지만 칠규에게는 아무 소리도 들리지 않았다. 그는 이 순간, 이 마음을 이후, 평생 간직하게 되었다.

하지만 그의 바람과는 반대로, 금쪽같은 시간은 흘러, 탁자에는 빈 그릇만 남게 되었다. 이제 식당을 떠나야 할 시간이 온 것이다. 그는 어머니의 뒤를 따라 떨어지지 않는 발걸음을 재촉했다. 그리고 어머니가 계산하고 식당을 나서려는 순간, 박칠규는 계산대 뒷벽에 붙은 종지 쪽지를 발견하고는 환호성을 지를 뻔하였다.

〈방 있음〉

식당 주인은 어머니와 칠규를 데리고 그 식당 빌딩 5층으로 올라갔다. 작은 원룸이 다닥다닥 5개가 나란히 붙어 있었다. 주인은 복도의 맨 끝방으로 가더니 문을 따고 칠규를 안내했다. 방은 무척 좁고 지저분하였다. 하지만 창문을 열자 탁 트인 바다가 병풍처럼 시원하게 펼쳐졌다. 어머니는 그다지 만족해하지 않는 눈치였다. 하지만 칠규는 무조건 우겼다. 그도 그럴 것이 이 식당 주인 가족이 2층, 3층에 살고 있었다. 즉, 그녀가 같은 건물에 산다는 뜻이었다. 나중에 안 사실이었지만 그녀의 이름은 송미자. 칠규와 같은 학교 같은 학년이었다.

미자는 위로 세 명의 오빠를 두었다. 식당은 따로 직원을 두지 않고 가족 모두가 함께 일을 하였다. 그러므로 미자는 학교가 파하면 대부분 시간을 식당에서 서빙으로 보냈다. 미자 엄마는 화교 출신이었다. 미자 외할아버지가 한국에 정착하여 중국 식당을 운영하였는데, 미자 아버지가 주방 보조로 들어와 주방장까지 되었다고 하였다. 그러던 어느 날, 미자 엄마와 눈이 맞아 야간도주를 하여 제주도에 정착하였다고 한다. 물론 이 이야기는 꽤 많은 세월이 지나고 나서 미자에게서 들은 이야기였다.

아무튼 박칠규는 그날 이후, 당연하게도 돈만 생기면 짜장면을 먹으러 갔다. 물론 목적은 당연히 내 사랑 미자를 한 번이라도 더 보기 위함이었다. 다만 박칠규의 주머니 사정이 그다지 좋지 않았기 때문에 기껏해야 한 달에 한두 번, 집에서 용돈을 받을 때였다. 그러므로 주문하는 메뉴는 항상 짜장면 보통이었다. 요리시킬 엄두는 아예 없었다. 그저 미자가 가져다주는 까만 음식을 기다리고, 받아서 먹는 그 순간의 기쁨을 만끽할 뿐이었다.

칠규는 학교에서도 미자와 종종 마주치곤 하였다. 같은 반은 아니었으므로 늘 보지는 못했지만, 그는 쉬는 시간만 되면 그녀 반 근처에서 괜히 서성거리곤 하였다. 그렇다고 그녀를 보고 달려가서 말을 걸 용기는 전혀 없었다. 그저 먼 발치에서 힐끗힐끗 곁눈질하며 쳐다보는 게 다였다.

미자는 무척 활발한 학생이었다. 그녀의 주위에는 늘 친구들이 넘쳐났다. 그중에는 제법 키도 크고 멋있게 생긴 남학생들도 있었다. 칠규는 그런 그들을 볼 때마다 나날이 위축되어 가는 자신이 한심하고 원망스럽기까지 하였다. 박칠규는 지극히 평범한 학생이었다. 키도 중간 정도이고 성적도 중간, 성격도 술에 술 탄 듯 물에 물 탄 듯하였고 얼굴도 몽타주를 그리기에 너무 평범하여 가장 난해하거나 혹은 가장 쉬운 모습이었다.

그렇게 중학생으로 3년을 칠규와 미자는 같은 빌딩에 잠을 자고 같은 학교에 다녔지만, 같은 반은 되지 못하고, 결국 말 한마디 섞지 않고, 그저 얼굴만 아는 사이로 남았다. 하지만 박칠규의 미자에 대한 짝사랑은 나날이 깊어져 가기만 하였다. 칠규는 이제 앉으나 서나, 먹거나 싸거나, 자거나 깨어 있거나 늘 그녀 생각뿐이었다. 그리고 이제 그에게 닥친 운명.

그는 고등학교 입학식 날, 일찍 강당에 도착하여 그녀가 나타나기만을 초조하게 기다렸다. 그는 전날 밤, 태어나서 처음으로 하느님께 간절한 기도를 올렸다. 미자가 자신과 같은 고등학교에 다니게 해 달라고….

강당에 학생이 꽉 차고 교장 선생님이 축사를 막 하려는 순간, 박칠규는 하마터면 꽥하고 고함을 터트릴 뻔하였다. 자신이 선 줄 옆 끝에 흐릿하지만 분명 미자의 모습이 아롱거렸기 때문이었다. 그는 교장의 연설 내내, 그의 얼굴은 앞을 향했지만, 눈은 가재눈처럼 옆으로 줄곧 향했다. 축사가 끝날 때쯤, 그는 너무 좋아 감격의 눈물까지 흘렸다. 그러자 이 광경을 지켜보시던 한 다정다감한 여선생님이 칠규의 어깨를 토닥거리며 속삭였다.

"교장 선생님 말씀이 무척 감동적이었구나. 우리 학생"

칠규는 선생의 가슴에 얼굴을 파묻고 고개를 끄덕거리며 울었다. 칠규는 이제 미자와 같은 반이 되기를 간절히 소망하였다. 하지만 이번에도 그의 바람은 이루어지지 않았다. 칠규는 1반, 미자는 10반. 복도 끝에서 끝이었다. 하지만 칠규는 이에 굴하지 않고 쉬는 시간만 되면 종종걸음으로 10반까지 갔다가 미자 얼굴 한번 훔쳐보고 다시 잰걸음으로 돌아오곤 하였다. 하지만 그의 특이한 이 행동은 금방 친구들 사이에 소문이 나기 시작했다. 얼마 지나지 않아 복도에 많은 구경꾼이 그를 지켜 보고 응원을 하였다. 칠규의 속사정을 모르는 그들은 그저 운동을 좋아하는 이상한 녀석 정도로 생각하였다. 하지만 칠규에게는 치명적이었다. 사람들이 그를 지켜보고 그의 속마음을 알게 될까 봐 전전긍긍하게 된 것이다. 결국 얼마 못 가 그의 걷기는 멈추고 말았다.

하지만 칠규는 한 가지 중요한 정보를 알게 되었다. 그녀가 교내 문예 특기 반에 가입했다는 거였다. 미자가 늘 소설책을 끼고 다닌다는 것은 칠규도 잘 알고 있었다. 그녀는 심지어 식당에서 시중들 때도 틈틈이 소설을 들여다보곤 하였다. 칠규는 문학에는 그다지 관심이 없었으나 순전히 미자의 얼굴을 한 번이라도 더 보겠다는 일념으로 문예반에 가입을 덜컥하였다.

그리고 마침내 칠규와 미자는 문예반원들이 빙 둘러앉은 자리에서 일어나 자신을 소개하고 비록 인사지만 서로에게 말을 걸 수 있었다. 그동안 3년이 넘도록 칠규가 미자에게서 들어온 말은

"짜장면 보통 나왔습니다."

이 말뿐이었다. 물론 칠규도 미자에게 한 말은 "짜장면 보통으로 주세요."뿐이었다. 칠규가 용기를 내어 문예반에 가입한 것은 좋았으나 곧 그는 커다란 벽을 만나고 말았다. 애당초 문학에 문외한인 그가 일주일에 한 번씩 학우들이 지켜보는 가운데 자신의 글을 발표하여야 한다는 거였다. 그는 서둘러 도서관을 달려갔다. 그리고는 몇 가지 책을 대출하였다. 〈좋은 문장 비법〉, 〈첫눈에 사로잡는 문장〉, 〈내 문장이 그렇게 조잡한가요?〉, 〈쓰기의 글들〉, 〈유혹받는 글쓰기〉 등등

그렇게 박칠규는 뜻하지 않게 문학 소년이 되어 매일 책을 읽고 글을 쓰는 중노동을 하였다. 세월은 흘러, 2학년이 된 칠규는 이제 하루라도 글을 쓰지 않으면 입안에 가시가 돋을 정도로 성장하였다. 그리고 운명의 가을 축제. 시화전이 열렸다. 미자는 수필을, 칠규는 시를 지어 교내 강당에 게시하였다. 물론 칠규의 시는 미자에 대한 끝없는 사랑을 은유적으로 절절하게 표현한 거였다. 자신의 목숨보다 사랑하지만, 줄곧 말 한마디 하지 못하고 애절한 속앓이만 하는 못난 자신을 한탄하는 내용이었다.

시화전이 열린 첫날, 칠규는 부푼 가슴을 안고 미자의 수필을 마주하였다. 그리고 한줄 한줄 읽어 내려갔다. 마지막 줄까지 다 읽은 칠규는 복받치는 감동으로 비실거리며 강당을 빠져나가 언덕으로 올라갔다. 눈부시게 푸른 하늘과 바다가 펼쳐졌다. 그는 눈물을 주룩주룩 흘리며 두 손을 입에 모아 큰 소리로 외쳤다.

"고맙다! 송미자! 정말 정말 고맙다! 송미자!"

미자가 쓴 수필의 내용은 바로 자신의 이야기였다. 늘 미자의 주위만 맴돌기만 할 뿐 말 한마디 내뱉지 못하는 칠규의 사랑을 미자는 어느새 남자로 받아들였다.

첫 데이트

벨 소리에 칠규는 눈을 떴다. 겨우 일어나 거울을 보니 눈가에 눈물 자국이 보였다. 그는 미자를 추억하면, 늘 행복했던 기억과 이별의 고통을 아우르는 복잡미묘한 감정에 사로잡히곤 하였다. 그는 이제 익숙하게 모니터를 들여다봤다. 진한 화장을 한 여인이 껌을 딱딱 씹으며 손에는 뭔가를 잔뜩 들고 서 있었다.

"누구신가요?"

칠규는 호기심을 억누르고 물었다.

"엘레강스 오에요. 사장님. 빠션 디자이너. 호호호"

그녀는 뭐가 신났는지 몸을 배배 꼬기 시작했다. 가만히 보니 한쪽 귀에 이어폰이 꽂혀 있었다. 칠규는 오픈 도어 벨을 누르면서 속으로 생각했다.

'부자로 사는 것도 꽤 번거롭구먼….'

그녀는 집 안으로 들어오면서도 연신 엉덩이를 흔들어 재꼈다. 칠규가 가까이 가니 진한 화장품 냄새가 코를 못 들 정도로 심하게 났다. 뒤이어 조수로 보이는 젊은이도 뒤따라 들어왔다. 그는 양손에 다양한 종류의 의상을 무더기로 들고 낑낑거리고 있었다.

"이렇게 귀하신 분을 뵙게 되어 무척 영광입니다. 호호호"

엘레강스 오는 로또라도 맞은 듯, 들뜬 표정으로 박칠규의 손을 덥석 잡았다. 그녀는 칠규보다 키가 한 뼘 정도는 더 컸다. 그리고 수갑처럼 생긴 귀걸이를 달고 코걸이와 입 걸이도 걸쳤다. 목에도 요란하기 짝이 없는 목걸이를 주렁주렁 달고 있었다.

그런데 칠규가 가만히 보니 뭔가 모르게 얼굴이 부자연스러워 보였다. 광대뼈가 툭 튀어나오고 이마도 널찍한 게, 화장만 지운다면 영락없는 남자처럼 보였다. 하지만 칠규는 감히 트렌스젠더인지 물을 수 있는 배짱은 없었다.

"안녕하세요? 김동이입니다."

이번에는 젊은이가 무거운 옷들을 소파에 내려놓고는 칠규에게 다가와 고개를 90도로 크게 숙였다. 그러고는 잽싸게 옷장으로 가더니 이동식 옷걸이를 가지고 와 옷들을 정성스럽게 걸기 시작했다. 삽시간에 옷걸이에 옷이 꽉 찼다. 대략 20벌은 되는 듯 보였다. 엘레강스 오는 그 옷들은 다시 한번 꼼꼼하게 체크하고는 돌아서서 칠규에게 고혹적인 미소를 지으며 말했다.

"사장님! 주문하신 옷이 마음에 드십니까?"

그 말에 칠규는 어안이 벙벙했다.

"제가 언제 주문했나요? 저는 전혀 기억에 없는데…."

"오호호 사장님도 참…. 여기 이건 그럼 뭔가요?"

엘레강스 오가 보여준 주문서에는 칠규의 서명뿐만 아니라 칠규의 몸 구석구석 치수까지 기재되어 있었다.

"아, 아니, 언제 내 치수까지?"

칠규가 놀라고 있을 즈음에 휴대폰 사운드가 울렸다. 요셉 신부였다.

"아, 제가 깜빡하고 말씀 못 드렸군요. 지금쯤 주문하신 옷들이 도착하였을 겁니다. 아무쪼록 멋있게 쫙 빼입고 성공적인 데이트 부탁드립니다. 그럼 파이팅!"

신부의 말이 끝나자마자 칠규는 대들 듯이 물었다.

"그런데 제 치수는 어떻게 알았나요?"

"아, 그건, 병원에 계실 때…. 죄송합니다만 워낙 중차대한 사항이라…. 칠규님이 조속히 자식을 낳기만을…. 주님의 이름으로…. 그럼…. 이만…."

칠규는 어쩔 수 없이 휴대폰을 내려놓았다. 그날, 칠규는 엘레강스 오의 강요로 모든 옷을 억지로 다 입어 봤다. 마치 솜털같이 부드러운 질감의 고급 정장과 캐주얼, 외출복과 실내복, 심지어 속옷까지 칠규의 몸에 딱 들어맞았다. 엘레강스 오는 뷰티풀을 연신 외치며 자기 작품에 자화자찬을 아끼지 않고 쏟아 낸 다음, 들어올 때와 마찬가지로 요란스럽게 나갔다.

그리하여 길고 사치스러운 하루가 흘렀다. 칠규는 잠자리에 들어 눈을 감아 보지만 당최 잠이 오지 않았다. 지나치게 큰 집에 혼자 있다고 생각하니 무섭기까지 하였다. 하지만 억지로 잠을 청했다. 내일은 또 어떤 일이 벌어질지? 그야말로 인간만사 새옹지마였다.

◆◆◆

휴대폰 소리에 잠을 깼다. 시간을 확인해 보니 벌써 9시가 넘었다. 칠규는 밤새도록 뒤척이다 새벽에 겨우 잠이 들었다. 그는 무거운 몸을 억지로 일으키고 전화를 받았다.

"안녕하세요? 강민영 헬스 트레이너입니다. 멋진 하루를 맞이할 준비가 되셨나요?"

"아, 네, 네."

칠규는 억지로 답을 했다.

"네, 그럼 정각 10시에 헬스미러에서 뵙기를 원합니다. 자 그럼 오늘 하루도 힘차게! 파이팅!"

칠규는 무거운 눈을 이끌고 어기적어기적 샤워실로 갔다. 생각 같아서는 오늘 하루 아무것도 하지 않고 푹 자고 싶었지만, 자신에게 주어진 고귀한 사명을 생각하고는 마음을 다잡았다.

'그래! 아무튼 애기 하나만 낳아 주면 되는 거니까!'

그렇게 오전 운동을 하는 사이 어느새 가사 도우미 김은혜가 화려하고 멋진 궁중식 아침을 마련해 두었다. 칠규가 아침을 마칠 때쯤 기다렸다는 듯이 휴대폰이 울렸다. 커플 매니저 박선영이었다.

"잘 주무셨나요? 사장님. 어떻게 일곱 예비 신부는 마음에 드셨나요?"

박선영의 다정다감한 목소리에 칠규는 심장이 다시 거칠게 뛰기 시작하여 횡설수설하기 시작했다.

"네, 모두 무척 너무 지나치게 이쁘고 똑똑하고 그래서…. 저기…. 아무래도…. 제게는…. 너무…. 과분한…. 그래서….

저기…. 그러니까…. 저는…. 제 수준에…. 그러니까…."

"아, 네. 사장님. 무슨 뜻인지 잘 알겠습니다. 혹시라도 그 중에 마음에 드신 분이 계시는가요? 없으시다고 해도 괜찮습니다. 왜냐하면 지금 사장님과 데이트를 원하는 싱글들이 무척 많습니다. 저희는 고객님의 소울 메이트를 찾기 위한 노력을 끊이지 않을 것입니다."

"네, 뭐 제 생각에는 마지막 7번…. 아무래도…. 제 수준에 …."

"잠시만요…. 7번 후보자님이시라면…. 오호호…. 아이고 죄송합니다…. 저희가 고객님의 요청이 워낙 다급하여 급하게 선발하다 보니 그만 잘못된 분이 선정되셨네요…. 죄송합니다."

"아, 아니 그런 게 아니고…. 7번분이 마음에 든다는…."

"네? 1,000원 분식집 사장에 이혼녀인데…. 정말인가요?"

"네, 네. 그분 인상이 무척 좋습니다. 한번 만나보고 싶습니다."

칠규는 김추자 사진을 황급히 찾아 들고는 당당하게 말했다.

"아, 네, 네, 네, 정말로 김추자 님과 데이트하고 싶으신가요?"

"네, 그렇습니다."

칠규는 이제 결의에 찬 모습으로 임했다.

"네, 그럼 약속을 잡도록 하겠습니다. 사장님. 조만간 연락 드리겠습니다. 감사합니다."

전화를 끊고 10분도 채 지나지 않아 다시 연락이 왔다.

"약속이 잡혔습니다. 사장님. 내일 오후 5시. 백제호텔 77층 두바이 레스토랑입니다. 그럼 멋진 데이트가 되기를…."

칠규는 전화를 끊고 한동안 설레는 가슴을 주체할 수 없었다. 왠지 모르게 김추자와 잘될 것 같은 예감이 들었기 때문이었다.

◆◆◆

다음날, 칠규는 일찌감치 약속 장소로 갔다. 뭐, 어차피 집에서 빈둥빈둥 놀 바에야, 시내도 구경하고 또 특급호텔이 어떻게 생겼는지도 볼 겸 해서 일찍 서둘렀던 거였다. 호텔은 으리으리했다. 칠규는 호텔 입구로 막상 들어섰지만 어디로 가서 어떻게 가야 하는지를 몰라 한동안 두리번두리번했다. 그러다 마침내 엘리베이터를 발견하고는 올라탔다. 엘리베이터에는 아리따운 여성이 멋진 제복을 입고 손에 흰 장갑을 낀 채, 안내하고 있었다.

"몇 층으로 가십니까? 고객님."

안내 여성은 상냥한 미소를 지으며 칠규를 지긋이 쳐다봤다. 칠규는 그 순간 가슴이 다시 콩 짝 콩 짝 뛰기 시작하며 말을 더듬기 시작했다.

"저, 그, 그, 그, 그러니까…. 두, 두, 두바이…. 레스토랑"

"아, 네 고객님. 77층 두바이 레스토랑 말씀하시는군요. 이 엘리베이터는 저속으로 20층까지만 운행이 됩니다. 죄송합니다만 고객님. 2층에서 내리셔서 맞은편 고속 엘리베이터로 갈아타 주시기를 바랍니다. 감사합니다."

"아, 네. 네."

칠규는 주섬주섬하며 2층에 내려 맞은편 엘리베이터를 쳐다봤다. 등에서 식은땀이 흘렀다. 곧이어 고속 엘리베이터가 도착했다. 이번에도 문이 열리자 멋진 여성이 칠규를 보고는 고개를 까딱했다. 칠규는 다리가 풀린 듯 휘청거렸다.

◆◆◆

77층에 선 엘리베이터. 문이 열리자 화려한 조명과 장식이 칠규를 위압했다. 칠규는 이제 오도 가도 못한 상태가 되어 조심조심 레스토랑 입구로 다가갔다. 그곳에도 마찬가지로 멋진 제복의 여성이 칠규를 보며 상냥하게 웃고 있었다.

"안녕하세요? 고객님, 혹시 성함이 어떻게 되시나요?"

"네, 저, 저는 칠규입니다. 박칠규."

안내 여성은 잠시 모니터에서 명단을 체크하더니 활짝 웃으며 그를 안내했다.

"네, 고객님. VIP 룸으로 모시겠습니다."

그러면서 그녀는 당당한 자세로 앞서갔다. 그녀를 따라 들어간 룸에서 칠규는 저절로 감탄이 터져 나왔다. 서울 시내 전경이 한눈에 확 들어왔다. 그는 정신없이 서울의 모습을 관찰하며 자살 시도 이후 첫 데이트를 황홀한 마음으로 기다렸다.

◆◆◆

칠규가 화려한 레스토랑에서 눈 앞에 펼쳐진 장관에 감탄하고 있을 때, 커플 매니저가 쑥 들어왔다.

"안녕하세요? 사장님! 약속 장소는 마음에 드시나요?"

그녀는 깔끔한 정장 차림으로 칠규 옆자리에 앉으며 다정다감한 미소를 보냈다.

"네, 저 저야 뭐 엄청 좋습니다. 네."

칠규는 명품 정장에 적응이 아직 안 되는지 거북한 자세로 의자에 앉으며 얼굴을 붉혔다.

"네, 다행입니다. 사장님. 김추자 님께서도 이미 호텔에 도착하셨습니다. 곧 올라오실 것입니다."

"네, 네."

기분이 좋아진 칠규는 헤죽헤죽 웃으며 긴장을 풀려고 노력했다.

"그리고 잘 아시겠지만, 사장님은 저희 VVIP 고객이십니다. 그러므로 사장님이 원하시면 언제 어디서나 어떤 분들과도 만남이 가능하며, 평생 동반자를 낙점할 때까지 우리 회사는 아낌없이 모든 서비스를 제공한다는 사실을 알아주시면 무척 감사하겠습니다."

박선영은 마치 자신이 선보러 나온 사람처럼 살갑게 칠규 옆에 찰싹 붙어 애교를 떨었다.

"네, 네. 잘 알고 있습니다. 우리 매니저님 덕분에 좋은 사람을 만날 수 있을 것으로 기대합니다. 헤헤헤."

칠규는 기분이 한결 좋아진 듯 촐싹거렸다. 그렇게 10여 분쯤 지났을까? 안내받은 여성이 차분히 고개를 수그린 채 들어와 커플 매니저와 박칠규를 번갈아 보며 인사를 건넸다.

"안녕하세요? 김추자입니다."

그녀는 손을 내밀어 칠규와 가볍게 악수를 하였다. 그녀의 손은 거칠었지만, 얼굴은 프로필 사진보다 훨씬 차분하고 조숙해 보였다. 칠규의 심장이 다시 심하게 뛰기 시작했다. 커플 매니저는 잠깐 두 사람의 장점만 주야장천 나열하고는 행운을 빈다는 말을 남기고 자리를 비웠다.

매니저가 떠나고 나자 잠깐 침묵이 흘렀다. 칠규가 무슨 말을 꺼내야 할지 몰라 망설이고 있는 사이 추자가 먼저 말문을 열었다.

"사실, 이렇게 좋은 호텔, 레스토랑은 처음이라 그런지…. 마치 가시방석에 앉은 느낌입니다. 죄송하지만…."

"저도 사실 머리털 나고 처음으로 이런 곳에 온 겁니다."

칠규는 추자의 말에 적잖이 안심되는 듯, 속마음을 털어놓기 시작했다.

"무척 부유하다고 그러시던데 어떻게?"

추자는 어리둥절한 표정으로 칠규를 바라봤다.

"아, 네. 그게 사실 그럴만한 사정이 있어서 갑자기 그렇게 된 것이고요. 사실은 최근까지 무척 가난하게 살았습니다."

"그럼, 로또라도 당선이 된 건가요?"

추자는 재미있다는 표정으로 칠규에게 물었다.

"뭐, 그런 셈이죠. 로또보다 더 좋은 운명 같은 거…. 아마 우리가 좋은 인연을 이어간다면 훗날 모든 것을 말씀드릴 수 있을 겁니다. 아마…."

"아, 네."

추자는 안심한 듯한 표정으로 칠규를 보고 미소를 지었다.

"혹시 뭐 잡숫고 싶으신 거 있으시면 마음껏 주문하세요.

금액에 구애받지 마시고. 헤헤헤"

기분이 좋아진 칠규는 자신감을 내보이며 메뉴 책 1권을 추자에게 건넸다. 그리고 자신도 메뉴 책을 들여다봤다. 그러고는 곧 절망적인 눈길로 메뉴 책을 한 장 한 장 넘겼다. 온통 자신은 모르는 메뉴뿐이었다.

캐서롤에 요리한 파르메산 치즈 라비올리

허브를 넣고 로스트한 엘리전 필즈 양고기

풀 먹여 키운 앵거스 비프 카르파초

레몬 버터 소스와 왕새우와 꽃살 스테이크의 씨푸드 콤보 스테이크

갈릭 크림소스의 등심과 그릴 버터 전복의 원기 회복 전복 콤보 스테이크

진한 채널제도 산 크림을 얹은 벨기에산 초콜릿 푸딩….

추자의 표정도 점점 딱딱하게 굳어지고 있었다. 뭘 어떻게 주문해야 하고 뭘 먹어야 할지 당최 감이 서지 않는 눈치였다. 그렇게 두 사람은 한동안 멍하니 책을 뒤적뒤적하고 있었다. 그러다 마침내 칠규가 입을 열었다.

"혹시 좋아하는 음식이 뭔가요? 추자 씨."

추자의 표정을 살살 살피며 칠규는 이 상황을 어떻게 헤쳐

나가야 할지 막막한 심정으로 물었다.

"사실대로 말씀드려도 될까요?"

추자도 난감함, 그 자체의 자세로 대답했다.

"네, 뭐든지 괜찮습니다. 말씀만 해주세요."

"저는 순댓국…."

추자는 기어가는 소리로 중얼거렸다. 하지만 칠규는 이 말을 듣는 순간 천군만마를 얻은 듯 갑자기 표정이 밝아졌다.

"저도 그렇습니다. 순댓국. 하하하. 순댓국이야말로 우리 조상이 물려주신 최고의 유산이지 않겠습니까! 하하하…."

이 말을 들은 추자도 화색이 돌며 맞장구를 쳤다.

"네, 지당하십니다. 돼지 뼈를 푹 고아 우려낸 사골 국물에 순대, 돼지머리 고기, 염통과 오소리감투, 소창, 대창을 넣어서 한 번 더 끓여주면 이게 바로 천하 대장부도 눈물 콧물 흘려가며 먹는다는 그 순댓국이지 않겠습니까! 호호호"

이 말을 들은 칠규는 대번에 자신감을 얻고 자리를 박차고 일어나며 외쳤다.

"추자 씨! 그러면 우리 순댓국 먹으러 가시죠! 저는 더 이상 이 자리에 앉아 있지를 못하겠습니다. 전신에 마치 두드러기가 난 듯 불편하기 짝이 없습니다."

이에 추자도 용기를 내어 벌떡 일어났다.

"그럼 가시죠! 우리 동네에 순댓국을 아주 잘하는 집을 알고 있습니다. 괜찮으시다면 그곳으로 모시겠습니다."

"네, 좋습니다. 하하하."

그렇게 칠규와 추자는 주위 눈치를 슬슬 보며 까치발로 조용조용 사치스러운 레스토랑을 빠져나와 추자네 동네 순댓국집으로 도망을 쳤다.

◆◆◆

기분이 무척 좋아진 칠규는 특순대국 2개와 모듬 순대 그리고 소주도 한 병 시켰다. 그리고 자기 목을 꽉 조르고 있던 넥타이를 풀어 헤치고 크게 숨을 들이쉬었다. 추자도 긴장을 풀고 환한 미소를 지으며 칠규를 호감 있는 눈초리로 바라봤다.

"헤헤헤, 이제야 좀 식당에 온 것 같은 느낌이 듭니다."

칠규는 어느새 추자가 마음에 드는 듯 목소리에 힘을 주어 남자답게 말했다.

"네, 저도 구수한 순댓국집 냄새를 맡으니, 식욕이 막 샘솟는 듯합니다. 호호호."

추자도 칠규가 싫지는 않은 듯 살짝 눈꼬리를 치켜세우고 유혹하듯 응답했다.

"술은 좀 하십니까?"

"네, 그냥 장사 끝나고 가끔 소주 반병 정도…. 호호호."

"식당 운영하신다고 들었습니다만…. 1,000원 분식집."

"네, 분식집 사장입니다."

"아주 잘되었습니다. 왜냐면 저는 분식을 무척 사랑합니다. 하하하."

"어떤 거 좋아하세요?"

"저는 다 좋아합니다만…. 특히 해장라면과 땡고추 넣은 핫떡복이를 좋아합니다. 하하하"

"우리 집에 들려주시면 제가 정성껏 만들어 대접해 드리겠습니다. 칠규 씨. 호호호"

칠규 씨라는 자신의 이름을 듣자, 그는 그녀가 무척 사랑스럽게 보였다. 때마침 주문한 음식과 소주가 나왔다. 칠규는 추자에게 소주 한 잔을 따르고 자신의 잔에도 술을 부었다. 그러고는 건배를 제안했다.

"오늘의 뜻깊은 만남을 위하여!"

"위하여!"

추자도 힘차게 외치며 단번에 술잔을 비웠다. 이에 질세라 칠규도 꿀깍하고 한 번에 술을 삼켰다. 빈속에 따스한 알코올 기운이 기분 좋게 속을 데웠다. 그러자 슬슬 용기가 올라왔다.

"그런데 추자 씨! 어쩌다 남편과 헤어진 건가요? 초면에 실례가 안 된다면….”

추자는 잠시 머뭇머뭇하더니 용기를 낸 듯 조용히 답했다.

“사실, 남편은 저의 첫사랑입니다. 19살에 결혼을 하였거든요. 철모를 때 한 짓이라 살면서 차츰차츰 남편의 정체를 깨닫게 되었습니다. 그게 그러니까….”

추자는 잠시 말을 멈추며, 마치 고통스러운 과거를 억지로 끄집어내는 듯, 숙연한 표정으로 돌아갔다. 칠규도 할 수 없이 그녀의 눈치만 보며 조용히 기다렸다.

“남편이 도박 중독에다 전국 팔도에 여자가 있었어요.”

이 말을 듣자, 칠규는 추자가 가여워지기 시작했다.

“그래서 결국….”

“네, 다행히 이혼서류에 도장은 찍어 주더군요. 그래서 도망치듯 나왔습니다. 그때가 벌써 10년이 넘었습니다.”

칠규는 그녀가 첫사랑이라는 말을 꺼내자마자, 대번에 자기 가슴에 송미자의 자국이 번지는 것을 느꼈다. 그는 연거푸 소주잔을 기울였다. 추자도 마찬가지였다. 그녀는 마치 모든 과거를 잊으려는 듯, 힘차게 소주잔을 비웠다.

◆◆◆

그렇게 기분 좋게 먹고 마신 뒤, 얼큰하게 취한 상태로 두 사람이 막 식당 문을 나섰다. 두 사람은 서로에게 가까워진 듯한 감정을 느끼며 다음 행선지를 물색하기 시작했다. 그런데 이상한 일이 발생했다.

느닷없이 검은 승합차 한 대가 칠규를 칠 듯이 급하게 달려와 섰다. 그리고 2개의 차 문이 벌컥 열리고는 검은 복장에 검은 선글라스를 낀 이들이 뛰쳐나오더니 칠규를 잡아 내팽개치듯 차 안에 꾸겨 넣기 시작하였다.

그런데 이때, 더 놀라운 광경이 벌어졌다. 추자는 당황하는 기색 하나 없이 왼팔에 찬 시계에다가 크게 외쳤다.

"메이데이, 메이데이, 타겟 위험 높다. 메이데이 메이데이!"

그러고는 그녀는 능숙하게 가방에서 권총을 꺼내 방아쇠를 당겼다.

IMF

Impossible Missions Force

추자가 쏜 총은 정확하게 승합차의 유리창 2개를 박살냈다. 그리고 2발은 2명의 납치범 어깨를 관통했다. 그들도 지지 않고 곧바로 반격을 시작했다. 운전석에 있던 녀석이 창을 열고, AK-47 자동 소총을 추자 방향으로 난사했다. 그녀는 급히 다시 식당 안으로 몸을 숨겼다. 식당 정문이 산산조각이 나며 유리 조각이 사방으로 튀었다. 식당 내 사람들의 비명이 메아리쳤다. 추자는 다시 긴급 메시지를 전송했다.

"메이데이 메이데이 타겟 납치 가능 메이데이 메이데이"

칠규를 자동차 뒷좌석에 태운 납치범들은 이제 전속력으로 달아나기 시작했다. 어마어마한 굉음을 내며 납치범의 승합차가 시야에서 급속히 멀어지고 있었다. 그리고 곧이어 두 대의 검은 세단 승용차가 식당 앞에 급브레이크를 밟으며 멈추었다. 추자는 첫 차에 신속하게 올라탔다. 곧이어 이들도 폭음을 내며 앞선 승합차를 쫓기 시작했다.

추자의 차를 운전하는 이는 가사 도우미 김은혜였다. 그녀는 검은 선글라스를 끼고 전속력으로 차 사이 사이를 지나치며 승합차의 간격을 좁혀 나갔다. 뒤이어, 또 한 대의 차량이 초고속으로 따라왔다. 그 차의 운전은 헬스 트레이너 김종국이 맡았다. 그리고 옆자리에는 강민영 헬스 트레이너가 앉았다. 그녀는 능숙하게 저격용 소총을 조립하였다.

이윽고 납치범의 승합차 바로 뒤에 두 대의 승용차가 바짝 붙었다. 그러자 강민영이 차창을 열고 고개를 내밀더니 승합차를 조준하고 총을 한 발 한 발 쏘았다. 두 발의 총알은 정확히 승합차의 타이어를 찢어 버렸다. 그러자 승합차는 한번 휘청거리더니 마치 스프링처럼 튕겨서 공중에서 몇 바퀴 구르며 바닥에 때기장을 치며 미끄러지다 가드레일을 들이박고 멈추었다.

뒤따르든 차들은 급브레이크를 밟으며 겨우 갓길에 멈추

었다. 차에서 내린 이들은 총을 든 채, 조심조심 사고 난 차량으로 접근했다. 승합차의 앞 범퍼가 완전히 부서졌고 독한 냄새와 함께 연기가 피어올랐다. 추자는 급하게 차량 내부를 살펴봤다. 4명의 납치범은 모두 의식을 잃은 듯이 보였다. 그리고 그 납치범 사이에 끼어 있던 칠규도 넋이 나간 표정으로 피를 흘리고 있었다.

추자와 종국은 급히 차량의 문을 부수고 칠규를 끄집어내 차에 싣고 병원으로 달렸다. 김은혜와 강민영은 납치범의 휴대폰과 지갑 등, 정보가 될만한 것들을 수집하고는 급히 그 자리를 떴다. 잠시 후, 승합차는 엄청난 폭음을 내며 폭발했다.

◆◆◆

박칠규가 눈을 떴을 때 모든 것이 이전에 봤던 그대로였다. 작고 단출한 흰색의 방에 흰색의 침대에 흰색 모포를 덮고 그는 누워 있었다. 그는 그 순간 생각했다.

'이거 뭐지? 이건 마치 영화 〈사랑의 블랙홀〉이나 〈엣지 오브 투모로우〉처럼, 타임 루프에 갇힌 건가? 왜 똑같은 곳에서 눈을 떤 거지?'

그는 옷을 살펴봤다. 이전과 똑같이 흰색 잠옷에 흰색 화병에는 안개꽃이 여전히 흐드러지게 피어 있었다. 그리고 창문에 비친 평범한 하늘과 도시.

'마저, 이건 틀림없이 그런 거야! 죽어도 죽어도 다시 깨어나는 무한 반복….'

칠규는 천천히 일어나 창문으로 가려고 했다. 하지만 온삭신이 다 아프고 쑤셨다. 게다가 링거병이 쭉 따라왔다. 가만히 자신을 살펴보니 곳곳에 붕대와 반창고가 붙어 있고 얼굴도 부은 듯 푸석푸석했다. 그러자 갑자기 생각이 났다. 그가 누군가에게 납치되었던 그 순간이….

하지만 그를 충격으로 몰고 간 것은 그것만이 아니었다. 가냘프고 청순하기 짝이 없던 추자 씨가 느닷없이 차를 향해 총을 쐈다는 사실이었다.

'이건 뭐지? 내가 그동안 영화를 너무 많이 봐서 그런 건가? 어떻게 벌건 대낮에 그것도 대한민국에서 총질과 자동차 추격전을 할 수 있는 거지?'

칠규는 가뜩이나 아픈 머릿속이 더 복잡하게 꼬여가기 시작했다.

'도대체 내가 살아 있기는 한 건가?'

그때, 노크 소리와 함께 흰색 가운을 입은 바로 그 간호사가 다시 나타났다. 그는 그 순간, 머릿속을 휘젓던 생각을 묻지 않을 수 없었다.

"혹시 제가 살아 있기는 한 건가요?"

그러자 간호사는 더욱 한심하다는 표정을 지으며 빈정거리며 쏘아댔다.

"박칠규 환자님, 바지 내려서요…. 알죠…. 항생제 주사…. 세게 아픕니다."

◆◆◆

박칠규가 문득 다시 잠에서 깨어나 보니 옆에 익숙한 얼굴이 보였다. 요셉 신부였다. 그는 박칠규의 이마에 손을 얹고는 눈을 감은 채, 기도를 드리고 있었다. 이윽고 기도가 끝나자, 신부는 박칠규를 측은한 눈길로 쳐다봤다.

"천만다행입니다. 귀하신 몸인데 약간의 찰과상만 입으셔서…."

신부는 포근한 미소를 칠규에게 보냈다.

"근데, 신부님! 도대체 어떻게 된 건가요? 왜 제가 납치를 당한 건가요? 그리고 그들은 도대체 누구인가요? 그리고 추자 씨는 도대체 정체가 뭔가요?"

칠규는 답답한 듯 목소리를 높여 신부에게 대들 듯이 따졌다.

"죄송합니다. 칠규 씨. 많이 놀라셨죠? 지금 심정 충분히 이해합니다. 다만 저희가 모든 것을 다 공개하지 못하는 점은 이해하시기를 바랍니다. 저로서는 최선을 다해 칠규님을 도울 것입니다. 이 점만은 확실합니다. 그리고 지금 당장 칠규님에게 말씀드리고 싶은 것은, 적들이 우리 가까이에 있다는 것입니다. 즉, 당신의 존재를 알게 되었다는 뜻입니다. 그러므로 앞으로는 더욱더 보안에 신경을 쓰도록 하겠습니다."

"그게 무슨 말씀인지? 적들이라면 도대체 누구를 말하는 건가요?"

칠규는 마치 늪 속에 점점 더 깊이 빠지는 듯한 당혹감에 서둘러 신부에게 답을 재촉했다.

"칠규님도 알고 계시다시피 칠규님의 아들은 이 세상을 구하는 저항군의 지도자로 예정된 분이십니다. 그리고 이것은 이제 바티칸의 영역을 넘어섰습니다. 즉, 조만간에 닥칠 일입니다. 믿기지 않겠지만, 그들은 이미 〈지구 리셋 음모〉를 시작하였습니다. 세상의 모든 금력과 과학기술을 은밀하게 지배하는 세력군이 있습니다. 그들은 이 세상에 인구가 지나치게 많다고 생각합니다. 마치 〈노아의 방주〉처럼 극소수의 선택된 인간만 남긴 채 솎아내려고 합니다. 그리고 그들은 이제 당신의 존재를 파악한 것으로 보입니다. 사실 그들은 이미 오래전에 바티칸의 배신자를 통해 우리 예언서의 일부를 가져갔습니다. 그들도 우리처럼 그들에게 맞서 싸울 미래의 지도자를 찾고 있었던 겁니다."

"신부님, 그 적들은 뭐라 부릅니까?"

칠규는 두려움에 휩싸인 채 신부를 쳐다봤다.

"〈파더스〉라고만 알려져 있습니다. 그들은 극도의 비밀집단입니다. 하지만 우리 사회 깊숙이 뿌리박고 있습니다. 우리 조직이 그들을 추적해서 밝힌 것은 극소수입니다. 즉, 우리가 알고 있는 것은 빙산의 일각입니다."

"신부님, 금방 우리 조직이라고 하셨습니까?"

칠규의 질문에 신부는 음성을 낮추며 대답했다.

"혹시 IMF를 아시나요?"

"네, 그럼요. 잘 알고 있습니다. 저도 IMF 때 직장 잘리고 엄청 곤란한 지경까지 갔거든요."

"아니. 그 IMF 말고 혹시 영화 〈미션 임파서블〉 보셨나요? 톰 크루즈 주연의…."

"아, 네. 잘 알고 있습니다. 제가 무척 즐겨 봤던 영화입니다만…. 그게 IMF하고 무슨 관계가?"

칠규는 그 대목에서 잠시 생각하더니만 이내 환한 표정으로 말을 이어갔다.

"아! 맞다! 미션 임파서블에 IMF 비밀 단체가 나오는구나! 하하하"

"네, 맞습니다. 바로 그 IMF입니다. Impossible Missions Force의 약자입니다."

신부는 흐뭇한 미소를 지으며 고개를 끄덕였다.

"그러면 그 IMF가 현실에 진짜로 존재한다는 말씀인가요?"

이제 칠규는 몸의 통증도 잊은 채, 마치 어린애처럼 묻기 시작했다.

"네, 그렇습니다. WPG(World Protection Agency)의 13개 부서의 한 조직입니다. 저는 칠규님과 미래의 아드님 안전을 책임지고 있고요. 그리고…. 제 소속팀원을 지금 소개하도록 하겠습니다."

"소속팀원요?"

"네, 칠규님은 이미 한 번씩 뵌 사람들입니다."

요셉 신부는 불쑥 왼쪽 손을 올리더니 메시지를 전달했다.

"입장해주세요. 여러분."

신부의 말이 떨어지기가 무섭게 기다렸다는 듯이 팀원들이 하나씩 들어오기 시작했다. 그들을 차례대로 보면서 칠규는 눈을 동그랗게 뜬 채 말을 더듬기 시작했다.

"어, 어, 어, 가사 도우미 김은혜 님, 그리고 어, 어, 저, 헬스 트레이너 김종국 님, 그리고 강민영 님, 그리고 어, 어, 어, 커플 매니저 박선영 님, 아, 아, 아니 김추자 님까지…. 그럼 지금까지 제가 만난 사람이 모두 다 조직원들?"

박칠규 앞에 쭉 둘러선 IMF 요원들은 눈빛을 반짝이며 고개를 끄덕거렸다.

남극 돔

미켈레 신부는 기도를 마친 후 잠자리에 들기 위해 침대에 누웠다. 창밖 보름달 빛이 침대의 모서리를 쓸쓸하게 만지고 있었다. 그는 눈을 감았다. 하지만 쉬 잠이 올 것 같지는 같았다. 어젯밤 바티칸에서 돌아온 그는 점점 현실과 맞아떨어지는 예언서의 내용에 불길함을 감출 수가 없었다.

'이게 정녕 주님의 뜻인가요?'

그는 오늘 이 말을 수도 없이 속으로 되뇌었다. 그는 1년 전, 바티칸의 비밀 모임인 〈파벨코란데오〉에 새로운 7인의 학자로 선임되었다. 그리고 그 모임에 참가한 지 정확히 1년째 되는 날, 9.11 테러로 무역센터가 무너지는 것을 목격했다. 예언서에 적힌 내용 그대로였다.

'탐욕의 도시에, 하늘을 찌르던 두 개의 쌍둥이 탑이 무너졌다. 오만과 반목이 널리 퍼졌고 마침내 멸종의 전조가 시작되었다. 사람들은 두려움을 감추지 못하게 되었다. 증오가 낳은 끔찍함의 단면을 세상 모두가 지켜보았다.'

그리고 한 달 뒤, 바로 어제, 그는 모임에서, 예언서에 적힌, 3차 세계대전을 묘사한 부분을 회원들과 논의하고 온 것이다. 그 내용은 방대하여, 파벨의 예언서 10권 중 1권이 몽땅 이 아마겟돈에 관한 묘사로 채워져 있었다. 그리고 그 내용은 실로 끔찍하기가 이를 데 없었다. 그는 한숨을 길게 쉬었다. 그리고 천천히 모로 누워 머릿속에 그려지는 미래의 모습을 안타깝게 지켜봤다.

◆◆◆

신부가 막 잠들었을 때쯤, 그는 전화벨 소리에 잠을 깼다. 벨 소리는 좁고 단순한 방의 모든 것을 깨울 것처럼 요란하게 오랫동안 울렸다. 결국, 미켈레는 천천히 일어나 수화기를 들었다.

"누구신데 이렇게 늦은 밤에 전화를 주신 겁니까?"

신부의 엄숙한 목소리에는 불만이 묻어났다.

"죄송합니다. 신부님. 토리노 박물관장 엔니코입니다. 주무실 텐데 본의 아니게 깨우게 되었습니다. 사실, 꽤 급한 메시지를 받았기에 일단 신부님께 먼저 메일로 띄웠습니다. 한 번 살펴보시고 의견을 주시면 무척 감사하겠습니다. 그럼 편안한 밤 되시기를 기원합니다. 주님의 영광."

전화를 끊고 신부는 곧바로 모니터를 켠 뒤 메일을 체크했다. 메일의 내용은, 이미지 하나를 첨부하였으니 그 이미지가 무엇을 뜻하는지를 알고 싶다는 거였다. 신부는 첨부파일을 클릭했다. 그리고 화면에 펼쳐진 한 장의 사진을 살펴봤다. 그곳에는 둥근 원이 그려져 있고 그 안에 고대 언어로 보이는 기호들이 새겨져 있었다. 그는 조금 전의 상심도 다 잊고 그 기호의 해석에 매달리기 시작했다.

미켈레 신부는 사실, 세계 최고 권위의 고대 언어학자였다. 그가 파벨코란데오에 뽑힌 것도 다분히 그의 학자적 명성이 한몫하였다. 그는 산스크리트어, 히타이트어, 코이네 그리스어, 다키아어, 수메르어에 능통하였으며 이러한 지식을 이용하여 고대 철학과 신학책 다수를 해석하기도 하였다.

신부는 그날 밤을 꼬박 새워 이 문양의 의미를 해석하였다. 그리고 마침내 2개의 단어를 해석하는 데 성공하였다.

그것은 〈식량〉과 〈저장고〉였다. 그는 날이 밝자마자 곧바로 토리노 박물관장에게 전화를 걸었다. 그리고 이 이미지의 출처를 물어봤다. 그런데 놀라운 답변이 나왔다.

"남극입니다. 신부님. 남극 탐험대가 돔 형태의 건축물을 발견했는데 그곳에는 모두 이러한 문양이 그려져 있다고 합니다."

"모두라고 말씀하시면 도대체 몇 개라는 건가요?"

"지금까지 발견한 것만 9개라고 합니다. 그런데 탐험대가 추측하는 바로는 수백 개가 될 수도 있다고 합니다. 그리고 이 사실은 극비사항입니다. 극소수의 고대 언어학자들만 현재 공유하고 있습니다."

"무슨 이유가 있나요?"

신부는 다급하게 물었다.

"인간이 만들었다기에는 너무 거대하고 정교하다고 합니다."

"그 뜻은?"

"네, 인간이 아닐 수도 있다는 뜻입니다."

"그럴 수가?"

신부는 떨리는 손으로 겨우 수화기를 놓았다.

◆◆◆

내행성 안전 총괄 책임자이자 비상 대책위원회 위원장을 맡은 샘튼 시바트는, 비밀리에 미켈레 신부를 대동하여 급하게 남극으로 갔다. 그는 남극에 도착하고서야 상황의 심각성을 깨달았다. 그의 앞에 펼쳐진 3D 화면은, 얼핏 보면 위성에서 촬영한 넓은 평야를 옅은 회색으로 덧칠한 뒤, 깨알 같은 점을 찍어 놓은 듯하였다. 하지만 줌 스틱으로 점점 확대하자, 그 점들은 모두 반원형 모양의 돔으로 바뀌었다.

"모두 999개의 크고 작은 미확인 건축물을 확인하였습니다. 최초 발견에서 60일 동안 광범위 초정밀 스캔으로 얻은 결과입니다."

긴급회의를 주관하는 한닐 박사는, 각 점에 표시된 숫자의 마지막을 가리키며, 불안한 눈빛으로 참석자를 둘러봤다. 그리고 말을 이어갔다.

"모양은 모두 똑같습니다만 크기는 다양합니다. 작게는 대략 지름이 10m에서 크게는 300m까지 됩니다. 색상은 모두 검은색이고, 출입구로 판단되는 표시는 아직 발견되지 않았습니다."

"그러니까 이 모든 조형물이 남극 빙하 속에 숨겨져 있었단 말인가요?"

샘튼이 조급하게 질문을 던졌다.

"네, 그렇습니다. 평균 빙하 두께 1.8km 속입니다. 그리고 …."

"이게 가능한 일인가요?"

"…"

샘튼의 질문에 박사는 잠시 침묵을 지켰다. 그리고 심각한 표정으로 말을 이어갔다.

"현재…. 인간의 기술로는…. 아무래도…. 힘들 것입니다. 빙하를 뚫고 돔을 만드는 일은…. 도저히…."

"그렇다면?"

"지금까지 어떤 것도 단정 지을 만한 단서가 발견되지 않았습니다. 지속적인 연구가 필요합니다. 그것도 아주 오랫동안…."

"전혀 단서가 없는 거요?"

샘튼은 마른침을 한번 꿀꺽 삼켰다.

"원반이 있습니다."

"원반?"

"네, 모든 돔의 정중앙에는 지름 3m 정도의 원반이 새겨져 있습니다. 마치 파이스토스 원반 (Phaistos Disc)을 보는 듯한 느낌입니다."

"파이스토스 원반? 알 수 없는 이상한 기호들이 그려져 있는 미스테리한 그 원반 말인가요?"

"네, 다음 화면을 보시기 바랍니다."

박사는 연구원들이 그동안 촬영한 각 돔의 원반 사진을 번갈아 가며 보여주기 시작했다. 검은 바탕에 붉은 글씨의 기호들이 중앙을 중심으로 일정한 간격으로 표시가 되어 있었다.

"현재 90개의 돔 원반 사진 촬영이 수행되었습니다. 앞으로 한 달 정도면 모든 돔의 원반 정보를 확보할 수 있을 것으로 판단이 됩니다."

"무슨 뜻일까요? 이 원반들…."

"현재 제가 알아낸 바로는 딱 2글자뿐입니다. 식량과 저장소."

미켈레 신부는 조용히 그가 해석한 문양을 보이며 말했다.

"혹시 다른 기호학자들에게서 들어온 소식은 없나요?"

"네, 신부님 외에는 아직 없습니다."

"돔의 내부는 파악이 되었나요?"

"전혀 뚫리지 않습니다."

"어떤 장비로도?"

"네, 어떤 것도…. 심지어 폭파도 되지 않습니다. 게다가 방사성-크립톤-연대 결정법으로 분석해 본 결과 〈연대 알 수 없음〉이 나옵니다. 아무래도 이 세상 물건이 아니든가, 최첨단 합금으로 생각됩니다."

"음…."

샘튼은 신음과 가까운 한숨을 내며 머리를 천천히 젓히기 시작했다.

"그래서 지금으로서는 이것의 정체를 알 방법이 전혀 없다는 것인가요?"

"제 생각으로는…. 원반의 기호를 해석하는 방법밖에 없을 듯합니다."

참석자의 모든 시선이 미켈레 신부에게로 쏠렸다. 이를 의식한 듯, 신부는 캡처한 이미지들을 쓱쓱 넘겨보며 말했다.

"글자라면 틀림없이 일정한 패턴이 보일 것입니다. 최대한 많은 문양을 확보해서 저에게 주시기를 바랍니다. 그럼 좀 더 정확한 해석이 나올 것으로 판단이 됩니다."

◆◆◆

임시 숙소로 돌아간 신부는 모처럼 만에 열정을 마음껏 쏟으며 문양 해석에 돌입했다. 그리고 일주일 후, 다시 소집한 비밀회의에서 그동안의 성과를 알렸다.

"이건 명백한 식량 저장소가 맞습니다. 제가 분석한 백여 개의 문양은 모두 같은 단어로 구성되었으며 일부 글자만 각각 다른 것으로 되어 있습니다. 그러므로 같은 단어의 해석을 완료한 후 나머지 다른 글자를 유추 해석하면 다음과 같습니다."

'노아의 식량 저장소 일련번호 xxx, 해당 담당자는 손바닥을 올려 문의 개폐를 하세요.'

"그렇다면 이 돔들은 모두?"

"만든 시기는 알 수 없지만, 명백히 인간이 만든 것입니다."

신부는 힘주어 참석자들에게 말했다.

"왜냐하면 노아는 성경에 쓰여있으니까요."

"그렇다면 누가? 왜? 이딴 짓을?"

참석자들은 서로를 쳐다보며 말을 잇지 못했다. 남극 대륙을 빙 둘러 999개의 식량 저장 돔을 비밀리에 만든다는 것이 가능한 것인지? 이게 가능하다면 그 주축 세력은 과연 어느 정도의 능력을 지닌 것인지? 그 순간, 미켈레 신부는 잠시 잊고 있었던 예언서가 다시 떠올랐다.

'그들은 세상 곳곳의 오지에, 대량 학살 무기와 종자 저장고, 식량 저장고를 마련해두었다.'

"예언서에 적힌 그대로군!"

미켈레 신부는 순간적으로 말이 튀어나왔다. 그리고 곧바로 자신이 내뱉은 이 말의 심각성을 깨닫기 시작했다. 왜냐하면 참석자들의 모든 시선이 순식간에 신부로 향했기 때문이었다. 게다가 그는 〈파벨코란데오〉 〈침묵의 서명〉을 깨트린 것이다.

"방금 뭐라고 말씀하셨나요? 예언서라고요?"

샘튼의 날카로운 시선이 신부의 표정 하나하나를 훑고 있었다.

"아, 아니. 그게 실언이었습니다. 죄송합니다. 잠시 제가 착각을 했습니다."

신부는 당황한 표정으로 한 발짝 물러났다.

"무엇을 착각했다는 건가요? 신부님."

한닐 박사가 예리하게 그의 말을 걸고 넘어졌다.

"그, 그, 그러니까…. 예전에 제가 연구하던 고문서에 이와 비슷한 내용이 있었던 것 같은 착각을…."

신부는 이제 오도 가도 못하는 절망적인 상태에 접어든 채 주섬주섬 변명을 이어갔다.

"어떤 문서인가요?"

샘튼은 가엾은 신부를 그냥 놔둘 생각이 없었다. 왜냐하면 이 의문의 돔이 그에게 선사하는 압박이 엄청났기 때문이었다.

"그게, 그러니까…. 음…. 죄송하지만, 따로 말씀드려도 될까요? 위원장님."

신부는 작금의 상황을 더 이상 벗어날 수 없다는 것을 직감했다.

"네, 그럼, 그렇게 하시죠. 한닐 박사님을 제외한 모든 참석자는 잠시 자리를 비워주시기를 바랍니다."

회의실에는 이제 샘튼 위원장과 한닐 박사 그리고 미켈레 신부만 남게 되었다. 남극의 매서운 바람이 창을 심하게 두드렸다.

"우선, 위원장님과 박사님께 간곡히 말씀드립니다. 제발 지금부터 제가 발설하는 모든 것을 영원한 비밀로 해주시기를 바랍니다."

신부는 마치 어린아이처럼 매달리기 시작했다.

"네, 무슨 뜻인지 알겠습니다. 신부님이 곤혹스러워하는 모습이 저에게도 결코 가벼이 느껴지지 않습니다. 기필코 누구에게도 오늘 여기서 들은 이야기를 발설하지 않겠습니다. 그렇죠? 한닐 박사님?"

샘튼은 박사를 쳐다보며 고개를 끄덕거렸다. 박사도 천천히 고개를 끄덕였다.

"그럼, 말씀드리겠습니다. 바티칸에는 한 예언서를 연구하는 비밀 모임이 있습니다. 그리고 저는 비교적 최근에 그 모임의 일원이 되었습니다."

신부는 무겁고 괴로운 심정으로 자신의 비밀을 털어놓았다.

"예언서?"

한닐 박사가 속삭였다.

"네, 그 예언서는 천 년 전 한 신부님에 의하여 기록된 것으로, 지금 우리가 이곳, 남극에서 발견한 것을 정확히 〈식량 저장고〉라고 언급하고 있습니다."

신부는 마치 마음의 짐을 한 꺼풀 덜어 놓은 듯한 표정으로 속삭였다.

"그럼 혹시 이 저장고를 누가 만들었는지에 대한 기록도 있나요?"

샘튼은 줄곧 품어왔던 의문을 조급하게 물었다.

"예언서에는 단지 그들이라고만 되어 있습니다. 하지만…."

신부는 마치 봉인된 천기누설을 내뱉은 듯 고통스럽게 얼굴이 찌그러졌다.

"하지만?"

위원장과 박사가 동시에 속삭였다.

"그들이 인류를 멸종으로 몰고 갈 것입니다. 조만간에…."

신부는 이제 자신을 지탱하던 몸속의 모든 기운이 다 빠져나간 듯, 두 손으로 얼굴을 가리고 자리에 털석 주저앉았다.

"주여! 저를 용서하소서…."

신부의 눈가에는 어느새 눈물이 흘러내렸다.

◆◆◆

미켈레 신부는 기도를 마치고 잠자리에 들었지만, 가엾게도 잠을 잘 수가 없었다. 남극 탐험대가 마련한 임시 숙소는 세찬 눈보라 속에 기괴한 소리를 뱉고 있었다. 그는 오늘, 자신이 침묵의 서약을 어긴 것에 대한 죄책감보다는 점점 현실이 되어가는 종말의 징조가 그를 더 괴롭혔다.

'도대체 어떤 세력이 이런 엄청난 짓을 꾸밀 수 있단 말인가?'

한 가지 확실한 점은, 그들은 이미 우리 사회에 깊숙이 뿌리 박고 있으며 세상의 경제력과 군사력 그리고 과학적 신기술을 모두 갖추고 있다는 거였다. 그렇지 않고서는 혹한의 남극에 이런 대규모의 저장 시설을 만들 수는 없는 노릇이었다. 신부는 흐릿한 불빛과 작고 동그란 창에 황급히 스치는 눈발을 보면서 긴 한숨을 쉬었다.

◆◆◆

신부의 잠을 깨운 것은 총소리였다. 그는 황급히 일어났다. 시계를 보니 새벽 5시였다. 그런데 총소리는 한번이 아니었다. 마치 누군가가 기관총을 갈기는 것처럼 드러럭 드러럭 거리고 있었다. 그리고 그 소리는 점점 가까워지고 있다는 것을 그는 감지할 수 있었다.

신부는 황급히 작은 창문으로 바깥을 지켜봤다. 심하게 퍼붓는 눈 폭풍으로, 세상은 온통 흐릿하였지만 분명 총구에서 불을 뿜는 듯한 모습을 확인할 수 있었다. 그는 주위를 살폈다. 숨을 만한 곳이 보이지 않았다. 어쩔 수 없이 그는 문을 살짝 열었다. 눈보라가 그가 잡은 문 손잡이를 세게 잡아당겼다. 그는 끌려가듯 겨우 몸을 추스르고는 일단 맞은편 창고 쪽으로 급하게 뛰기 시작했다. 남극의 밤은 그에게 엄청난 추위를 선사했다. 몇 걸음 정도 걷자, 온몸이 딱딱하게 굳는 듯하였다. 하지만 그는 있는 힘을 다해 창고로 뛰어갔다. 그때 누군가가 그를 막아섰다. 그는 총구를 신부에게 향한 채 방아쇠를 당기려고 하였다. 하지만 뒤에 있던 누군가가 외쳤다.

"그 신부다! 사격 중지!"

◆◆◆

신부는 검은 보자기를 덮어 선 채, 질질 끌려갔다. 몇 개의 문을 지났는지 알 수 없을 정도로 꽤 오랜 시간 끌려간 끝에 겨우 그 자리에 풀썩 주저앉았다. 바닥이 마치 얼음 위처럼 차가웠다. 신부가 천천히 정신을 차릴 때쯤 어떤 목소리가 들려왔다.

"의자에 앉히고 보자기를 벗기거라!"

신부는 나무로 된 딱딱한 의자에 앉힌 채로 보자기가 벗겨졌다. 그 순간 따가운 형광 불빛이 그의 눈을 찡그리게 했다. 시간이 조금 흐르자, 신부는 차츰차츰 주위의 광경을 인식할 수 있었다. 그의 앞에는 중년의 모습으로 어깨가 쩍 벌어진 건장하고 말쑥한 차림의 남자가 앉아 있었다.

"당신은 누군가요?"

신부는 그를 천천히 살피며 물었다.

"제 소개가 늦었습니다. 미켈레 신부님. 저는 오타고스라고 합니다."

그는 정중한 목소리로 신부를 측은한 표정으로 바라봤다.

"네, 그런데 왜 저를 여기에?"

신부는 의아한 표정으로 오타고스를 쳐다봤다.

"네, 저도 이런 날이 이렇게 빨리 올 줄을 몰랐습니다. 신부님. 사실 남극 탐험대가 우연히 저희 물건들을 발견하지 않았다면 얼마나 좋았을까 하고 생각은 했습니다만, 뭐 어쩌겠습니까…. 이미 엎질러진 물. 저희로서도 어쩔 수 없지 않겠습니까? 보안상…."

"그렇다면 이곳의 돔을 모두 당신들이 건설한 것인가요?"

"그렇죠…. 아주 오랫동안…. 제가 모시고 있는 분들을 위하여…."

오타고스는 천천히 신부를 훑어보면서 말을 이어갔다.

"그분들이 어떤 분들인가요? 당신이 모신다는…."

신부는 다급히 물었다.

"제가 말씀드린다고 해도 전혀 모르실 겁니다. 아마. 워낙 알려진 게 없으신 분인지라…."

오타고스는 그의 얇은 입술에 미소를 머금으며 대답했다.

"혹시 〈파더스〉 아닌가요?"

신부는 예언서에 난데없이 등장하는 파더스가 도대체 어떤 인물인지를 줄곧 연구하고 있었다. 그런데 파더스라는 말을 들은 오타고스의 표정이 묘하게 일그러지기 시작했다. 마치 신의 비밀을 알아챈 사탄처럼 보였다. 그는 점점 창백해지는 얼굴을 가까스로 수습하며 신부에게 질문을 던졌다.

"그걸 어떻게?"

◆◆◆

로마 교황청. 시에스타(오후의 낮잠)를 즐기고 있던 교황은 벨 소리와 함께 다급하게 그에게 다가서는, 인 펙토레(In pectore, 가슴에 담고) 비밀 추기경을 보며 뭔가 불길한 느낌을 감지했다.

"무엇이 자네를 이렇게 다급하게 만들었는가?"

교황은 아직 잠이 덜 깬 눈으로 그를 쳐다봤다.

"교황님, 죄송합니다. 긴급히 전하여야 할 소식입니다."

추기경은 급하게 달려 온 듯, 벌건 얼굴에 흐르는 땀을 닦으며 손을 부들부들 떨고 있었다.

"자네의 모습을 보니 불길하기 짝이 없는 일인 것 같구나."

교황은 급히 정신을 차리고 지엄한 표정으로 나무라듯 추기경을 지켜봤다.

"미켈레 신부가 남극에서 실종되었습니다."

"미켈레 신부라면?"

"네, 작년에 〈파벨코란데오〉에 새로이 가입한 7인의 학자이옵니다."

추기경은 연신 떨리는 목소리로 가쁘게 숨을 몰아쉬고 있었다.

"그럼, 최고급 보안 행동 수칙을 진행하였느냐?"

"네, 신부의 실종 소식을 접하자마자 곧바로 신부의 집과 PC, 노트북을 샅샅이 뒤졌습니다. 그런데…."

"그런데? 서둘러 말하거라!"

교황은 낮은 목소리로 다그쳤다.

"신부의 노트북이 사라졌습니다."

"그럼?"

교황은 황망한 표정으로 추기경을 쳐다봤다.

"파벨의 예언서 일부가 유출된 것으로 생각됩니다."

"어느 부분이냐?"

"최근에 7인의 학자들은 예언서 10권 중 마지막 권을 연구 중이었습니다."

"마지막 권이라면?"

"네, 3차 세계대전, 즉 인류 멸종에 관한 것입니다."

유럽으로 고고

박칠규는 어안이벙벙한 채 한동안 입을 다물지 못했다. 지금까지 자신을 도우려고 했던, 그저 평범하기 그지없던 사람들이 모두 스파이였다니? 도저히 믿기지 않았다. 하지만 자신이 한강 물에 뛰어들 때부터, 이후 벌어진 일들에서, 제정신으로 믿을 수 있는 일들이 몇 가지나 있었을까? 하고 그는 속으로 생각하며 작금의 이 상황을 받아들이기로 결심했다. 그러나 여전히 몇 가지 의문은 남았다.

"그렇다면 신부님의 직업은 신부님인가요? 아니 그러니

까, 진짜로 신부님은 맞는가요?"

"네, 진짜 신부가 맞습니다. 단지 일반적으로 우리가 흔히 접하는 신부가 아닌 것뿐입니다. 바티칸에는 이런 특수한 역할을 부여받은 성직자들이 꽤 많이 있습니다."

신부는 푸근한 미소로 칠규를 둘러싼 요원들을 둘러보며 답했다.

"그리고 커플 매니저님께 아, 아니 박선영 요원님께 묻겠습니다. 제가 받은 7명의 예비 신부는 모두 진짠가요?"

칠규는 마른침을 꼴딱 삼키며 박선영을 쳐다봤다.

"죄송합니다. 칠규님. 칠규님이 받으신 7명의 프로필 사진은 사실 모두 한 사람의 사진이었습니다. 뽀샵으로 살짝살짝 분위기와 헤어스타일만 바꾼 것입니다. 그러니까…."

모두의 시선이 일제히 김추자에게 쏠렸다.

"김추자 님 사진이었군요. 그러니까 제가 누구를 찍어도 결국 김추자 님을 만나는 거였군요."

박칠규의 말에 동의하듯, 다들 고개를 끄덕거렸다.

"그러면 제가 지금 사는 집은?"

꼬리에 꼬리를 물고 박칠규는 의문이 생겼다.

"네, 저희 조직원들의 안전 가옥입니다."

김종국이 싱긋이 웃으며 대답했다.

"어쩐지 다들 우리 집처럼 친숙해 보인다 했더니만…."

칠규는 이제야 뭐가 어떻게 돌아가는지를 대충 눈치챈 듯, 배알도 없는 사람처럼 실실 쪼개기 시작했다. 그러다 문득 그런 생각이 들었다.

"아니 그러면, 혹시라도 제가 김추자 님을 정말 좋아하게 되면 제 아기를 낳을 작정이었습니까?"

박칠규는 김추자를 똑바로 바라보며 따지듯이 물었다.

"그 부분에 대해서는 제가 답변을 드리겠습니다. 박칠규 님. 사실 저희는 진짜 커플 매니저를 통하여 정말로 당신의 연인을 만들어 드릴 작정이었습니다. 왜냐하면 우리가 정작 보호해야 할 사람은 박칠규님의 아들이니까요. 하지만 우리의 정보가 적들에게 노출되었을 가능성이 제기되었습니다. 그래서 급하게 모든 것을 거짓으로 꾸며서 박칠규님을 보호하게 되었습니다. 그리고 기다렸습니다. 적들이 언제 어떻게 행동할지 알 수 없었으니까요. 이 점에 대해서는 다시 한번 박칠규님에게 사과의 말씀을 드리는 바입니다."

요셉 신부는 다시 한번 정중하게 칠규에서 고개를 숙였다.

"그러면 내부에 배신자가 있다는 말씀인가요?"

박칠규는 이제 약간 흥분된 상태에서, 마치 자신이 첩보 영화의 주인공처럼 꼬치꼬치 묻기 시작했다.

"그럴 가능성도 배제할 순 없습니다. 하지만 여기 이 자리에 모인 저희 요원들은 신뢰하셔도 됩니다. 저와 함께 한 팀으로 이미 10년이 넘게 생사고락을 같이하고 있으니까요."

신부는 칠규의 어깨를 감싸 안으며 확신을 심으려고 노력했다.

"그럼 이제 저는 어떻게 되는 겁니까? 적들에게 노출되었으니…."

칠규는 며칠 새 죽을 고비를 두 번이나 넘겨 놓고도 이전의 삶에서는 전혀 느낄 수 없었던 삶의 짜릿함에 빠져 버려 살고자 하는 욕망을 지울 수가 없었다.

"네, 사실은 그 부분 때문에 칠규님께 의견을 묻고 동의를 구하고자 온 것입니다."

"무슨 동의인가요?"

"칠규님의 성형 수술에 대해서입니다."

김추자가 입꼬리를 올리며 유혹하듯이 칠규를 쳐다보며 말했다.

"저의 성형을요?"

칠규는 눈을 동그랗게 뜨고 물었다.

"네, 적들이 알아볼 수 없을 정도의 얼굴 성형이 필요합니다. 적의 얼굴 인식 시스템에 칠규님이 등록된 이상 세계 어디를 가든지 추적을 뿌리칠 수는 없습니다."

추자는 마치 자신이 성형외과 의사인 양, 칠규의 얼굴을 요리조리 살펴보며 답했다.

"성형한다면 어느 정도를 말하는 건가요?"

칠규는 약간 겁에 질린 표정으로 요원들을 쳐다봤다.

"제가 보기에는 전체 다 해야 할 듯합니다."

추자는 익숙한 듯 말을 이어갔다.

"이마, 코, 광대뼈, 턱을 조정해서 얼굴 비율의 균형을 개선하고요. 모발 이식, 이마 축소술, 눈썹 거상술, 이마 깎아내기, 안검(眼瞼) 미용 성형, 융비술, 광대뼈 축소술, 입술 축소술, 턱 축소술, 아래턱 확대술을 일단 기본으로 하시면 될 듯합니다."

추자는 신이 난 듯 칠규의 얼굴을 손으로 짚어가며 말을 했다. 이 말을 들은 칠규는 마치 드랴큐라를 보는 듯한 두려움 속에 추자를 바라봤다.

"아니 추자 씨는 어떻게 그렇게 잘 아시나요?"

칠규는 이제 대수술을 앞둔 환자처럼 절망감에 사로잡혀 속삭였다.

"사실, 지금 추자 요원이 말한 수술 항목들은 이미 한 번씩 시술받아 본 경험이 있기 때문입니다."

김종국 요원이 비꼬는 듯이 대답을 했다. 그러자 추자 요원이 김종국 요원을 째려보기 시작했다.

"자, 자, 방금 추자 요원이 말한 정도의 그런 성형은 아닙니다. 다만 칠규님의 얼굴 용모를 대폭 바꾼다면 자신뿐만 아니라 칠규님을 보호해야 하는 저희에게도 많이 안심되는 부분입니다. 이미 조금은 느꼈겠지만, 적들은 이미 우리 주위에 바싹 다가와 있습니다. 그러므로 절대적인 안전을 보장할 수 있는 최고의 방법들을 간구하지 않을 수 없는 게 지금의 현실입니다."

신부는 엄숙한 목소리로 칠규에게 성형을 은근히 종용했다. 칠규는 깊은 한숨을 쉬며 이 난국을 어떻게 대처해야 좋을지 고민에 빠지기 시작했다. 그러다 갑자기 요셉 신부를 바라보며 이렇게 물었다.

"혹시 성형하게 된다면 제가 닮고 싶은 사람처럼 될 수도 있나요?"

"누구와 닮고 싶은가요?"

성형에 대해 칠규가 긍정적으로 답변한 것으로 인식한 신부는 흔쾌히 질문을 했다.

"뭐, 예를 들자면 장동건이나 정우성처럼…."

칠규는 부끄러운 듯 목소리를 죽여가며 살포시 말을 뱉었다. 하지만 그 말을 들은 요원들의 반응은 대단했다. 한마디로 다들 황망한 표정이었다. 수습에 나선 건 신부였다.

"그러려면 대단히 많을 부분을 바꾸어야 할 듯한데, 참으실 수 있겠습니까?"

"네, 뭐 어차피 하는 거라면 참겠습니다. 죽을 고비도 두 번이나 넘긴 사람이 뭘 못하겠습니까?"

칠규는 이왕 이렇게 된 거 한번 끝까지 가보자는 심정으로 당당하게 요원들을 쳐다봤다.

"뭐, 뭐, 뭐, 그렇다면…. 그렇게 하시죠."

웬만하면 침착함을 유지하는 신부도 당황한 듯 말을 더듬었다.

◆◆◆

일주일 뒤, 칠규의 대대적인 얼굴 공사가 들어갔다. 한국의 압구정동에서 내놓으라 하는 최고의 성형 의사들의 은밀한 작업이 육 개월에 걸쳐 진행되었으며 그 결과 현존 의학계의 기적이라고 할 만한 최고의 작품이 마침내 탄생했다.

장동건의 눈, 원빈의 입술, 정우성의 얼굴 윤곽, 강동원의 이빨, 신성일의 이마. 박보검의 턱, 송중기의 턱선, 현빈의 코, 고수의 눈썹을 완벽하게 재현한, 부위별 최고 꽃미남으로 칠규는 변하였다. 하지만 전체적인 조화는 꽤 부자연스럽고 이상하기는 했다. 아무튼 칠규는 자기 모습에 무척 만족하였다. 그리하여 태어나 처음으로 엄청난 자존감을 뿜으며 멋내기에 정신이 없었다.

그렇게 안전 가옥에 갇힌 채, 자신 가꾸기에 여념이 없던 어느 날, 요셉 신부는 칠규에게 항공권 티켓을 내밀었다.

"예언서에서 언급한 우리 칠규 씨에 대해서 지금부터 말씀드리도록 하겠습니다."

신부는 칠규를 앉혀 놓고 사태의 중요성을 환기했다.

"저에 대한 예언서의 내용 말인가요?"

칠규는 사실 오래전부터 이 부분을 묻고 싶었었다.

"네, 그렇습니다. 물론 예언서의 큰 부분은 칠규님의 아드님이 차지하지만, 사실 칠규 씨도 미래의 저항군 세력에서 아주 중요한 역할을 담당하는 것으로 학자들이 해석하였습니다. 그래서 칠규 씨가 저희 요원들이 받는 특수 군사훈련을 수행하기를 권해드립니다. 적의 위협에서 우리 요원들이 당연히 칠규 씨를 지켜드리겠지만 본인 자신도 방어할 수 있는 능력을 갖춘다면 생존 가능성이 훨씬 커질 것이 자명할 테니까요."

요셉 신부는 이제 칠규를 IMF 정예 요원으로 받아들일 각오로 그를 격려했다.

"특수 군사훈련이라고 하셨나요?"

칠규는 은근히 흥분된 목소리로 신부에게 되물었다.

"네, 그렇습니다. 처음에는 기본 군사훈련부터 할 것입니다. 거기에 덧붙여 군사 전술, 정보학, 국제관계학, 어학, 폭탄 제조법, 항공관제 능력 및 아군 공대지 공격 통제 능력,

기초 의학, 지역 문화 지식, 심리학을 응용한 심문법, 포섭술에 덧붙여 육해공 침투 작전 등의 고난도 작전 수행 능력까지 배우게 될 것입니다. 칠규 씨."

"어디서 배우는 건가요"

"유럽의 어느 곳입니다. 훈련 장소는 여러 곳입니다. 그리고 모든 장소가 극비 지역입니다."

"유럽에서?"

칠규는 태어나서 처음으로 해외여행을 간다는 소식에 미칠 듯이 좋아지기 시작했다.

'그래! 가자 유럽으로 고고!'

◆◆◆

칠규가 독일 프랑크푸르트 공항에 도착한 시각은 늦은 오후였다. 비가 주룩주룩 내리고 있었다. 그가 공항 대합실을 빠져나오자, 검은 벤츠 승용차 한 대가 그를 가로막았다. 그리고 뒷좌석에서 건장한 모습의 외국인이 선글라스를 쓴 채 내리더니 그에게 다가왔다.

"송강호 씨 맞는가요?"

그는 선글라스를 반쯤 내리며 칠규에게 말을 걸었다.

"네, 맞습니다."

칠규가 고개를 끄덕거렸다. 그리고 위조 여권을 그에게 보여주었다. 그는 여권에 붙은 사진을 확인하는 듯, 번갈아 가며 사진과 칠규를 쳐다봤다. 칠규의 모습은 이제 어디 내놔도 손색이 없을 정도로 멋졌다. 확인 절차를 마친 그는 이윽고 자신의 이름을 밝혔다.

"마틴입니다."

그리고 악수를 청했다. 그의 손은 무척 크고 거칠었다. 마틴의 손에서 겨우 빠져나온 칠규는 자동차 뒷좌석에 올라탔다. 좌석은 무척 편했으나 앞 운전석 사이에 검은 차단막이 처져 있어 칠규는 답답함을 느꼈다. 이러한 사실을 눈치챘는지 마틴은 칠규에서 조용히 속삭였다.

"죄송합니다. 당신의 보안을 위한 조치입니다. 목적지에 도착할 때까지만 참으시기를 바랍니다."

차는 비교적 빠른 속도로 아우토반에 접어들었다. 칠규를 태운 승용차는 옆 사람의 음성이 안 들릴 정도의 굉음을 내더니, 줄곧 1차선으로 거의 300km에 가까운 속도로 내달렸다. 잔뜩 겁에 질린 칠규는 푹신한 좌석에 몸을 뻣뻣하게 뉘어, 공자님, 부처님, 예수님, 알라님에게 급한 기도를 올렸다. 마틴이 칠규의 모습에 재미를 느꼈는지, 껄껄거리며 그의 손을 칠규의 어깨에 얹으며 말했다.

"이것 또한, 보안 때문입니다. 혹시나 모를 추격을 따돌리기 위한 것이니 이해를 바랍니다."

하지만 마틴의 표정에는 죄송한 구석은 보이지 않았다.

3시간을 달려 도착한 곳은 지극히 한적한 시골이었다. 보이는 것이라고는 숲과 들판뿐이었다. 두 사람은 차에서 내려 걷기 시작했다. 칠규가 마틴을 따라 한 20분쯤 숲으로 난 길을 걸어가자 이윽고 넓은 공터가 나왔다. 그곳에 작고 날쌔게 생긴 헬기 한 대와 조종사가 대기하고 있었다. 마틴을 보자마자, 헬기에 잽싸게 탄 조종사는 곧바로 시동을 걸었다. 어둠이 짙게 깔리기 시작했다.

그들이 이륙하자 발밑은 온통 검은 심연으로 변했다. 그렇게 2시간쯤 칠흑 같은 어둠을 날아간 그들은, 산세가 무척 험한 곳에 도착하였다. 별장처럼 생긴 건물이 칠규의 눈에 들어왔다. 칠규는 오늘 온종일, 장거리 비행과 초고속 승용차 그리고 어둠 속 헬기까지 경험하고는 완전히 기진맥진한 상태가 되었다. 처음에 가졌던 여행의 설렘은 온데간데없이 사라졌다.

책임자와의 짧은 면담이 끝나고 칠규는 배정받은 숙소에 짐을 풀었다. 숙소 문에는 자신의 가짜 이름 〈송강호〉가 영문과 독일어로 적혀 있었다. 방은 크고 단순했다. 칠규는 샤워를 마치자마자 침대에 길게 드러누워 고단하고 긴 하루를 마감하려고 노력했다. 하지만 시차 때문인지, 낯선 환경에 대한 부작용인지, 그는 '자다 깨다'를 반복하며 깊게 잠들 수 가 없었다.

◆◆◆

그가 정신을 다시 차렸을 때는 이미 해가 중천에 떠 있었다. 그는 불어 터진 오줌보를 비운 뒤, 창을 열고 바깥을 신기한 듯 훑어봤다. 어젯밤에는 미처 알 수 없었던 사실을 그는 알게 되었는데, 그것은 자신의 숙소가 무척 높은 산 중턱에 자리 잡고 있다는 거였다. 게다가 자신이 쳐다보는 시선의 끝 간 데까지 하얀 눈들이, 비죽비죽 튀어나온 산맥을 따라 펼쳐져 있었다. 칠규의 입에서 감탄사가 절로 쏟아졌다. 정말이지 칠규의 초라하고 외로운 삶에서, 이런 장면을 아침에 보게 될 줄은 상상도 못 한 일이었다. 자신의 운명이 앞으로 어떻게 전개될지, 자못 궁금하기 짝이 없었다.

칠규가 한창 넋이 빠진 듯 풍경을 바라보고 있는 사이, 노크 소리와 함께 아리따운 여인이 들어왔다. 그녀는 칠규보다 한 뼘 정도는 더 큰 키에 풍만감 있는 몸매의 소유자였다. 게다가 머리카락 색은 은빛이 감도는 블론드였으며 창백한 피부에 주근깨가 밤하늘의 별만큼이나 많이 얼굴에 박혀 있었다. 그녀는 거의 투명에 가까운 파란 눈을 깜빡이며 고혹적인 미소로 칠규의 가슴을 단박에 설레게 했다.

"안녕하세요. 저는 실비아예요. 송강호 님의 교육을 책임질 사람입니다."

그녀는 길쭉한 손을 내밀어 악수를 청했다.

"아, 네, 네, 저 저 저는 박칠규, 아 아 아니 송강호입니다."

칠규는 악수하며, 언제나 항상 변함없이 늘 미녀 앞에서만 서면 더듬는 버릇이 나오고 말았다.

"당신을 알게 되어 무척 반갑습니다. 송강호 님. 아무쪼록 이곳에서 교육받는 동안 몸 다치지 않고 건강하게 수료하기를 바랍니다."

그녀 또한 칠규의 수려한 외모와 귀여운 태도가 마음에 들었는지, 연신 미소를 지으며 답했다.

"네, 네, 실비아 님. 앞으로 잘 부탁드리겠습니다."

칠규는 실비아의 잡은 손을 놓지 않고 계속해서 흔들어 대며 말했다. 이윽고 어정쩡하게 잡은 손을 놓게 되자 실비아는 칠규를 식당으로 안내하겠다며 앞서 나갔다. 칠규는 그녀를 뒤따라 복도를 걸으며 속으로 생각했다.

'내 자랑스러운 아들의 엄마가 실비아라면 얼마나 좋을까?'

실비아는 앞서 걸으며 혹시나 칠규가 잘 따라오는지 힐끔힐끔 한 번씩 쳐다보았다. 그럴 때마다 칠규의 심장은 핵폭탄급 속도로 요동치고 있었다.

식당은 아담하고 아름다웠다. 마치 숲속의 정원처럼 야생화가 조화롭게 꾸며졌고 둥근 테이블을 덮은 붉은 식탁보 중앙에는 화려한 문양의 촛대와 양초가 소담스러운 빛을 내고 있었다. 칠규는 특수훈련 장소치고는 이곳이 너무 고상하다고 느꼈다. 게다가 자신의 맞은편에 앉은 미모의 북구 여인과 눈을 마주치고 있자니, 칠규의 상상은 끝 간 데 없이 뻗어나가, 마치 신혼부부가 맞이하는 고급 호텔의 레스토랑에 와 있는 착각에 빠져들었다.

'실비아와 하룻밤만이라도 같이 할 수 있다면 얼마나 좋을까?'

칠규는 얕은 숨을 긴박하게 쉬며 아침 메뉴를 고를 생각은 하지 않고 헤죽거리고 있었다. 잠시 후, 실비아가 입을 열었다.

"메뉴를 고르시죠?"

그 말에 칠규는 마치 우주여행에서 막 지구로 귀화한 외계인처럼 주위를 두리번거리며 메뉴를 찾기 시작했다. 이 모습에 실비아는 결국 웃음을 참지 못하고 테이블 중앙에 삼각대처럼 놓여있는 손바닥만 한 메뉴판을 칠규에게 들이밀었다. 칠규는 부끄러운 미소를 지으며 깨알 같은 글씨로 빼곡히 박혀있는 메뉴판을 집어 눈 가까이 가져갔다. 그런데 그 순간,

그는 또 한 번, 지난번 김추자와의 첫 만남에서 느꼈던 벽을 느끼기 시작했다. 영어와 독일어로 적힌 메뉴판에는 이게 알파벳이라는 것만 인식할 뿐, 당최 뭐라고 적혀 있는지 전혀 감이 오지 않았다.

하지만 실비아는 영리하였다. 칠규의 현재 상황을 대번에 파악하였다.

"저와 같은 것으로 주문하실래요?"

실비아의 권유에 칠규는 천군만마(千軍萬馬)를 얻은 듯 힘차게 고개를 끄덕였다.

◆◆◆

아침을 맛있는 빵과 버터, 오렌지주스와 커피로 마친 칠규는 잠시 휴식을 취한 뒤, 강의실로 향했다. 칠규가 먼저 받아든 것은 8주간의 강의 일정표였다. 그 표에는 하루 12시간의 강도 높은 훈련 스케줄이 짜여 있었다. 즉, 오전 7시부터 시작하여 저녁 7시까지였다. 물론 중간에 한 시간의 휴식이 2번 있었다. 강의 내용은 대부분이 기초 군사훈련이지만 어학과 역사, 심리학도 포함되어 있었다. 실비아는 칠규에게 이곳 시설에 대한 간단한 오리엔테이션을 한 다음 그를 데리고 각 층 각 방을 열람하며 칠규를 다른 요원들에게 소개했다.

그리고 그날 오후, 특별 수업이 그를 기다리고 있었다.

방에는 아무런 장식도 없었다. 단지 책상과 슬라이더가 놓여있었다. 칠규가 책상에 앉아 잠시 기다리자 마치 대학교수처럼 생긴 분이 방에 들어왔다. 그는 오자마자 자신의 소개는 없이 곧바로 강의를 시작했다.

"지피지기 백전불태(知彼知己 百戰不殆)(적을 알고 나를 알면 백 번 싸워도 위태로울 필요가 없다) 라고 하지 않았습니까? 그러므로 오늘 저는 우리의 적, 이 세상 공공의 적인 〈파더스〉에 관한 이야기를 먼저 하려고 합니다. 하지만 〈파더스 가문〉 혹은 〈파더스 집단〉이라고 알려진 이 단체는 사실 지금까지 알려진 게 거의 없을 정도로, 팔십 년 가까이 철두철미하게 비밀을 유지하고 있습니다. 그래서 제가 오늘 이 자리에서 송강호 님에게 말씀드리는 것도 어쩌면 빙산의 일각에 불과할 뿐일 것입니다."

강사는 입맛을 한번 다시고는 천천히 슬라이더에 비친 화면을 짚어가며 이야기를 이어 나갔다.

"파더스는 일곱 형제로 구성되어 있습니다. 그리고 그 형제의 아버지는 나치 시절 악명높았던 아우슈비츠 절멸수용소를 관리하는 장교 중 한 명이었습니다."

사이비 컬트 종교

라인하르트 작전(Operation Reinhard) 절멸수용소와 함께 유대인 대학살을 자행했던 아우슈비츠 비르케나우 절멸수용소. 폴란드 크라쿠프에서 서쪽으로 50km 지점에 있는 작은 공업 도시인 오시비엥침(Oświęcim)에 자리 잡은 이 수용소로 〈호르스트〉가 도착한 것은 1944년 5월이었다. 그는 공군 출신의 중장년층 예비역으로, 2차 세계대전 전쟁 막바지, 젊은 병사들이 대부분 전선으로 차출되는 바람에 어쩔 수 없이 수용소로 발령받게 되었다. 그는 동료들이 〈네가부스〉라고 불렀는데, 그 의미는 무슨 일이든지 간에 부정적이거나 삐딱하게 받아들이는 그의 습관 때문이었다고 한다.

호로스트는 수용소에 도착하자마자 주요 시설을 둘러보며 각각의 기능들을 익혔다. 수용소의 요새화된 벽, 철조망, 발사대, 막사, 교수대, 가스실, 소각장 등등. 그는 무척 영악한 인물이었다. 게다가 정보 수집에도 매우 밝았다. 그는 독일이 이 전쟁에서 결코 승리할 수 없다는 사실을 여러 가지 정황들을 통해 인지하고 있었다. 그러므로 그의 시간과 생각, 행동을 자신의 미래를 위해 바쳤다. 즉, 그는 종전 후, 이곳을 탈출하여 제3국으로 가는 방법과 비자금 확보에 열을 올렸다. 그는 또한, 언변이 무척 좋았다. 그는 수용소로 부임한 첫날부터 자신을 도와줄 동료들을 물색하고, 그들 중 일부를 설득하고 신뢰를 확보한 다음, 같이 도피 자금을 마련하였다.

이듬해 독일의 패색은 더욱 짙어졌다. 수용소를 관리하는 간부들 사이에 동요가 점점 명확하게 보이기 시작했다. 호로스트는 이때를 절호의 기회로 생각했다. 그는 이미 남미 국가들, 특히 아르헨티나와 칠레의 지도자들과 연줄이 닿아있었다. 그는 동료들과 짜고 브로커 명목으로 나치 장교들에게 거액의 자금을 받고 그들의 도피를 도왔다. 그리고 그도 나중에 아르헨티나로 도망을 쳤다. 그리고 당연하게도 이름을

〈다니엘 파더스〉로 바꾸었다.

아르헨티나는 넓은 땅에 비해 인구가 적고 미개발지도 많아서 나치 전범들이 숨기에 안성맞춤이었다. 게다가 남미 중에서도 백인의 비율이 높아서 자연스럽게 섞일 수 있었으며, 그때 당시의 아르헨티나는 소득 수준이 높은 꽤 잘사는 나라였다. 다니엘은 수많은 전범을 도주시켜 주면서 막대한 부를 축적했다. 그는 이 돈을 이용해 남미 국가 상당수의 지도자와 인맥을 구축했다. 혹시라도 자신이 이스라엘의 모사드나 서방 국가들에 쫓기더라도 피신할 수 있는 길을 터놓은 것이다.

그는 특히, 칠레의 군사 독재자들과 두터운 친분을 쌓았는데, 그들에게 자금뿐만 아니라 고문 기술까지도 전수하였다. 이후 그는 칠레로 완전히 이주해 독재자의 비호 아래 드넓은 산과 평야를 물려받게 된다. 다니엘은 이곳에 거주시설을 마련하고 자신만의 왕국을 세운다. 일명 〈파더스 콜로니〉.

그는 어느 날, 칠흑같이 어두운 밤에 야광 조명탄을 수백 발 쏜 뒤, 그 장면을 촬영하여, 자신이 구워삶은 언론사에 뿌렸다. 그리고는 〈신의 재림〉이라는 얼토당토않은 기사 제목을 달게 하여 이를 보고 찾아온 자들을 속여 자신의 제국에 감금하여, 말을 듣지 않는 자들은 처형하고 자신에게 복종을 맹세하는 이들만 솎아내어 사이비 컬트 종교를 만들었다.

때마침, 칠레에 피노체트 정권이 들어서자 다니엘은 정권의 하수인이 되어, 수많은 정치범, 사상범과 인권 단체 회원들을 잡아다 고문하고 죽이기를 밥 먹듯이 하였다. 그야말로 그의 왕국은 피노체트의 아우슈비츠 역할을 하게 된 것이었다.

그는 성경과 코란 등 유명한 종교서의 가르침을 적당히 뽑아내고 자기 생각을 버무려 새로운 바이블을 만들어 냈는데, 그가 주장하는 요지는, 종말이 2026년 6월 6일에 일어날 것이며, 살아남은 자들은 2099년 9월 9일에 휴거를 맞이하여, 자신 혹은 파더스 가문을 따르는 이들은 모두 하늘나라로 승천한다는 거였다. 즉, 구원론을 내세워 영적인 착취 집단을 만든 것이었다.

그의 교리는 차츰차츰 많은 이들을 물들이기 시작했다. 파더스에 빠지는 이들은 대개 감성적이고 이상주의적인 사람들이었다. 그들은 지성과는 상관없이, 암울하고 불안정한 사회, 나날이 힘들어져 가는 경제, 상대적 박탈감, 기존 종교의 부재 등으로 인하여, 결국 무언가 대신할 수 있는 가치를 추구하게 되고 삶의 다변성에 수긍하지 못하고 허황한 불변적 삶을 추구하려고 하게 되었다. 즉, 그들은 현대의 삶, 외형적 성공이 가치의 척도가 되어버린 세상에서 버림받은 족속들이었다. 그리하여 헛된 구원의 늪으로 빠져들어 파더스를 신으로 착각하고 그에게 모든 정신적 물질적 지원을 아끼지 않았다. 더 비극적인 상황은, 파더스에게 이용당하는 이들이 종국에는 이 집단의 수호자가 되어 새로운 희생자를 생산하는 가해자가 된다는 거였다.

다니엘의 은밀한 종교 단체는 피노체트 정권이 끝난 뒤에도 한동안 지속하였다. 그도 그럴 것이 그는 이미 칠레의 사법부, 행정부 고위직 간부들을 자신의 편으로 구워삶아 놓은 상태였다. 하지만 그는 알고 있었다. 자신의 왕국이 천년만년 지속하기 위해서는 또 다른 결단이 필요하다는 사실을….

어느 날 그는 자신의 자식 중 (자식이 공식적으로 몇 명인지는 밝혀지지 않았다) 똑똑한 녀석들을 은밀히 뽑았다. 최종적으로 일곱 명의 자식이 선발되었다. 그는 그들에게만 파더스의 공식 문양을 물려주고는, 가짜 이름, 가짜 여권을 만들어 전 세계로 은밀히 보냈다. 그들은 각각 미국, 영국, 프랑스, 독일, 브라질, 호주, 캐나다로 갔다. 그들은 아버지의 지시에 따라, 파더스 혹은 종교와 관련된 모든 것들을 멀리하고, 오로지 선진 교육만을 받았다. 그들의 사명은 자신의 분야에서 최고가 되는 거였다. 특히 최첨단 과학과 선진 경제 교육을 이수하도록 하였으며 일찌감치 사업을 시작하였다. 그리고 그들은 매년 한두 차례 장소를 바꾸어 가며 은밀히 만났다.

한편, 다니엘이 99세의 나이로 죽게 되자, 파더스의 장남이자 일곱 형제의 맏이였던 〈호오돈〉이 종교 지도자로 등극하여 전 세계 오지에 7개의 유사 종교 시설을 건설한 뒤, 칠레의 거주민들을 분산시켰다. 그들은 그곳에서 각종 교육을 받았는데, 주로 군사훈련, 테러, 암살 등과 같은 것들이었다. 그들은 이제 하나의 사이비 컬트 종교 집단에서, 세상을 지배하려는 파더스의 야욕을 채워주는 수단으로 변신하고 있었다.

한편, 호오돈은 다섯 아들을 두었다. 그는 자신의 아버지처럼 자기 아들을 유럽 5대 도시로 보냈다. 그곳은 영국 런던, 프랑스 파리, 독일 프랑크푸르트, 오스트리아 빈, 이탈리아 나폴리였다. 그리고 금융 네트워크를 구성했다. 파더스 가문은 그렇게 하여 각계각층으로 은밀히 뿌리내리고 있었다.

현재, 파더스의 암세포는 유엔, 유럽 연합, 북대서양 조약 기구, 연방준비제도, IBRD, 국제통화기금, 세계보건기구, NASA, 미국 중앙 정보국, FBI, KGB, SIS, 이라크 레반트 이슬람국가, 국제적십자사, 세계 교회 협의회, YMCA, YWCA, 마피아, 쿠 클럭스 클랜, 라이엇 , 삼합회, 야쿠자까지 번졌다.

파더스의 목표는 전 세계를 하나의 강력한 종교 국가로 통합하는 것이며, 그 리더는 파더스의 수장이 맡는 거였다. 개별적인 목표는 다음과 같다.

1. 모든 국가 파괴
2. 모든 종교 파괴
3. 가족제도의 파괴
4. 어린이 합숙 공동체 교육
4. 사유재산 철폐
5. 모든 산업시설 국유화
6. 세계 단일통화
7. 파더스의 지배 그룹이 모든 정치, 권력 행사
8. 세계 인구를 1억 명으로 감축

파더스는 이를 실천하기 위하여, 테러단체, 비밀 단체, 용병단체, 해커단체들을 지원하고 있으며, 자연재해 유발, 국가 간 전쟁 유도, 대규모 흉작 및 기아, 각종 악성 바이러스 살포, 폭동 및 테러 선동 등을 은밀히 지원하고 있었다. 하지만 자신들의 신분은 절대로 드러내지 않는 치밀함을 보여주었다.

그러던 어느 날, 호오돈의 직속 부하인 오타고스가 그에게 문서를 내밀었다. 그 내용을 읽어 본 호오돈은 세상을 다 가진 듯 기뻐했다. 그것은 바로 파벨의 예언서 중 마지막 권이었다. 그는 이 사실을 그의 여섯 동생과 다섯 아들에게 알렸다. 그리고 떠나간 아버지에게 기도를 드렸다.

"아버지! 이 세상은 이제 아버지 뜻대로 될 예정이옵니다. 저희를 믿으옵소서!"

그리고 오타고스에게 지시했다. 예언서에 등장하는 저항 세력의 지도자를 꼭 잡아서 없애라고…

◆◆◆

칠규는 이제 막연한 추측으로만 알고 있던 적에 대한 진실을 어느 정도 알게 되었다. 자기 아들이 저런 세력들에 대항하여 싸운다고 생각하니, 한편으로는 대견스럽고 또 한편으로는 걱정이 아니 될 수 없었다. 누가 봐도 파더스 가문은 이제 세계 곳곳에 검은 뿌리를 단단히 박고 막대한 정치적, 경제적, 군사적 영향을 비밀리에 행사하고 있기 때문이었다. 칠규는 강의실을 나서며 숙연한 감정에 빠져 그 어느 때보다 진지한 결심을 굳혔다.

'내 아들에게 최고의 DNA를 물려주기 위해서는 내가 건강하고 똑똑해야 한다!'

하지만 그의 이런 무거운 생각은 실비아를 다시 보자마자 뛰는 가슴을 주체할 수 없을 정도가 되어 그는 무척 가볍게 날아올랐다. 입꼬리는 자동으로 올라가 미소를 지었으며 말은 중구난방으로 헛나왔다. 그런 칠규를 지켜보는 실비아는 마치 귀여운 아기곰을 대하듯, 가벼운 스킨쉽도 마다하지 않으며, 칠규가 점점 자신에게 빠져드는 것을 암묵적으로 도왔다.

기초 군사 훈련은 칠규가 마치 군대에 재입대한 기분이 들 정도로 유사했다. 간단한 정신교육, 제식훈련, 사격 연습, 각종 휴대용 무기 연습, 화생방, 구급법 등등. 단지 다른 한 가지는 같이 훈련을 받는 동료들 뿐이었다. 일단 그들은 무척 컸다. 그리고 아시아인은 본인이 유일했다. 그들은 대부분 백인이거나 약간의 흑인이었는데, 대부분 인상이 험상궂게 생겼다. 게다가 말끝마다 욕이 튀어나왔다. 칠규는 같이 훈련받는 내내 바싹 쫄 수밖에 없었다. 무심결에 눈이라도 마주치면 순식간에 달려들 듯이 보였다. 게다가 나이도 꽤 많아 보였다. 하지만, 나중에 안 사실이지만, 칠규가 가장 연장자였다. 그들은 거저 겉늙어 보인 것뿐이었다. 사실 그들 대부분은 동유럽의 가난한 시골 지역 출신으로, 서유럽의 도시에서 마피아와 같은 조직범죄에 가담했다가 감옥에 간 이들로서, 특별 교화 프로그램을 통해 특수 요원으로 새로운 인생을 시작하는 이들이었다. 물론 탈락 없이 무사히 혹독한 훈련을 모두 이수한다면 말이다.

기초 군사 훈련이 끝나면, 칠규는 영어, 불어, 러시아어를 배웠다. 추후 다른 언어도 배우겠지만 지금 당장은 이 세 가지만 배우는 것도 칠규 입장에서는 엄청난 부담이었다. 하지만 칠규는 언어 수업이 너무너무 좋았다. 왜냐하면 실비아가 일대일 개인 강습으로 3개 국어를 가르쳤기 때문이었다. 특히, 그는 불어 시간을 무척 사랑했다. 실비아의 앙증맞은 입술에서 뿜어져 나오는 사랑스럽기 그지없는 불어를 듣고 있자면, 마치 자신이 영화의 주인공이 된 듯한 황홀감에 빠져들곤 하였다.

일과가 끝나면, 칠규는 잠깐의 휴식과 샤워를 하고 저녁을 하러 실비아와 함께 레스토랑으로 갔다. 저녁 식사는 이 건물의 옥상에 있는 바에서 주로 하였는데 넓은 댄스 홀과 온갖 종류의 술병이 벽 전체를 채우고 있는 배리어를 지나면 자그마한 밀실이 일렬로 나타났다. 그곳 공간에 들어서면 실비아는 늘 외투를 벗고 매혹적인 실크 나이트가운만을 걸친 채, 보드카에 콜라를 섞어 마시곤 하였다. 그녀의 말에 의하면, 그녀가 자랐던 곳에서는 늘 저녁이면 이렇게 음식과 함께 보드카를 마셨다고 하였다. 칠규도 한 번씩 실비아가 권하는 보드카를 마시곤 하였는데, 워낙 도수가 센 술이다 보니 두 잔만 마시면 해롱해롱한 상태가 되곤 하였다. 사실 칠규는 술을 맛으로 먹은 게 아니라 분위기 때문이었다. 실비아의 한없이 투명에 가까운 푸른 눈에 칠규는 도저히 헤어날 수가 없었다.

그러던 어느 날, 그날이 찾아왔다. 한없이 밝은 달빛에, 지친 몸에도 불구하고 쉬 잠을 이루지 못하던 칠규는 달빛 실루엣 속에 홀연히 자신 앞에 나타난 여인을 보며 그만 주체할 수 없는 행복감을 느꼈다. 실비아는 실오라기 하나 걸치지 않은 알몸으로 칠규를 바라보고 있었다. 그는 그 순간, 오랫동안 칠규의 가슴 한쪽, 큰 자국으로 간직하고 있던 미자와의 처음이자 마지막이었던 밤이 떠올랐다. 칠규는 주체할 수 없이 뛰기 시작하는 심장을 부여잡으며 마치 미자를 감싸던 그 느낌으로 실비아를 꼭 껴안았다. 그리고 뜨거운 키스를 퍼부었다. 그리고 속으로 힘차게 외쳤다.

'제발! 내 아를 낳아도!'

◆◆◆

뜨겁고 짧고 수고스러운 불면의 밤이 지났다. 잘 생겨진 칠규와 원래 잘생긴 실비아는 무척 늦게 눈을 떨 수밖에 없었다. 결국 어쩔 수 없이 그날 둘 다, 병가를 낸 그들은 다시 칠규의 방에서 합체를 거듭하며 보람차고 로맨틱한 하루를 더 보냈다. 그날, 칠규의 품에 안긴 실비아는 자신에게 푹 빠진 남자에게 처음으로 고백하였다.

실비아의 본명은 올가 바쿠로바. 그녀는 우크라이나의 한 시골에서 태어났다. 집에서 닭과 채소를 키우며 자란 그녀는 16살이 되었을 때 아기를 가졌다. 아기 아빠는 동네 건달로 직업도 없이 올가 곁에 붙어서 기생충처럼 지내면서, 올가가 뼈 빠지게 벌어온 돈으로 술이나 처마시던 놈이었다. 덕분에 올가는 학교를 중퇴한 채, 수많은 직업을 전전하게 되었는데, 결국에는 건달 남편에게서 벗어나고자 폴란드로 건너가 창녀로 살았다. 그녀는 돈을 버는 족족, 고향에 있는 홀어머니와 자식 부양을 위해 송금하였다. 그러던 중 그녀는 프랑스에 사는 돈 많은 홀아비한테 팔려 가게 되었다. 목돈을 준다는 브로커의 감언이설에 속아서 그렇게 된 것이었다.

올가는 프랑스에 도착한 그날부터, 변태 성욕자의 손아귀에서 채찍을 맞아가면서 프랑스어를 배웠다. 그런데 그 집에는 홀아비와 자신만 있는 게 아니었다. 이미 자신처럼 속아서 온 여자애가 한 명 더 있었으며 올가가 온 지 몇 달 되지도 않아 또 한 명의 여자가 더 온 거였다. 그렇게 한 지붕 세 여자와 한 남자의 불편한 동거는 이후 1년을 더 이어갔다. 하지만 곧 비극이 찾아왔다. 어느 날 올가가 눈을 떠보니 두 여자가 공모하여 홀아비의 돈을 훔쳐 달아나고 없었다. 이에 광분한 그 늙은 남자는 올가를 같은 패로 착각하고 광기에 가까운 학대를 하기 시작했다. 결국, 올가는 칼을 들었다. 그녀의 분노는 그의 몸을 갈기갈기 찢어 놓았다.

교도소 생활이 시작되었다. 그녀가 갇혀 있는 동안 홀어머니는 돌아가시고 아들은 보육원을 거쳐, 알 수 없는 곳으로 입양이 되었다. 그러던 어느 날, 자신의 방에 새로운 수감자가 들어왔다. 그녀는 탄자니아 혈통의 영국인으로 프랑스에서 마약 사범으로 잡혀 온 거였다. 이름은 나오미였다. 올가와 나오미는 첫날부터 궁합이 잘 맞았다. 가난과 상처뿐인 삶의 공통점 외에도 배우지 못함에서 오는 자격지심도 그들에게 서로를 바라보며 지탱하도록 만들었다. 그날 이후, 그들은 무수한 대화를 나누고 많은 책을 공유했다. 올가는 닥치는 대로 책을 읽었다. 그녀는 이제 모국어인 우크라이나어와 학교에서 배운 러시아어에 이어 프랑스어, 영어까지 자유자재로 읽고 말하였다. 그리고 이러한 그녀의 장점은 곧 특수 교화 프로그램 책임자의 시선을 사로잡았다. 올가에게 제안이 들어왔다. 남은 형기를 감면해주는 대가로 특수 요원이 되는 거였다. 그녀로서는 더할 나위 없이 좋은 거래였다. 왜냐하면 그녀가 형기를 다 채우게 된다면 그녀는 육십 대 할머니로 교도소 문을 나와야 했기 때문이었다.

그녀의 아픈 과거를 들은 칠규는 실비아가 더욱 사랑스러웠다. 자신은 기껏해야 실연 정도의 아픔으로 한강 물에 뛰어들려고 하였으니, 생각해보면 사치스럽기 짝이 없는 고통을 참지 못한 자신이 한없이 못나 보이기까지 하였다. 칠규는 이제 실비아를 통해 사랑을 얻고 그녀의 고통을 통해 무슨 일이든 끝까지 포기하지 않는 각오를 다지기까지 하였다.

그렇게 해서 8주간의 행복하기 그지없는 기초 훈련이 끝났다. 칠규에게는 이제 2주간의 휴가가 주어졌다. 그는 이미 실비아와 협의하여 프랑스 파리로 여행을 가기로 말을 맞추었다. 일종의 신혼여행인 셈이었다.

어둠이 짙게 깔리고 숲에 정적만이 가득한 그날, 실비아와 칠규는 다정하게 손을 잡고 헬기에 몸을 실었다. 그들을 실은 헬기는 요란한 소음을 내며 날아올라 신속하게 어두운 숲을 빠져나갔다. 그리고 칠규가 처음 이곳에 올 때처럼 그들은 지나치게 빠른 승용차와 소형 비행기를 번갈아 타며 파리의 한적한 공항에 도착했다. 하지만 수속이 끝나자마자 그들은 또다시 무서운 속도로 달리는 차를 타고 파리 에펠탑이 한눈에 딱 들어오는 고급 호텔에 마침내 도착했다. 칠규는 에펠탑을 보는 순간 감격의 눈물을 하염없이 흘렸다. 쥐구멍에도 볕들 날 있다더니만 딱 그거였다. 초라하기 그지없던 칠규는 이제 수려한 꽃미남으로 변신하여 꿈에서나 만날 까 말까 할 정도의 미모를 지닌 실비아의 사랑까지 얻었으니 이보다 더 좋을 순 없었다. 하지만 이것만이 아니었다. 실비아는 칠규의 귀에 대고 로맨틱한 콧소리로 불어를 속삭였다.

"당신의 아기를 가졌어요."

칠규는 그 순간 천국으로 솟구쳤다.

"오! 실비아! 내 사랑!"

콩나물 심었다

칠규는 이 좋은 소식을 틀림없이 학수고대하고 있을 요셉 신부에게 곧바로 특수 암호 문자 메시지를 넣었다.

"콩나물 심었다."

그러자 10분도 되지 않아 호텔이 떠나갈 듯, 요란한 사이렌 소리를 내며 구급차 한 대가 호텔에 도착하였다. 구급차에 내린 구급대원은 거친 호흡으로 날아가듯이 호텔로 들어와 안내대에서 칠규의 호실을 묻더니 곧바로 비상 엘리베이터를 타고 올랐다. 칠규와 실비아는 그런 줄도 모르고 둘이

서 촛불 하나만 방에 켜두고는 발가벗은 채, 임신 축하 유희를 즐기고 있었다. 그들이 막 뜨거운 합체를 실현하려는 순간, 벨이 울렸다. 칠규는 무시하고 하던 일을 계속하려고 하는데 벨을 누른 자는 그냥 물러날 생각이 전혀 없어 보였다. 계속해서 벨을 요란하게 누르기 시작했다.

할 수 없이 칠규는 가운만 걸친 채 방문을 빼꼼히 열었다. 김종국과 박선영 요원이었다. 그런데 그들은 칠규에게는 인사만 까딱하고는 곧바로 성큼성큼 실비아에게 다가왔다. 그러고는 낮은 목소리로 말했다.

"코드 에이스입니다. 실비아"

그러자 실비아는 잽싸게 옷을 갈아입었다. 칠규도 얼떨결에 옷을 대충 걸쳤다. 이제 네 사람은 신속하게 비상 엘리베이터를 이용하여 대기하고 있던 구급차에 탑승했다. 차는 다시 요란한 사이렌 소리를 내며 파리 시내를 마치 폭주족처럼 쏜살같이 달리기 시작했다. 얼마 지나지 않아 차는 고속도로에 접어들었다. 그리고 사이렌 소리가 죽었다. 하지만 속도는 어마어마하게 빨라졌다.

칠규는 이 같은 돌발 상황을 이제 여러번 겪었음에도 여전히 적응되지 않는 듯, 어리벙벙한 얼굴로 주위 사람들을 쳐다보고만 있었다. 이윽고 김종국 요원이 칠규를 바라보며 입을 열었다.

"저희는 지금 특수 보안 지정 병원으로 가고 있습니다. 그곳에서 실비아의 임신을 확인할 예정입니다. 만약 임신이 맞는다면 실비아는 일단 출산 때까지, 칠규님과 마찬가지로 최고등급 보호 대상 즉, 코드 에이스가 되실 겁니다."

그러는 사이 박선영 요원은 익숙한 솜씨로 실비아의 안구 상태와 혈압, 맥박을 체크하기 시작했다. 칠규는 속으로 생각했다.

'아 아쉽다! 분위기 엄청 좋았는데…. 이럴 줄 알았으면 조금 늦게 메시지 띄우는 건데….'

칠규의 표정을 읽기라도 한 듯 실비아도 아쉬운 표정으로 배시시 웃음을 보였다. 그런데 문득 칠규는 박선영 요원의 손가락에서 반짝이는 가락지를 보았다. 자신도 이번 휴가 때, 저런 반지를 실비아에게 선물하면서 프러포즈할 생각이었다. 그래서 그런지 칠규는 좀 더 유심히 집요하게 반지를 쳐다봤다. 박선영은 칠규의 이런 행동을 금방 눈치채고는 얼굴을 붉히며 고백을 했다.

"저 사실, 지난달에 약혼했어요."

칠규와 실비아는 뜻밖의 말에 놀란 표정과 함께 축하해 주었다. 그리고 칠규는 물었다.

"약혼자는 어떤 사람인가요?"

그러자 옆에 앉아 있던 김종국 요원이 싱글벙글 웃기 시작했다. 실비아는 금방 눈치챘다.

"아하! 축하해요! 김종국 요원!"

그제야 칠규도 알아차린 듯 헤죽거리며 축하 인사를 전달했다.

"이거 그러면, 두 쌍의 사내 커플인 셈이네요. 하하하…."

칠규는 기분 좋게 한바탕 큰 소리로 웃었다.

"이러다 사내 연애 금지령 내릴지도 모르겠습니다. 호호호…."

박선영 요원도 덩달아 크게 웃었다. 조금 전까지만 해도 긴장과 전율이 가득하였던 구급차가 어느새 사랑의 유람선처럼 분위기가 바뀌어 버렸다.

이윽고 병원에 도착한 그들은 실비아를 이동 침대에 태운 뒤 신속하게 진료실로 들어갔다. 칠규는 대기실에 남아 종국과 함께 자판기 커피를 한잔하며 초조하게 결과를 기다렸다. 결과도 결과지만, 칠규는 앞으로의 일정도 궁금하였다.

"예정된 일정대로 파리 관광을 하셔도 무방합니다. 단 코드 에이스가 2명인 관계로 보안 요원도 2배로 늘게 될 것입니다."

종국은 칠규를 도닥거리며 안심시켰다.

"그럼?"

"네, 저와 박선영 요원은 칠규님을, 강민영 요원과 김추자 요원은 실비아 님을 맡을 겁니다."

"그럼, 김은혜 요원은?"

"비상 대기 요원입니다. 그리고 프랑스 정부 소속 비밀 요원들도 추가될 예정입니다."

"괜히 저 때문에…. 번거롭게 해 드려 죄송합니다."

칠규는 미안한 표정으로 종국을 바라봤다.

"아, 아닙니다. 덕분에 저희도 파리 구경하는 거니까요…."

종국은 근육질의 어깨를 으쓱거리며 손사래를 쳤다.

"단 한 가지만 조심하시면 됩니다. 인적이 드문 곳은 절대로 가지 마시기를 바랍니다."

◆◆◆

초조하게 결과를 기다리며 잠시 꾸벅 졸고 있는 사이 실비아가 어느새 다가와 칠규를 껴안았다. 그리고 칠규가 눈을 떨 새도 없이 실비아는 칠규 얼굴 구석구석에 빨간 루주 자국을 남겼다.

"임신 6주야! 자 이것 봐봐!"

실비아는 조그마한 초음파 사진을 칠규에게 보여주며 자랑스럽게 말했다. 칠규는 건네받은 사진을 유심히 쳐다보며 어떤 게 얼굴이고 어떤 게 손과 발이고 몸통인지 구분하려고 노력하였다. 하지만 당최 뭐가 뭔지 구분이 되지 않았다. 아무튼 임신이 맞다고 하니 칠규는 세상을 다 가진 듯 뿌듯한 마음이 들어 곁에 있는 종국에서 다가가 인생 선배로서의 덕담을 주었다.

"우리 김종국 요원도 조만간에 좋은 소식이 있기를 바랍니다. 하하하…."

그러다 문득 칠규는 실비아의 임신만큼 중요한 질문을 그녀에게 하였다.

"우리 아기가 아들이야 딸이야?"

실비아는 칠규의 대답에 고개를 설레설레 흔들었다.

"나도 그게 엄청 궁금해, 자기야. 하지만 지금은 알 수 없어. 좀 더 지나야 하는 가봐."

실비아는 칠규의 품에 바싹 붙어서 비음 섞인 목소리로 답했다. 그러자 옆에 있던 박선영 요원이 한마디 거들었다.

"딸이든 아들이든 저희에겐 모두 중요합니다. 물론 예언서에는 아들에 관한 것만 나오는 것은 사실입니다. 하지만 칠규님 또한 저항 세력의 주요 인물이며, 칠규님의 자식이 몇 명인지는 알 수 없으므로, 설령 딸이더라도 저희에게는 특별 보호 대상입니다."

그 말을 들으니 칠규는 좀 안심이 되었다. 사실 칠규는 실비아를 보면서 만약 딸이 태어난다면 실비아가 다시 한번 버림받는 기분이 들 수도 있다는 걱정을 했기 때문이었다. 칠규는, 실비아도 자신처럼 과거의 미천한 존재에서 이제 막 누군가의 보살핌을 받는 귀한 존재가 되었다는 사실에 일종의 동질감을 느끼고 있었다.

아무튼 한바탕 임신 확인 소동이 해피엔딩으로 끝난 후, 칠규와 실비아는 좀 더 보안이 잘 되어 있는 시내 특급호텔로 숙소를 옮겼다. 그리고 옆방과 맞은편 방에는 요원들이 묵었다.

◆◆◆

다음날, 칠규와 실비아는 늦게 일어났다. 그들은 프랑스에 온 기념으로 신선한 바게트와 카망베르 치즈로 아침을 하고 파리 구경에 나섰다. 실비아가 프랑스어에 능하고 파리를 한 번 다녀간 적은 있지만, 그녀는 프랑스 생활 내내 거의 집에 갇힌 신세였기 때문에 그들은 파리 관광 안내서를 토대로 이곳저곳 돌아다니기 시작했다.

그들은 일단 지하철을 타고 식물원으로 갔다. 실비아는 꽃을 좋아했다. 칠규의 훈련소 식당을 꾸미고 있던 수많은 꽃은 모두 실비아의 작품이었다. 식물원 온실은 그야말로 세상의 모든 희귀 식물들의 집합소였다. 실비아는 연신 감탄을 연발하며 아름다운 꽃들에 취하였다. 물론 칠규는 그런 실비아에게 취해 있었다. 하지만 인적이 그다지 많지 않아 칠규는 슬슬 불안해지기 시작했다. 그래서 카탈로그에 나와 있는 어느 한 곳을 찍어 그녀에게 자랑이라도 하듯 크게 소리쳤다.

"와! 여기 나 정말 보고 싶은 게 여기 있었네!"

찍고 보니 모네 그림 컬렉션이었다. 실비아는 갑자기 존경스러운 눈으로 칠규를 바라보며 물었다.

"칠규 씨가 미술에 관심이 많은 줄은 정말 몰랐어요!"

칠규는 아차 싶었지만, 어차피 엎질러진 물. 이왕 이렇게 된 거 갈 데까지 가보자는 심정으로 칠규는 우쭐하며 속삭였다.

"내가 예술에 좀 조예가 깊은 편이지…."

실비아는 그런 칠규의 모습에 키스로 화답하였다. 그리고 발걸음을 빨리하여 식물원을 벗어나 고갱, 르누아르, 드가 등 유명한 예술가의 작품이 진열된 곳으로 이동했다. 결국 그날은 칠규에게는 그저 생소하지만, 엄청 유명하다고 하는 작품이 진열된 박물과 미술관을 전전하기에 이르렀다. 그러다 그들은 이국적인 식물이 소박하게 안뜰을 채운 매력적인 카페에서 늦은 점심을 했다.

점심을 마친 후, 실비아는 커피를 주문하고 칠규는 화장실로 향했다. 칠규는 볼일을 보고 화장실 거울에 입을 벌려 이빨에 낀 고기 조각을 빼낸 뒤, 즐거운 마음으로 돌아왔다. 그런데 실비아가 보이지 않았다.

칠규는 그 순간 등골이 오싹함을 느꼈다. 그리고 그의 불길한 예감은 곧바로 현실로 나타났다. 몇 발의 총성이 가까이에서 귀청이 찢어지게 울렸다. 김종국 요원과 박선영 요원이 황급히 칠규에게 다가왔다. 종국은 왼팔을 입에 가까이 대고 긴급하게 외쳤다.

"코드 에이스 긴급! 코드 에이스 긴급!"

선영은 칠규의 손을 황급히 잡고 거세게 끌어당기며 외쳤다.

"낮은 자세로 빨리 여기를 빠져나가야 합니다!"

뒤이어 검은 복면을 한 자들이 삽시간에 나타나 총질을 하기 시작했다. 그들의 등장에 놀란, 카페 직원과 손님들이 비명을 지르며 달아나기 시작했다. 동시에 칠규와 실비아가 식사하던 테이블이 요란한 소리를 내며 조각조각 파편으로 튀기 시작했다. 실비아의 커피잔이 공중에서 여러번 빙그르르 돌더니만 바닥에 때 기장치 듯 부서져 흩어졌다.

칠규는 종국과 선영의 보호 아래 황급히 달아났다. 그리고 대로변 가까이 다가서자 검은 밴이 그의 앞에 무서운 속도로 다가와 멈췄다. 그리고 문이 벌컥 열렸다. 김은혜 요원이 튕기듯 뛰쳐나와 칠규를 잡아 다급하게 차로 끌어당겼다. 칠규가 차에 타자마자 밴은 요란한 소리를 내며 달려 나갔다. 하지만 어느새 밴 가까이 다가온 적들은 밴에 무차별 총격을 가했다. 밴의 방탄유리에 마치 폭설이 쏟아지는 듯한 모습의 총탄 스크래치가 생기기 시작했다.

"안전띠 하세요! 칠규 씨!"

은혜가 목청껏 외쳤다. 칠규가 주섬주섬 벨트를 찾아 몸에 걸치는 동안 차는 심하게 요동치며 차들 사이를 쏜살같이 빠져나가기 시작했다. 총격은 이제 더 이상 받지 않았다. 그러자 칠규는 가장 궁금한 것을 김은혜 요원에게 물었다.

"실비아는? 실비아는 어떻게 되었나요?"

칠규의 질문에 은혜의 표정이 굳어졌다.

"정확히는 모릅니다. 하지만 납치되었을 가능성이 농후합니다."

칠규는 절망적인 표정으로 은혜를 바라봤다. 은혜는 다시 시선을 뒤로 돌려 도로의 사정을 살피기 시작했다. 얼마 뒤, 종국과 선영이 탄 승용차가 밴 옆에 바싹 다가붙었다. 승용차 지붕에는 파란 경광등이 번쩍거렸다. 그렇게 십여 분쯤 더 갔을까? 갑자기 하늘에서 요란한 소리가 들렸다. 은혜는 흐린 창으로 눈을 돌려 위를 바라보더니 안심한 듯 칠규에게 고개를 끄덕였다.

"우리 쪽 요원 헬기입니다."

하지만 안심도 잠시 천둥 같은 소리를 내며 수십 대의 오토바이가 차들 사이 사이를 곡예 운전을 하며 밴을 따라잡기 시작하였다. 밴과 승용차는 무시무시한 속도로 달려 나가 차들이 뜸한 고속도로로 접어들었다. 그동안 칠규는 가슴에 얼굴을 파묻고 오로지 실비아 걱정만 하고 있었다. 그리고 한탄하듯 뇌까렸다.

"저항 세력의 지도자 아버지로 살아가는 건, 결국 한순간도 순탄치가 않다는 뜻이었구나…. 데이트 한번 제대로 숨쉬고 할 수 없으니…."

칠규가 자조 섞인 한숨을 내뱉는 동안 어느새 오토바이족들은 사격권 지역까지 좇아와 다시 총질하기 시작했다. 다시 시작된 추격전. 안전띠를 맨 칠규의 몸이 추풍낙엽처럼 흔들거렸다. 헬기에서도 기관총을 발사하는지 섬광이 번쩍번쩍했다. 한편, 김은혜는 자신의 의자를 들어 올려 그 속에 보관 중이던 기름통을 꺼내 밴의 뒷좌석으로 가더니 순간적으로 뒷문을 열고는 기름을 쏟아부었다. 그러자 바싹 뒤에 따라오던 오토바이 몇 대가 휘청휘청하더니 그대로 바닥에 꼬꾸라지며 뒤따라오던 오토바이와 격렬하게 충돌하였다. 그리고 곧바로 격렬한 폭음 소리와 함께 화염이 치솟았다.

잠시 그들의 추격이 뜸한가 싶더니 이내 다시 요란한 오토바이 소리가 가까이에서 울려 퍼졌다. 밴 옆에 나란히 운전하던 승용차에는 이미 차창이 다 내려간 상태로, 종국과 선영은 쉴새 없이 얼굴을 뒤로 향한 채 총을 발사했다. 특히 선영은 스나이퍼 용 긴 장발식 연발총을 들고 조준하여 쏘았는데 그녀가 쏠 때마다 뒤따라오던 오토바이가 하나씩 하나씩 공중으로 날아가 도로에 처박혔다.

그렇게 벌건 대낮에 고속도로에서 벌어진 총격전으로 수십 대의 오토바이가 부서지고 밴과 승용차도 벌집투성이가 된 채 달려 나가고 있을 즈음, 하늘을 지키던 헬기가 격한 폭음과 함께 폭발하더니 힘없이 언덕으로 떨어져 숲에 처박혀 불길에 휩싸이고 말았다. 이 광경을 목격한 은혜의 입에서 쌍욕이 튀어나왔다.

"이런, xxx 한 녀석들!"

은혜는 칠규를 바라보며 큰소리로 외쳤다.

"드론 공격입니다! 칠규님! 옆 차로 피신하세요! 밴은 더 이상 안전하지 않습니다."

그러면서 은혜는 칠규의 안전띠를 풀고는 밴의 창을 연 뒤 수신호를 종국에게 보냈다. 그러자 승용차 뒷문 창이 열렸다. 그리고 밴 옆으로 바싹 다가왔다. 은혜는 밴의 옆문을 힘차게 열어젖히고는 뒤로 돌아 칠규에게 소리쳤다.

"칠규님! 옆 승용차로 지금 가세요!"

눈을 뜰 수 없을 정도의 바람이 차내로 들어왔다. 칠규는 비실비실하며 한 발짝 한 발짝 나아가며 밴의 옆문 턱에 선 채 한 쪽 손을 승용차 쪽으로 내밀었다. 그러자 선영이 칠규의 손을 덥석 잡아 세차게 끌어당겼다. 칠규의 상체가 한순간 고속으로 달리는 두 대의 차량 사이 공간에 붕 뜬 채 바람의 저항에 심하게 흔들거리더니 이윽고 승용차의 열린 창으로 쏙 들어갔다.

칠규가 승용차로 갈아타자마자 수백 대의 드론이 두 대의 차량 가까이 내려오더니 총격을 가하기 시작했다. 그 순간 밴이 화염에 휩싸이며 공중으로 치솟더니 도로 바닥에 내동댕이쳐졌다. 그 광경을 지켜보던 종국은 칠규에게 큰 소리로 외쳤다.

"몸을 최대한 낮게 숙여!"

종국의 말이 떨어지기 무섭게 차는 공중으로 붕 솟구쳤다. 그러고는 고속도로 옆 수로로 처박혔다.

물속으로 깊이 들어간 승용차는 빠른 속도로 차창이 올라와 물의 유입을 차단하였다. 몇 번의 모터 소리 같은 게 나더니 어느새 빠른 속도로 물속을 달리기 시작했다. 한 치 앞을 볼 수 없는 탁한 물속을 승용차는 마치 잠수함처럼 움직였다. 그리고 한동안 침묵이 찾아왔다. 칠규는 설마 하는 심정으로 선영을 보며 말문을 열었다.

"김은혜 요원은?"

선영은 잠시 멍하니 앞만 보다가 입을 열었다.

"살아 있기를 기원할 뿐입니다. 칠규 씨."

사실 조금 전의 그 상황을 본 사람이라면 누구든지 예측할 수 있는 일이었다. 칠규는 납덩이를 안은 듯 몸과 마음이 무거워 고개를 절레절레 흔들었다. 미친한 자신으로 인해 누구는 목숨을 잃고 사랑하는 이는 실종되기까지 하였으니, 자신의 앞길에 얼마나 더 많은 희생이 발생할지 지금으로서는 감히 예단도 못 할 지경이었다. 그리고 한 가지 확실한 것은 적들이 생각보다 무척 크고 강하다는 거였다.

실내 이산화탄소 포화도가 적색 경계까지 올라갔을 때쯤 하여 잠수차는 서서히 물 밖으로 나왔다. 밖은 이미 어둠이 내려앉았다. 적들의 추적은 어지간히 따돌린 듯 보였다. 그들은 서둘러 가까이에 있는 안전 가옥으로 몸을 숨겼다. 그리고 한동안 그곳에 머물렀다.

실비아의 실종으로 고통스러운 나날을 보내던 칠규에게 요셉 신부가 찾아온 것은 어느 늦은 밤이었다. 칠규는 신부를 보자마자 달려들어 실비아와 김은혜 요원의 안부부터 물었다.

"우선, 김은혜 요원은 안타깝게도 순직하셨습니다. 칠규

씨."

그녀의 사망 소식을 접한 칠규는 굵은 눈물방울을 뚝뚝 흘렸다. 비록 서로 안 지는 얼마 되지 않지만 늘 외롭고 소외된 삶을 살았던 칠규에게는 그야말로 좋은 동료요 친구였다. 더구나 칠규를 살리기 위해 자신을 희생한 셈이니 더더욱 칠규의 가슴을 찢어지게 하였다. 그런데 실비아에 대하여 요셉 신부가 하는 말은 칠규를 갑자기 나락으로 떨어지게 했다.

"배신자가 있는 듯합니다."

신부는 칠규의 귀에 대고 조용히 속삭였다. 칠규는 뭔가 잘 못 들었나 싶어 다시 물었다.

"배신자라고 하셨나요? 신부님."

신부는 조용히 고개만 끄덕였다.

"누가? 그럼 실비아가?"

도무지 무슨 말인지 이해가 되지 않는 상황인지라 칠규는 거듭 물었다.

"아직, 누구라고 단정 지을 수는 없습니다. 하지만…."

신부는 말을 잠시 끊고 칠규를 불안한 눈빛으로 쳐다봤다.

"하지만이라면? 신부님."

칠규는 속이 타들어 가는 고통을 느끼며 다그치는 눈으로 신부를 쳐다봤다.

"실비아가 당신의 아기를 가졌다는 사실을 아는 이는 극히 제한적입니다. 그런데 이미 실비아가 중요한 인물임을 알고 납치했다는 것은…. 아무래도…."

신부는 마른침을 꿀떡 삼키며 조용히 말을 이어갔다.

"아무래도 이는…. 납치당한 척하며 적들에게 스스로 갔을 수도 있다는 것을 배제할 수는 없습니다. 지금으로서는…."

불 좀 꺼주세요

“하지만 왜? 실비아가 그렇게까지?”

칠규는 신부의 의견에 전혀 수긍할 수 없다는 표정으로 고개를 설레설레 흔들었다. 그러자 신부도 수습에 나섰다.

“이건 어디까지나 의심입니다. 말하자면 특수 요원들의 직업병 같은 것입니다. 늘 무슨 일이 잘못되면 아무도 믿을 수 없고 관계된 모든 이를 의심하게 되는 법입니다. 그러니 너무 절망하지는 마시기를 바랍니다.”

신부는 칠규의 어깨를 감싸며 그의 아픔을 위로했다.

"실비아에 대한 어떤 단서도 아직 발견하지 못한 건가요?"

칠규는 신부의 손을 굳게 잡으며 지푸라기라도 잡는 심정으로 물었다.

"사실 실비아가 코드 에이스로 격상되는 시점부터 그녀의 휴대폰과 핸드백 등 몇 가지 소지품에 추적 장치를 몰래 부착했습니다. 하지만 안타깝게도 그녀가 지녔던 모든 물건은, 그녀가 사라진 지 채 30분도 되지 않아 완전하게 파괴된 듯 보입니다."

"그러면 그녀의 마지막 발신지는 어디인가요?"

"파리 외곽의 폐쇄된 공항입니다. 그리고 이 모든 정황으로 판단컨대, 그녀를 데려간 이들은 보통의 범죄자들은 아닙니다."

"그럼 역시 파더스로 알려진 그들인가요?"

"아직, 단정하기에는 이릅니다. 하지만 그럴 가능성이 농후합니다. 그리고 사실…."

신부는 잠시 말을 멈추고 사건의 심각성을 반추하듯, 깊은 한숨을 내쉬며 말을 이었다.

"사실, 한국에서 칠규님 납치 사건 때부터 내부 배신자에 대한 내사를 은밀히 진행하고 있었습니다."

신부는 이런 상황까지 오게 된 작금의 현실이 괴로운 듯 고개를 떨구며 마치 혼잣말하듯이 중얼거렸다.

"물론 우리 요원들도 조사 대상이었습니다."

"그렇다면?"

칠규는 점점 꼬여가는 현실에 머릿속이 복잡하기만 하였다.

"네, 칠규님. 오늘 이 순간부터 오직 저하고만 연락을 주고받을 수 있습니다. 괴롭고 힘들겠지만 아무도 믿으면 안 됩니다. 하지만 거리를 두어서도 안 됩니다. 지금까지 칠규님이 했듯이 자연스럽게 행동하셔야 합니다. 자칫 그가 눈치라도 챈다면 칠규님의 목숨이 위태로울 수도 있습니다. 그리고 설령 실비아가 조직의 배신자라고 하더라고 그녀 단독으로 할 수 있는 사인이 절대 아닙니다."

"조력자가 있다는 말씀이군요?"

"그렇습니다. 우리는 그가 누구인지를 찾을 때까지 고통을 감수하고 인내해야 합니다. 지금으로서는 이 길밖에 없습니다."

◆◆◆

신부가 돌아가고 난 뒤, 칠규는 침낭에 누워 깊은 시름에 잠겼다. 자신의 두 번째 사랑이라고 굳게 믿었던 실비아가 어쩌면 자신에게 의도적으로 접근한 것일 수도 있다고 생각하니 또다시 절망의 나락으로 떨어지는 심정이었다. 그는 눈을 질끈 감고는 지금, 이 현실이 꿈이기를 바라는 듯, 자조 섞인 한탄을 주절주절 늘어놓기 시작했다.

"재수 없는 놈은 뒤로 넘어져도 코가 깨진다고 하더니만 우찌 나는 이렇게 사랑에 관한 한 늘 바보 같고 머저리같이 꼬이고 또 꼬이기만 하냐…. 아이고…. 내 신세도 참 어지간하다…."

그런 자조의 밤을 내리 이틀을 보낸 칠규는 어느 날, 뭔가를 결심한 듯 신부에게 연락하여 다시 만나게 되었다. 그리고 칠규는 하루를 꼬박 굶은 뒤, 다시 지독하게 빠른 차를 타고 그 병원으로 다시 갔다. 그곳에서 칠규는 혈액 및 대, 소변 검사를 받고 가운으로 갈아입고 방음 처리된 방으로 들어갔다. 푹신한 침대 앞에는 대형 TV가 있고 탁자에는 소독된 작은 그릇이 하나 놓여 있었다. TV를 틀자 품위 있는 야동이 나왔다. 칠규는 마음을 다잡고 야동에 집중하려고 노력했다.

'그래! 이 방법밖에 없는 거야! 언제 어디서 죽을지 모르는 운명인데 정자라도 보관하고 안심하고 눈을 감자! 혹시 알아? 멋진 난자 만나 자랑스러운 우리 아들이 태어날 수도 있는 거니까…. 그래 이렇게 하자!'

칠규는 훌륭한 동영상에 집중하여 빨리 자기 정자를 배출하려고 노력했다. 하지만 용을 쓰면 쓸수록 눈앞에는, 떠나간 자신의 첫사랑 미자와 실종된 둘째 사랑 실비아만 맴돌 뿐이었다. 결국, 1시간을 노력했지만, 전혀 소용이 없었다. 이를 밖에서 초조하게 지켜보던 요셉 신부는 하는 수 없이 보조 요원을 방에 들여보냈다. 그녀는 간호사 복장에 짙은 화장품 냄새를 피우며 칠규에게 접근하여 에로틱한 댄스를 선보였다. 그렇게 칠규와 가짜 간호사는 30분 정도 최선을 다해 끙끙거렸지만, 이 또한 실패로 끝나고 말았다.

어쩔 수 없이 최후의 수단을 강제 집행하기에 이르렀다. 20년 경력의 베테랑 수 간호사가 바셀린을 가지고 방으로 들어왔다. 그녀는 칠규의 눈을 가리고 손을 묶었다. 그러고는 능숙한 손동작으로 불과 3분 만에 소중한 칠규의 씨앗을 받아 냈다.

칠규는 신부에게 또 다른 한 가지도 요구했다. 칠규는 이제 더 이상 자신이 사랑하는 사람이 위험에 처하는 상황을 두고 볼 수 없었다. 그리고 빨리 이 상황을 끝내고 싶었다. 그래서 신부에게 부탁했다. 어떤 여자도 상관없으니 그냥 잠자리를 갖게 해달라고.

다음 날 밤, 칠규는 안전 가옥에서 내 아이를 낳아 줄 여인을 기다렸다. 그런데 문을 따고 들어온 여자는 바로 김추자였다.

“아, 아니, 김추자 요원이 어떻게?”

놀란 칠규가 입을 다물 새도 없이 그녀는 성큼성큼 다가와 칠규의 품에 안겼다. 그리고는 앙증맞은 목소리로 냈다.

"불 좀 꺼주세요!"

결국 그날 밤, 대사를 치른 후, 김추자 요원은 새벽을 틈타 사라졌다. 칠규는 마치 방전이 된 듯 침대에 지쳐 쓰러져 있었지만, 여전히 잠은 오지 않았다. 실종된 실비아에 대한 그리움이 날이 갈수록 깊어지기만 하였다.

◆◆◆

실비아가 재소자의 신분을 벗고 특수 요원이 되었을 때, 가장 먼저 한 일은 자신의 하나뿐인 자식을 찾는 일이었다. 아들의 이름은 이반. 엄마가 16살에 그를 낳았으므로 이반도 어느새 성년이 되었을 것으로 실비아는 기대했다. 실비아는 동료의 도움으로 이반이 루마니아의 한 노부부에게 입양된 것을 확인하였다. 하지만 그녀가 이반의 양부모를 찾아갔을 때는 이미 이반은 사라지고 없었다. 게다가 양부모는 세상을 떠난 상태였다. 하지만 실비아는 낙담하지 않았다. 왜냐하면 자신이 몸담은 곳은 세상에서 가장 뛰어난 해킹 능력을 보유한 곳이었기 때문이었다.

그녀는 자기 DNA를 등록하였다. 그리고 그녀의 동료는 혹시라도 하는 마음으로 범죄 데이터를 해킹하여 대조하기 시작했다. 얼마 지나지 않아 실비아는 독일 베를린 범죄인 명부에서 이반을 찾을 수 있었다. 그 길로 틈만 나면 실비아는 베를린에 머물며 아들을 찾아다녔다. 그리고 마침내 그곳 형사의 도움으로 그녀는 이반을 만날 수 있었다.

어느새 열여덟 청년이 된 이반. 하지만 이반은 어릴 적 그 소년이 아니었다. 러시아 갱단 맴버인 그는 온몸 구석구석에 문신한 상태로, 실비아를 보자, 자신을 버린 적개심만 드러냈다. 실비아의 피나는 노력에도 불구하고 이반은 점점 더 삐딱하게 행동하더니만 결국 감옥에 다시 가고 말았다. 그리고 실비아가 칠규를 만나기 직전, 이반은 누군가의 도움으로 감옥에서 탈출한 뒤 종적을 감추었다.

실비아는 칠규와 사랑을 엮어가면서 동시에 이반의 행적을 추적하기 시작했다. 그런데 뜻밖에도 이번에는 이반이 먼저 연락해 온 것이다. 엄마를 만나고 싶다는 짤막한 메시지였다. 그리하여 실비아는 자신이 파리에 간다는 사실을 그에게 알리고 말았다.

그리고 그날, 칠규와 늦은 점심을 먹고 칠규가 화장실로 간 사이, 그녀 앞에 아들 이반이 나타난 것이다. 이반은 승합차의 문을 열고 실비아에게 오라고 손짓하였다. 실비아는 아들을 다시 보게 된 나머지 이성을 잃고 서둘러 그에게로 달려갔다. 그리고 이반의 손을 잡는 순간, 순식간에 제압당한 그녀는 곧바로 최면제를 들이마시고 의식을 잃고 말았다.

실비아를 태운 승합차는 전속력으로 폐쇄된 공항으로 달려갔다. 그리고 그곳에서 개인 전용기에 실린 실비아는 알 수 없는 미지의 검은 하늘로 날아갔다.

◆◆◆

실비아가 눈을 뜬 것은 다음날 이른 아침이었다. 머리가 깨질 듯이 아팠던 그녀는 머리를 두 손으로 감싸고 주변을 둘러봤다. 흐릿하게 다가오는 시야는 시간이 지날수록 차츰 맑아졌다. 그곳은 마치 중세 시대 고관대작의 성처럼 보였다. 침대와 탁자, 창문과 천장이 모두 우아한 예술작품으로 도배가 되어 있었다. 그녀는 우선 탁자에 있는 주전자에서 물을 따른 뒤 꿀꺽꿀꺽 마셨다. 그리고 물컵을 탁자에 탁 하고 놓은 뒤 두려운 눈으로 외쳤다.

"거기 누구 없어요?"

그러자 한 시녀가 불쑥 문을 열고 나타나 그녀를 보고는 인사를 하고는 황급히 다시 사라졌다. 얼마 뒤 실비아의 앞에 중년의 모습으로 어깨가 쩍 벌어진 건장하고 말쑥한 차림의 남자가 나타났다.

"누구신지?"

실비아는 의아한 눈으로 그를 쳐다봤다.

"오! 실비아 요원. 저는 오타고스라고 합니다. 이 성의 주인입니다."

그는 정중한 목소리로 실비아를 측은한 표정으로 바라봤다.

"당신이 오타고스이군요."

실비아는 경멸 섞인 눈으로 그를 쳐다봤다.

"오! 저를 아시는군요. 이런 아리따운 여인이 저를 알아봐주신다니 저로서는 무척 영광입니다."

오타고스는 능글맞은 웃음을 보이며 실비아를 찬찬히 훑었다.

"당신이 파더스의 꼭두각시라는 사실은 이미 온 천하가 알고 있는 것, 어찌 제가 모를 리가 있겠어요?"

실비아 또한 빈정거리며 말을 내뱉었다.

"음…. 그 또한 영광입니다. 전능하시고 위대하신 파더스 가문을 감히 대표하는 자리에 있다는 것은 겸손한 제가 누릴 수 있는 최고의 찬사가 아니겠습니까!"

오타고스는 무척 신이 난 듯 껄껄거리며 실비아에게 천천히 다가갔다. 그러고는 실비아의 배를 유심히 쳐다보며 말했다.

"미래의 저항군 지도자 나으리는 잘 자라고 계시는가?"

오타고스는 실비아의 배를 만지려고 손을 뻗었다. 그 순간, 실비아는 삽시간에 오타고스의 팔을 꺾어 비틀어버렸다.

"아아아악!"

제아무리 건장한 오타고스도 고통 앞에서는 어린애에 불과했다. 그는 꺾인 팔을 부여잡고 데굴데굴 구르기 시작했다. 그리고 그의 비명을 들은 경호원들이 문을 벌컥 열고는 실비아에게 다가와 총구를 이마에 겨누었다. 오타고스가 명령만 하면 곧바로 방아쇠를 당길 태세였다.

오타고스는 한동안 끙끙거리며 마치 금방이라도 실비아를 죽일 듯이 노려보다가 어느새 표정을 누그러뜨렸다. 그리고 부하들에게 손짓했다. 부하들은 끝까지 실비아를 노려보다가 천천히 물러났다. 오타고스는 다시 빈정거리는 모습으로 돌아갔다.

"당신이 그렇게 나온다면 나도 어쩔 수가 없지"

오타고스는 리모컨을 들어 TV를 켰다. 화면에는 실비아의 아들, 이반이 보였다. 그는 혼자 방안에서 서성거리고 있었다. 아들의 모습을 지켜본 실비아는 오타고스에게 크게 외쳤다.

"내 아들을 어디에 가둬 둔 거야?"

이 말을 들은 오타고스는 마치 귀신 씻나락 까먹는 소리라도 들은 듯 어깨를 으쓱거리며 시치미 떼는 표정을 지었다.

"가두다니? 누구를? 당신 아들을?"

오타고스는 아픈 팔을 만져보며 딴청을 부리듯 실비아에게 물었다.

"그럼? 우리 아들이 제 발로 찾아가기라도 했다는 거야? 이 더러운 두더지 새끼야!"

실비아는 방이 떠나가듯 큰 소리로 외쳤다.

"이런, 듣자 하니 심히 불쾌하기 짝이 없구먼! 은혜를 원수로 갚으려는 거야? 응? 당신 아들을 감옥에서 구해준 이가 누군데? 너는 알고 말하는 거야? 응?"

오타고스도 두더지 새끼라는 말에 참을 수 없었는지 버럭 화를 냈다.

"너가 그냥 구해줬겠어? 내 아들을 볼모로 나를 끌어들이기 위한 수작이었잖아! 파더스 똥개 같은 자식아!"

이 말에 크게 분노한 오타고스는 큰소리로 부하를 불렀다.

"이 년을 가둬라! 그리고 이 년을 극진히 잘 보살펴라! 출산 때까지만…. 하하하…. 네년 목숨은 너 배 속의 아기를 꺼내는 순간 끝이다. 알겠느냐? 하하하"

오타고스는 한바탕 크게 웃었다. 그 사이 그의 부하들이 실비아에게 접근해 쇠고랑을 채운 뒤 질질 끌고 갔다. 실비아는 끌려가면서 발악했다.

"내 아들은 어디에 있는 거야? 이 개자식아!"

실비아가 방을 나간 뒤 곧바로 옆문이 열리고 이반이 나타났다. 그는 오타고스에게 공손하게 인사하고는 엄마가 끌려가는 장면을 끝까지 지켜봤다. 그리고 천천히 오타고스의 귀에 대고 속삭였다.

"하얀 짬뽕이 새로운 메시지를 보냈습니다. 오타고스님."

"뭐라더냐?"

"박칠규가 김추자 요원과 하룻밤을 보냈다고 합니다."

오타고스는 고개를 끄덕였다. 그리고 이반의 어깨를 감싸며 지시했다.

"작전실에 연락해라. 김추자의 임신이 확인되는 즉시, 생포하라고."

◆◆◆

요셉 신부가 요원들을 호출한 시각은 새벽 1시였다. 그로부터 20분 뒤, 김종국, 박선영, 강민영, 김추자 요원은 순차적으로 방에 모였다. 그들은 잠시 김은혜 요원의 명복을 비는 묵념을 하고 난 뒤 곧바로 회의에 들어갔다.

요셉 신부가 모니터에 지도를 띄웠다. 그러자 유럽의 지도가 나타났다. 그리고 특정한 한 곳이 반짝였다. 신부는 그곳을 확대했다. 그곳은 루마니아였다. 그는 요원들을 한번 쓱 훑어보고는 입을 열었다.

"오타고스의 최종 위치가 확인되었다. 루마니아 블라드 체페슈 성이다. 10분 내로 우리는 그곳으로 출동한다. 이동 중에 자세한 작전 계획을 설명하도록 하겠다. 헝가리와 불가리아 쪽 우리 요원들도 동참할 예정이다. 타겟은 물론 오타고스이다. 되도록 생포하도록. 하지만 죽여도 무방하다. 가장 중요한 것은 실비아의 무사 귀환이다. 그리고 그녀의 아들 이반을 생포하는 것이다. 이반은 절대 죽여서는 안 된다. 이상. 질문 있나?"

요원들은 서로의 얼굴을 쳐다봤다. 다들 눈동자에서 불길이 타올랐다. 동료의 갑작스러운 죽음으로 인해 그들은 그 어느 때보다 전의를 불태우고 있었다. 그들은 각자의 무기를 챙긴 뒤, 서둘러 뒷마당으로 나갔다.

검은 하늘에 불빛 하나가 반짝이더니 이내 굉음을 내며 모습을 드러냈다. 헬리콥터였다. 신부와 네 명의 요원은 헬기가 땅에 닿자마자 곧바로 올라탔다. 기체는 빠르게 상승하여 전속력으로 날기 시작했다. 30분 뒤 그들은 알 수 없는 공항에 도착했다. 그리고 그곳에서 소형 제트기로 갈아탄 그들은 곧바로 루마니아로 날아갔다.

IMF 요원들이 블라드 체페슈 성 인근 1km 지점에 모두 모인 것은 새벽 5시 44분이었다. 한국 요원들은 실비아의 구출을, 헝가리 요원들은 오타고스 생포, 불가리아 요원들은 이반의 생포를 각각 맡았다. 요셉 신부의 주도 아래 다시 한번 간단한 작전 브리핑을 가진 뒤, 그들은 각자의 영역으로 흩어져 서서히 접근했다.

칠흑같이 어두운 밤이었다. 적외선 카메라로 무장한 요원들은 짙은 수목으로 덮인 사잇길로 조심스레 나아갔다. 한국 요원들은 성의 지하 감옥이 가까운 동쪽 지점으로, 헝가리 요원들은 메인 건물이 있는 북쪽 지점으로 그리고 불가리아 요원들은 오타고스 부하들의 숙소로 예상이 되는 서쪽 지점으로 이동했다.

성의 주변에는 촘촘하게 CCTV가 설치되어 있었다. 요원들은 탐지레이더로 각 카메라의 위치와 반경을 숙지해가며 좁은 사각지대로 갔다. 그리고 각자 성의 외곽에 도착한 그들은 스파이더핸드를 이용해 높고 가파른 성벽을 엉금엉금 기어 올라갔다. 성의 망루에서는 밝고 선명한 정찰용 빛이 360도로 천천히 움직이고 있었다.

한국 요원들은 기내에서 숙지한 성의 내부 구조를 떠올리며 천천히 지하로 내려갔다. 지금까지는 자연의 소리 외에는 아무것도 들리지 않았다. 김종국 요원은 지하로 내려가는 길목을 지키고 있는 2명의 감시자를 확인하고는 박선영, 강민영 요원에게 수하로 지시했다. 그러자 두 요원은 익숙하게 감시자의 뒤로 침투해 그들의 숨통을 삽시간에 끊었다. 그리고 그들의 호주머니를 뒤져 문의 열쇠를 찾았다. 천천히 문을 딴 요원들은 지하로 이어진 계단을 한 발짝 한 발짝 내려갔다.

그런데 그 순간 외부에서 총소리가 울려 퍼졌다. 뒤이어 사이렌 소리가 요란하게 울려 퍼졌다. 어둠 속에 푹 잠겼던 블라드 체페슈 성이 별안간 밝아졌다. 우리 요원의 침투가 발각된 게 자명하였다. 김종국은 큰소리로 외쳤다.

"빨리빨리 서둘러야겠다."

지하실의 모든 조명이 켜졌다. 그리고 무장한 적들이 우리 요원들을 발견하고는 총을 쏘기 시작했다. 삽시간에 치열한 총격전이 벌어졌다. 급하게 몸을 숨긴 우리 요원들은 엄호와 사격을 번갈아 가며 하면서 적들을 한 명씩 한 명씩 죽여 나갔다. 이윽고 마지막 계단까지 도달한 우리 요원들은 서둘러 지하 감옥 문을 열었다. 적들의 추가 지원병이 오기 전에 재빨리 빠져나가야만 하였다.

감옥은 생각보다 무척 넓고 많은 방으로 이루어졌다. 그리고 수감자들도 수십 명이나 달했다. 각 방의 문을 열기에는 시간이 너무 부족했다. 결국 한국 요원들은 각자 나뉘어 실비아를 찾기 시작했다.

"실비아! 실비아!"

요원들의 외침에 저 멀리서 희미한 소리가 들렸다.

"여기예요! 여기!"

실비아는 복도 끝 방에 있었다. 김추자 요원이 문의 열쇠를 총으로 박살내 버렸다. 그리고 실비아의 상태를 재빨리 확인했다. 실비아는 외상 하나 없이 말짱했다. 한국 요원들은 내려왔던 길을 다시 올라 빠르게 지상으로 나왔다. 곳곳에서 총격전이 벌어지고 있었다. 평소 같으면 우리 요원들을 백업하겠지만 실비아는 지금 코드 에이스 신분이었다. 그녀의 생존이 무엇보다 중요했다. 그러므로 한국 요원들은 서둘러 성에서 탈출하기 위해 자신들이 올라왔던 곳으로 갔다.

김종국 요원이 실비아를 안고 스파이더핸드로 내려가려고 성벽을 잡는 순간 어느새 나타난 적들이 총을 쏘기 시작했다. 그런데 그 순간, 실비아의 입에서 비명이 쏟아졌다. 그리고 그녀의 배에서 붉은 피가 흘러내렸다.

오타고스

이른 아침. 칠규가 머무는 안전 가옥에 요셉 신부가 방문했다. 칠규는 실비아 걱정으로 잠을 통 이루지 못해 무척이나 푸석한 얼굴로 신부를 맞았다.

"좋은 소식과 나쁜 소식이 있습니다. 칠규 씨."

신부는 칠규의 얼굴을 보면서 다분히 걱정이 담긴 눈으로 쳐다보며 말을 이어갔다.

"먼저, 실비아를 구출하였습니다. 하지만…."

신부는 잠시 안타까운 소식을 전하기가 두려운 듯, 뜸을

들였다. 칠규는 신부의 어두운 표정에서 뭔가를 직감한 듯 조급한 표정으로 물었다.

"하지만 뭡니까? 신부님."

"하지만 구출 과정에서 안타깝게도 실비아가 총상을 입었습니다."

신부는 무거운 톤으로 힘없이 칠규에게 대답했다.

"그럼 혹시?"

칠규는 순간 끝없는 심연으로 떨어지는 듯한 고통을 느끼며 신부를 재촉했다.

"생명에는 지장이 없습니다. 칠규 씨. 안심하시기 바랍니다. 하지만…."

신부는 다시 말을 끊고 칠규의 표정을 살폈다.

"또 하지만입니까? 신부님."

칠규는 실비아가 살아 있다는 것에 일단 안도의 한숨을 쉬면서도 뭔가 불안한 다음 소식으로 두려워지기 시작했다.

"실비아가 유산하였습니다."

그 말에 칠규는 가슴이 철렁 내려앉았다. 하지만 곰곰이 생각해 보니 지금 당장 자식을 잃은 슬픔이야 어쩔 수 없겠지만, 실비아가 건강해지면 자식은 다시 낳으면 된다고 애써 자위하며 신부를 다시 쳐다봤다.

"아기야 다시 낳으면 되니까 괜찮습니다. 지금 실비아의 상태는 어떻습니까? 많이 다친 건가요?"

칠규의 슬픈 표정을 감싸듯 신부는 그의 어깨를 다독거리며 말했다.

"수술은 무사히 잘 끝났습니다. 회복하는 대로 실비아를 만나실 수 있습니다. 하지만…."

신부는 긴 한숨을 쉬며 칠규의 눈치를 보는 듯했다.

"아니, 신부님. 아직도 〈하지만〉이 남았습니까?"

칠규는 이제 볼멘소리로 신부를 노려봤다.

"하지만 실비아의 자궁이 손상되어 더 이상 아기는 힘들 것으로 보입니다."

신부는 모기만 한 목소리로 속삭였다. 칠규는 심연에서 기어오르다 다시 헛발을 딛고 떨어지기 시작했다. 그러면서 생각했다.

'아! 내 아기를 갖는 게 이렇게 어렵다니! 정말이지 지지리도 재수 없는 놈! 그냥 평범하게 죽는 게 나았는데! 그놈의 예언이 뭐라고? 그러고 보니 이 모든 것은 그놈의 영감탱이 파벨 예언자 때문인 거야! 괜히 우리 아들이 지도잔가 뭔가가 된다고 떠벌리는 바람에 이렇게 된 거잖아!'

칠규는 참을 수 없는 고통에, 부지불식간에 큰 소리로 외쳤다.

"이 지질맞을 놈아!"

그러자 신부는 갑자기 뭔가 생각났는지 칠규를 보며 말했다.

"이반은 안타깝게도 구출하는 데 실패하였습니다."

"네? 이반을요?"

칠규는 순간 신부가 무슨 이야기를 하는지 몰라 어리둥절했다.

"네, 실비아 아들 이반 말입니다."

"아, 이반 말씀이시군요. 죄송합니다. 저는 예언자를 말하는 거였습니다."

그제야 신부도 알아챈 듯 고개를 끄덕였다.

"그런데 실비아가 납치된 곳을 어떻게 이렇게 빨리 알게 되었나요?"

"사실 지난번 병원에서 실비아의 임신이 확인되자마자 초소형 마이크로 칩을 그녀의 몸속에 심었습니다. 실비아가 땅속으로 꺼지지 않는 이상 그녀의 위치는 항상 모니터링할 수 있습니다."

"그럼, 제 몸에도 심었나요?"

칠규의 물음에 신부는 고개를 끄덕거렸다.

"코드 에이스는 예외 없이…."

칠규는 자기 몸속에 마이크로 칩이 박혀있다고 생각하니 왠지 모르게 몸이 근질거리는 느낌이 들었다.

"실비아는 어디에 납치되어 있었나요?"

"루마니아의 블라드 체페슈 성이었습니다."

"아니 어떡하다가 그런 먼 곳까지?"

"그곳 성주가 오타고스라는 작자인데, 파더스의 앞잡이로 온갖 나쁜 짓은 다 하고 다닙니다. 예언서의 마지막 장을 훔쳐 간 놈이기도 합니다. 사실 저희 요원의 수배 대상 1호입니다."

"그럼, 어제 오타고스의 집에 쳐들어간 건가요?"

"네, 그렇습니다. 하지만 안타깝게도 오타고스와 이반은 이미 비밀 통로로 빠져나간 뒤였습니다. 애꿎은 우리 요원들만 희생되고 말았습니다. 물론 실비아를 구출했으니 실패한 작전이라고는 할 수 없습니다만."

"오타고스는 어떤 사람인가요?"

"그의 본명은 에디 마셜. 파더스 가문과는 다르게 그는 매우 잘 알려진 인물입니다."

◆◆◆

에디는 아르헨티나의 유복한 가정에서 자랐다. 아버지는 외교관이었고 어머니는 변호사였다. 그가 다섯 살이 되던 해, 아버지는 독일 주재 대사관으로 임명되어 그는 베를린에서 청소년기를 보내게 되었다. 그는 어릴 때부터, 수학과 물리학에 빼어난 실력을 보여 국제 과학 올림피아드에 대표로 참가하기도 하였다. 그의 천재성은, 그가 김나지움을 조기 졸업하고 매사추세츠 공과대학에 입학하면서부터였다. 그는 학부 3학년에 이미 인공신경망 분야에 양자 역학 알고리즘을 결합한 새로운 형태의 인공지능을 선보여 세상을 깜짝 놀라게 했다. 그야말로 하루아침에 정보통신업계의 떠오르는 스타가 된 것이었다.

하지만 이게 그에게는 독이었다. 파더스의 은밀한 지원으로 그는 학교를 중퇴하고 인공지능 연구소를 차린 뒤, 〈블루러닝〉이라는 AI를 개발하기 시작했다. 막대한 연구 자금과 그를 지원하는 우수한 인력 그리고 세상 사람들의 눈을 의식한 그는 점점 깊이 인공지능 개발에 빠져들었다. 연구소에서 먹고 자면서, 24시간 오로지 개발에만 몰두한 그는, 결국 쏟아지는 잠을 쫓기 위해 마약에 손대기 시작했다. 그리고 당연하게도 마약의 양은 점점 늘어났다. 동시에 그는 미쳐갔다. 이때부터 그가 개발한 인공지능 프로그램은 기괴하고 괴상한 쪽으로 빠져들기 시작했고 그런 결과물에 불편해하던 고급 인력들은 하나둘씩 떠나갔다.

혼자 남게 된 그는 마약에 절은 채 환각 속을 헤매며 자해를 하기 시작했다. 결국 정신병동에 강제로 끌려가게 된 그는 완전히 폐인이 된 채 허송세월하기 시작했다. 한편 파더스의 사주를 받은 또 다른 인공지능 개발 단체는 에디의 마지막 작품을 분석하여 파더스에게 보고했다. 그 결과는 파더스를 기쁘게 했다. 바로 파더스가 원하는 대로였다.

인간의 의식을 완벽하게 인공지능에 주입하고 또, 인공지능의 인식을 다른 인간에게 주입하는 것. 그러므로 그 인간은 시스템 속에서 영생을 보장받을 수 있는 거였다. 파더스 가문의 실질적 보스인 호오돈은 먼저 정신병원에 갇힌 채 죽어가는 에디를 몰래 빼내어 그를 치료한 뒤, 자신의 의식을 주입하였다. 즉, 파더스의 의지대로 움직이는 인간이 된 것이었다. 그리고 이름도 오타고스로 바꿨다. 즉, 제 뜻과 의지를 관철하는 인간 소모품을 파더스는 만들었다.

새로 태어난 오타고스는 놀라운 적응력으로 파더스의 궂은일을 도맡아 척척 실행하였다. 그는 이제 세기의 천재에서 세상의 탁월한 적으로 탈바꿈을 한 것이었다.

◆◆◆

휴가를 마친 칠규는 다시 특수 훈련을 받기 위하여 안전가옥을 떠났다. 그는 훈련장으로 가기 전, 실비아를 다시 만났다. 그녀는 배 속의 아기를 잃은 데다 아들마저 찾지 못하였으므로 무척 우울한 모습으로 누워 있었다. 칠규는 그녀를 보는 순간, 가슴이 찢어지는 고통을 느꼈다. 하지만 실비아에 대한 그의 사랑은 더욱 깊어졌다. 칠규는 침낭 옆에 무릎을 꿇고 그녀에게 반지를 내밀었다. 그리고 한없이 사랑스러운 눈으로 실비아에게 말했다.

"나와 결혼해주세요. 실비아."

칠규의 고백에 그녀는 한없이 눈물을 흘렸다. 그녀의 고단한 인생에 마침내 파랑새가 날아 온 것이었다. 그녀는 수술 후, 처음으로 행복을 느꼈다. 실비아는 칠규를 꼭 껴안았다. 그리고 고개를 끄덕였다. 마침내 그녀의 손가락에 반지가 끼워졌다. 그렇게 하룻밤을 병실에서 같이 보낸 칠규는 이튿날 훈련소로 떠났다. 발길이 도저히 떨어지지 않았지만, 어쩔 수가 없었다. 실비아를 지키려면 자신이 강해져야만 했다.

칠규는 또다시 무척 빠른 차와 헬리콥터, 소형 비행기, 트럭을 번갈아 타고 꽤 많은 시간을 이동하여, 어딘지 알 수 없는 훈련소로 갔다. 그 훈련소는 이전 훈련소보다 더 깊은 산속이었다. 그는 가는 동안 줄곧 실비아만 생각했다. 비록 자기 아들은 가질 수 없지만, 이다음에 이반을 만나게 된다면 자기 아들로 생각하고 꼭 실비아의 품으로 돌려보낼 수 있도록 노력하겠다고 다짐했다.

칠규는 숙소를 배정받고 침낭에 누워 창밖을 쳐다봤다. 어둠 속에 눈이 펑펑내리고 있었다. 그리고 산짐승 소리가 간간이 들려왔다. 왠지 느낌이 싸한 게 내일부터 뭔가 범상치 않은 훈련이 시작될 것 같은 불길함이 찾아왔다. 하지만 그는 지금 그 어느 때보다 살아야겠다는 강한 동기를 가지게 되었다. 그리고 입술을 깨물며 속으로 굳게 약속했다.

'내 아들에게 실망스럽지 않은 그런 당당한 아버지가 되겠다고.'

◆◆◆

칠규는 그날 쉬 잠들지 못했다. 몸은 피곤했지만, 마음이 그를 놔주지 않았다. 그는 이런저런 생각과 근심을 주저 없이 떠올리다가 새벽이 되어서야 겨우 잠이 들었다. 하지만 그것도 잠시, 그는 악몽을 꾸면서 깨어났다. 그의 첫사랑 송미자에 관한 거였다. 칠규는 실비아를 사랑하지만 늘 그의 마음 한쪽은 미자로 채워져 있었다. 그런 그녀가 칠규의 꿈에 나타나 한없이 슬픈 표정으로 칠규에게서 멀어지는 거였다. 칠규는 깨어났어도 왠지 모를 불안감에 휩싸인 채 좀체 안정할 수 없었다. 어쩌면 미자에게 무슨 일이 일어났을 수도 있다고 그는 생각했다.

칠규는 다음에 요셉 신부를 만나면 미자를 추적하여 그녀의 근황을 알아봐 달라고 요청해야겠다고 마음을 먹었다. 아무래도 그의 꿈이 너무 생생했기 때문이었다. 칠규는 다시 눈을 감고 잠을 청했다. 하지만 미자의 생각에서 도저히 벗어날 수가 없었다.

'우리 미자는 지금쯤 어디서 무엇을 하고 있을까?'

◆◆◆

고등학교 2학년 가을 축제를 계기로 칠규와 미자는 단짝 친구가 되었다. 비록 같은 반은 아니지만, 방과 후에는 늘 붙어 다녔다. 그들의 데이터 장소는 마을 도서관이었다. 미자는 문학소녀답게 책을 좋아했고 글을 즐겨 썼다. 칠규도 늘 미자 곁에서 소설과 미자의 글을 읽으며 행복을 속삭였다. 하지만 그들이 같이 누릴 수 있는 시간은 하루에 고작 한두 시간 정도였다. 미자는 도서관에서 책을 대여하면 식당으로 가서 부모님을 도와야 했기 때문이었다.

칠규는 늘 미자가 일하는 식당으로 가서 짜장면을 먹고 싶었지만 넉넉지 않은 주머니 사정 때문에 그런 사치를 부릴 수가 없었다. 하지만 행복했다. 비록 층수는 다르지만 같은 집에 살았고 또 그녀가 생각날 때면 식당 근처에 숨어서 미자가 일하는 모습을 마음껏 훔쳐보곤 하였다. 그리고 열심히 공부했다.

왜냐하면 칠규와 미자는 약속했다. 대학은 섬에서 멀리 떨어진 대도시에서 같이 다니기로. 물론 전공은 문학 쪽으로 하기로 입을 맞추었다. 그러려면 칠규는 무척 열심히 공부해야만 했다. 미자는 줄곧 상위권 성적을 유지했지만, 칠규는 그러지 못했다. 그는 늘 중간이었다. 그러니 서울이나 부산 같은 대도시에 있는 대학에 들어가려면 허투루 시간을 보내면 안 되었다. 하지만 그는 목표가 뚜렷했으므로 그에 상응하는 의지를 가꿀 수 있었다. 그는 미자와 데이트하는 시간을 제외한 모든 자투리 시간을 공부에 쏟았다.

그렇게 힘들지만, 무척 행복한 일 년을 보낸 고등학교 3학년 가을. 칠규의 성적은 어느새 쑥쑥 올라가 상위권을 맴돌기 시작했다. 칠규는 하루하루 다가오는 미자와의 멋진 대학 생활을 꿈꾸며 성적 올리기에 박차를 가했다. 미자도 칠규의 선한 마음과 뜨거운 사랑을 느끼며 가까운 미래에 현실이 될 행복감을 기대했다.

그런데 비극이 찾아왔다. 미자의 부모가 이혼한 것이다. 오래전부터 조금씩 조금씩 간극이 벌어진 미자의 부모는 마침내 헤어질 결심을 하였다. 그런데 문제는, 미자의 어머니가 자식을 모두 데리고 친정이 있는 중국으로 돌아간다는 거였다. 학력고사를 치르기 불과 한 달 전이었다. 청천벽력 같은 소식을 접한 미자와 칠규는 뭔가 대책을 마련하여야만 하였다. 그냥 이대로 미자가 끌려가는 것을 두고 볼 수는 없었다.

칠흑같이 어두운 어느 날 밤, 미자와 칠규는 몰래 집을 빠져나와 제주시로 가는 마지막 버스를 탔다. 그리고 무작정 시내로 갔다. 중심가에 내린 둘은 정처 없이 걷다가 마침내 허름한 여관 앞에 발길을 멈추었다. 미자와 칠규는 처음이자 마지막인 그날 밤을 함께 보냈다. 다음 날 아침, 그들을 수상히 여긴 여관 주인의 신고로 경찰이 들이닥쳤다. 파출소로 끌려간 칠규와 미자를 기다리고 있는 것은 이미 성인이 된 미자의 세 오빠. 그들은 씩씩거리며 미자를 끌고 사라졌다. 칠규가 다시 집으로 찾아갔을 때는 이미 미자는 사라지고 없었다. 식당에는 미자의 아버지 혼자 쓸쓸히 담배를 피우고 있었다.

◆◆◆

칠규는 아침에 잠시 잠이 드는가 싶었는데 요란한 기상소리가 울렸다. 무겁고 시린 눈을 겨우 뜬 칠규는 납덩이 같은 몸을 억지로 옮기며 겨우 세수하고 옷 갈아입고 연병장으로 향했다. 문을 열자 태풍 같은 눈보라가 몰아쳤다. 칠규는 실

눈을 한 채, 오들오들 떨면서 훈련병들이 모여 있는 곳으로 갔다. 가면서 주위를 가만히 쳐다보니 자신이 현재 땅을 밟고 있는 이곳은 완전 첩첩산중이었다.

연병장에는 훈련병이 스무 명쯤 모였다. 여군들도 눈에 띄었다. 그들은 하나 같이 전방으로 시선을 향한 채 미동도 하지 않고 눈을 맞고 있었다. 칠규가 헐레벌떡 뛰어가 맨 뒷줄에 서자 교관으로 보이는 자가 짙은 선글라스를 끼고 나타났다. 그러고는 크게 외쳤다.

"상의 탈의!"

명령이 떨어지자 무섭게 훈련병들은 잽싸게 상의를 모두 벗었다. 여군들도 물론 모두 벗었다. 칠규도 얼떨결에 상의를 벗고 섰다. 눈보라가 바늘처럼 칠규의 벗은 몸을 찌르기 시작했다. 교관도 상의를 모두 벗었다. 하지만 선글라스는 벗지 않았다. 그리고 그는 더 큰 소리로 외쳤다.

"모두 출발!"

훈련생들은 앞줄부터 일렬로 한 줄이 되어 뛰기 시작했다. 얼마 지나지 않아 훈련생들은 가파른 산길을 오르기 시작했다. 거친 호흡소리가 눈에 띄게 늘어났다. 칠규는 맨 뒤에서 죽을힘을 다해 따라갔다. 하지만 이내 처지고 말았다. 앞서간 훈련생들은 거친 산길을 마치 자기 집 마당쯤으로 생각하는지 가볍게 헤쳐 나갔다. 칠규는 어느새 혼자가 되어 씩씩거리며 산길을 헤쳐 나갔다. 웃통은 벗었지만, 온몸이 어느새 땀으로 흠뻑 젖었다.

그렇게 어느 정도 오르던 그는 언제부터인가 자신이 완전히 동떨어져 혼자 헤매고 있다는 생각에 겁이 덜컥 났다. 이 추운 고산지대에서 자칫 길이라도 잃게 된다면 몇 날 며칠을 산에 갇힐 수도 있거니와 자칫 산짐승이라도 만난다면 죽임을 당하기 딱 좋은 상황이었다. 이에 바짝 졸은 칠규는 젖 먹던 힘까지 다 쏟아부어 따라잡으려고 용을 썼다. 그러다 결국, 발을 헛디뎌 몇 바퀴 데굴데굴 구르기까지 한 칠규는 눈밭에 드러누워 길고 암울할 것 같은 오늘 하루를 되새김질했다. 그런데 그렇게 누워 있으니 어디선가 웅성거리는 소리가 들려왔다.

칠규는 반가운 마음에 벌떡 일어나 소리가 나는 쪽을 쳐다봤다. 선글라스를 낀 교관과 훈련병들이 돌아오고 있었다. 칠규는 안도의 한숨을 길게 쉬고는 다시 꼬랑지에 붙어 내려가기 시작했다. 연병장에 도착하자 교관은 해체 명령을 하였다. 그러자 훈련병들이 뿔뿔이 흩어졌다. 하지만 교관이 칠규는 따로 불렀다.

"자네는 오늘 완주를 못 했으니 벌로 연병장을 20바퀴 돌도록…."

하고는 교관은 들어가 버렸다. 결국 칠규는 혼자 연병장을 허느적허느적 거리며 돌았다.

칠규가 뛰기를 마치고 숙소에 들어와서 보니 온몸이 땀으로 범벅이었다. 그는 샤워실로 곧장 들어가 옷을 벗으려고 하는데 두 다리와 두 팔이 떨려서 제대로 벗을 수가 없었다. 겨우 샤워를 끝내고 식당으로 간 칠규는 음식을 닥치는 대로 씹어 삼켰다. 칠규는 먹어도 먹어도 배가 차지 않는 느낌이 들었다. 게다가 다른 훈련병들은 이미 식사를 마치고 커피를 한잔하면서 여유를 즐긴 뒤, 각자의 수업 시간에 맞추어 해당 교실로 사라지고 난 뒤였다. 칠규는 정신없이 먹고 난 뒤 헐레벌떡 첫 수업을 위해 교실로 들어갔다.

이미 수업은 진행 중이었다. 큰 모니터 앞에 선 교관은 그의 앞에 놓여있는 등산 관련 장비와 비상식량 등을 하나하나 설명하고 있었다. 칠규는 가만히 들어보니 산에서 길을 잃었을 때 대처하는 방법처럼 보였다. 교관 앞에 놓인 음식도 가만히 보니 소금, 초콜릿, 육포, 사탕 봉지였다. 게다가 그 옆에는 전등, 물통, 나침반, 지도, 구급약 상자가 있었다.

교관은 이제 산에서 길을 잃었을 때, 어떻게 체온 유지를 하는 가를 시범으로 보여주었다. 장갑과 겉옷을 껴입고, 만약 물소리가 들리면 무조건 개울을 찾으라고 하였다. 왜냐하면 물은 항상 아래로 내려오기 마련이니까 계곡을 따라 내려오면 가장 안전한 방법이라고 설명했다.

교관은 이제 특수 모양의 시계를 보여주며 나침반으로 사용하는 방법과 밤하늘에 북극성을 어떻게 찾는 법까지 알려줬다. 또한, 달의 위치를 이용하여 시간을 계산하는 법과 불을 어떻게 피우는 것 등등을 시범으로 보여주었다. 교관은 마지막으로 산짐승을 어떻게 대처하는지와 간이용 텐트를 만드는 방법을 알려주며 교육을 마쳤다. 그리고 한마디를 남겼다.

"내일 여러분은 실전 훈련을 할 것입니다. 다들 오늘 배운 것을 잘 새겨두시기를 바랍니다."

이 말을 듣는 순간 칠규는 다시 얼어붙고 말았다.

'아니, 오늘 딱 하루 배운 걸 내일 써먹으라고? 오 마이 갓!'

노아의 방주

파더스의 실질적 지도자인 호오돈은 아버지 다니엘의 유언대로 모든 것을 준비하기 시작했다. 그는 사이비 컬트 종교 교주이자 이미 세상의 막강한 금력과 권력을 한 손에 쥐고 있는, 베일에 가려진 인물이었다. 그는 아버지가 살아생전 늘 입버릇처럼 말하던 말의 의미를 잘 알고 있었다.

"세상에 사람들이 너무 많아. 그게 문제야. 모든 문제는 인간이 만들거든."

그는 난가자크의 명주로 만든 고급 실크 정장과 듀크 알랭크 동물원에서 사육하는 물소 가죽을 가공한 세르빙화를 즐거이 신고 다녔다. 그리고 그는 퓨샤가 야심 차게 선보인 플로팅 가능 7세대 인공지능 전기차를 타고 다녔으며, 최고 속도 마하 7을 자랑하는 개량형 알카라 XG 메그를 30대나 보유하고 있었다.

호오돈은 마침내 때가 왔다는 것은 느꼈다. 그는 먼저 자신의 종교에 빠진 인물 중, 똑똑한 녀석들을 선발하여 〈지구 초기화 프로젝트〉 일명 〈노아의 방주〉 팀을 만들었다. 이 프로젝트의 목적은 단 하나. 세계 인구를 1억 명 이하로 낮추는 것이었다. 즉, 인류의 대량 학살이 목표였다. 그러기 위해서는 당연히 대량 파괴 무기가 필요한 법.

그의 프로젝트 1단계, 10년 동안의 주요 과제는 WMD (Weapon of Mass Destruction) 즉, 인간을 대량으로 살상할 수 있는 위력을 가진 비대칭적 무기의 비축과 개발에 있었다. 여기에는 핵무기뿐만 아니라 생화학 무기도 포함되었다. 이를 위해 파더스는 세계의 손꼽히는 연구소에 직, 간접적으로 지원을 아끼지 않았다. 하지만 자금의 출처는 철저하게 숨겼다. 그리고 핵심 연구원들을 포섭했다. 그들에게 엄청난 재정적 후원을 하여 그들의 이성과 양심을 마비시켰다. 그리고 중요 정보를 빼내어 유사 연구소를 사막이나 외딴 섬, 정글 등지에 만들었다. 그리고 그곳에서 만든 무기들을 비축하기 위한 저장고를 은밀한 곳에 지었다. 주로 사람이 거의 살지 않는 지하 혹은 사막이나 북극, 남극에도 건설했다. 게다가 냉전 시대에 대량으로 만들어 거의 방치되다시피 한 무기들을, 제삼 세계를 통해 은밀하게 사들였다.

대량 파괴 무기만큼 중요한 것은 장거리 로켓이었다. 폭탄을 인구 밀집 도시로 정확히 떨어뜨리기 위한 목적과 함께 파더스 신자들을 안전하게 우주로 피난시키기 위함이었다. 이를 위해 호오돈은 대리인을 내세워서 우주 개발에 한발 뒤처진 국가들을 설득하여 공동 개발 협의체를 만들고 인도와 카자흐스탄에 대규모 우주 개발 센터를 발족했다. 그리고 우수한 연구 인력을 대거 끌어들였다. 이들의 첫 번째 목표는 인구 1만 이상이 거주할 수 있는 초대형 우주 거주시설을 지구 상공에 적어도 10개 이상 띄우는 거였다.

그리고 파더스는 태양계 행성과 위성에 식민지 건설에도 적극적으로 참여했다. 테라포밍 연구 및 달과 화성의 유인기지 건설, 나아가 토성과 목성의 식민지 타당성 조사에도 고개를 내밀었다. 이는 파더스의 장기적 목표와도 부합하는 면이 없지 않았다. 즉, 파더스는 지구뿐만 아니라 종국에는 태양계 전체의 유일한 지도자가 되는 게 꿈이었다.

호오돈은 정보 수집에도 게을리하지 않았다. 자신의 계획을 실천하는 데에는 많은 인력이 투입될 수밖에 없었다. 그러면 당연히 어디선가 누군가에 의해서 정보가 새기 마련이었다. 이를 통제하기 위해 그는 비밀 단체를 만들고 유능한 스파이들을 매수했다. 그들은 파더스의 계획에 반하는 자들은 누구를 막론하고 모두 은밀하게 밀고하거나 제거하였다.

그리고 지상에 대형 돔을 건설했다. 외부의 유해 물질을 차단하고 전쟁이나 자연재해에도 굳건히 견딜 수 있는 시설이었다. 외부로 알려진 돔 건설의 목적은 생물 다양성 연구 및 유사시 피난처와 같은 역할이었지만 실상은, 아마겟돈이 시작되면 파더스를 지지하는 이들만을 따로 피신하기 위한 공간이었다. 호오돈의 지시에 따라 전 세계 곳곳에 돔이 건설되었다.

그는 늘 지나치게 많은 인간이 한 곳에 몰려있다고 생각했다. 그는, 저소득층 사람이 거주하는, 거칠고 먼지 나는 땅을 찾아다녔다. 혹은 전 세계 어딜 가나 볼 수 있는 도시 빈민가를 훑고 다녔다. 좁은 골목에 부랑아가 넘쳐나고 연약한 유기체들은 그 존재의 가치를 곱씹을 수 있는 여유조차 느낄 수 없을 만큼 벼랑 끝의 삶을 유지하고 있는 그런 곳 말이다.

그는 무차별적으로 그런 싼 땅을 사들인 후, 사람들을 내쫓고는, 초호화 돔을 건설하였다. 그는 유럽 전역에 세워진 하베스트 돔 내 최상위 펜션을 70개나 보유하고 있다. 하베스트 돔은 일명 노아의 돔으로 잘 알려져 있는데 유럽 전역에 약 200개 정도가 세워졌다. 그리고 매년 10여 개 정도의 신규 돔이 건설되고 있었다.

그는 최대 돔 건설회사인 하인커크의 실질적인 회장이었다. 그의 지분은 22.84%로 주식 가치는 20억 파르에 이르렀다. 스페이스 J 펀드로 조성된 돔의 건설은 20년 넘게 진행하고 있었다. 명분은, 그럴싸하게 태양계 식민지 건설이었다. 식민지에 건설하게 될 돔에 대한 지식과 경험을 쌓고 그곳에 거주하게 될 사람들의 사전 체험과 적응을 위한 거였다. 지름이 13km나 되는 지나치게 크고 넓은 반구형 아치가 모습을 드러내었을 때도 사람들은 그저 다가올 태양계 개척 시대에 부풀어있었다. 심지어 같은 규모의 돔이 9개 더 건설될 때도 순진하게 우주 시대의 꿈에만 부풀어있었다. 그도 그럴 것이 돔 가까이에는 우주 왕복선 발사대가 항상 갖추어져 있었다.

실제로 그즈음에는 화성 궤도를 도는 우주 정거장이 완료되었으며, 화성의 대기를 인간이 살 수 있도록 바꾸기 위한 테라포밍(Teraforming) 프로젝트가 이미 성과를 내고 있었다. 그리고 이듬해에는 화성 개척 거주민 300쌍이 떠나기도 하였다. 어쩌면 영영 지구 땅을 밟지 못할 수도 있는 상황이었지만, 60,000대 1의 치열한 경쟁을 뚫고 선발된 그들은 전 세계가 지켜보는 가운데 미지의 세상으로 나아갔다. 이를 지켜보는 사람들은 순진하게 환호와 박수를 아낌없이 보냈다. 이면에 숨겨진 대종말의 시나리오를 눈치채는 이는 아무도 없었다.

파더스는 지하 대형 주거 시설 개발도 주도했다. 지하에 사람이 살기 위해서는 2가지의 선결과제가 해결되어야만 했다. 하나는 신선한 공기의 지속적인 공급이고 두 번째는 태양처럼 지속적인 빛과 에너지를 공급하는 장치였다. 그러기 위해서 핵융합 개발 연구소에 적극적으로 지원을 하였다. 즉, 인공 태양을 개발하는 거였다. 만약 인공 태양이 개발된다면 무공해 빛과 에너지를 오랫동안 공급받을 수 있으므로 오염에 취약한 지하 공간에는 꼭 필요한 장치였다.

파더스의 은밀한 계획은 그렇게 지난 10년 동안, 차곡차곡 순차적으로 그 결과를 드러내고 있었다. 표면적으로 알려진 회사와 연구소는 개별적으로 보였지만 그 뿌리는 모두 파더스 가문이었다. 오지에 숨겨둔 대량 파괴 무기는 인류를 멸종시키고도 남을 정도의 양이 비축되었다. 초대형 우주 거주 시설도 그 거대한 모습을 드러내기 시작했다. 게다가 달과 화성에도 사람이 살기 시작했고 대형 돔은 대륙별로 적어도 10개 이상이 건설되었다. 그리고 인공 태양 개발도 향후 10년 내로 개발이 완료될 예정이었다. 파더스의 비밀 단체는 이제 그 규모가 비대해져 어떤 나라도 선불리 대들 수 없을 지경이 되었다.

이에 호오돈은 모든 게 순조롭게 진행하고 있다고 판단하여, 프로젝트 2단계를 발령하였다. 우선, 파더스는 한국의 조선소에 대형 컨테이너 선박 수십 대를 주문했다. 그 선박들은 주로 북극과 남극 빙하지대를 오갈 것이다. 내용물은 종자와 식량. 이는 아마겟돈 이후, 생존자들이 100년 동안 먹을 수 있는 비상식량이었다.

그리고 파더스는 각국의 테러리스트 집단과 반군 세력들을 지원하기 시작했다. 이들은 향후, 세계 주요 도시에 대량파괴 무기를 뿌리는 데 일조하게 될 것이다.

마지막으로 호오돈은 노아의 방주를 마무리할 가장 중요한 한 가지를 찾기 시작했다. 그것은 오타고스가 시작한 인공지능을 완성해줄 천재 개발자를 찾는 거였다. 그의 의지와 인식을 반영한 인공지능은 지구, 나아가 태양계의 모든 시스템을 통합하여, 파더스의 머리, 손과 발이 되어 세상을 관리하게 될 것이다.

호오돈은 자신의 인공지능 개발을 주도할 인물로 송관홍을 그동안 염두에 두었다. 그는 약관 17살에 MIT 학생이 되어 3년 만에 조기 졸업하고 지금은 〈가우타 연구소〉에 수석연구원으로 재직 중이었다. 그는 오타고스에 필적할 만큼, 인공지능 쪽에서는 유명한 인물이었다. 게다가 자신이 입수한 예언서에도 송관홍을 언급하는 기록이 있었다. 하지만 송관홍을 가우타 연구소에서 빼내 오기가 만만치 않았다. 왜냐하면 송관홍과 가우타 연구소를 설립한 가우타 그룹의 〈가우타 로터스〉 회장은 마치 부자지간처럼 그 관계가 끈끈했기 때문이었다. 거기에는 그럴만한 사연이 있었다.

◆◆◆

가우타는 전 세계의 유명인으로부터 수많은 생일 축하 메시지를 전달받았다. 그는 세상을 움직이는 가장 유명한 기업인 중 한 사람이었다.

그는 힉스 필드(Higgs Field) 컨트롤기를 이용한 반중력 공중 부양 자동차 모델인 파이만 시리즈의 최대 주주이며 인공위성 및 태양계 식민지 건설 전문회사 〈쏠라 G〉, 최첨단 우주 탐사 기술 회사인 〈갤럭시 G〉, 가상 현실 및 시뮬레이션 전문회사 〈판도라 G〉, 개방형 인공지능 생태계 오픈AI 설립자였다.

그는 또한 가우타 재단을 통하여 수많은 연구 단체에 후원하였다. 대표적으로 호킹 천체물리학 연구소, 폰노이만 물리연구소, 공자 철학 연구소, 슈바이처 개발도상국 지원 센터 등을 들 수 있겠다. 그는 게이트 재단과 협력하여 청정에너지인 핵융합 배터리를 개발하여 대기 오염을 획기적으로 낮추었으며, 마이크로 RNA 항암제, 3D 프린팅을 이용한 인체 장기, 암 진단 인공지능, 체내 이식 가능한 초소형 검사 장비 등을 개발하는 데 투자를 아끼지 않았다.

그는 5년 연속, 〈세상을 움직이는 10인〉으로 선정되었으며 최근 3년 동안은, 가장 높은 긍정지수를 받기도 하였다.

하지만 그는 생일날에 늘 하던 데로 조용히 집을 나와 무척 낡은 구식 전기차를 혼자 몰며 깊은 산중으로 향했다. 가우타의 유일한 자식이자 양아들인 송관홍을 만나러 가는 길이었다. 사실 가우타와 송관홍의 첫 만남에 대해서는 예언서에도 아주 짤막하게 적혀 있다.

'사랑의 유람선에는 우연이라고 하기에는 지나치게 숙명적인 만남이 있습니다.'

5년 전, 가우타는 신혼여행 중이었다. 가우타는 시간 대부분을 사업에만 몰두하는 성격이라 부부의 신혼여행은 매년 연기되었다. 그러다 결국, 출장을 병행하여 아내와 여행하게 된 것이었다. 부부는 한 달 가까이 동남아와 중국을 돌아다녔다. 그러다 홍콩 국제 공항 청사의 한 벽면에 걸려 있는 성산 일출봉 사진에 매료되어 제주도를 찾았다.

그곳에서 며칠을 묵은 후 그들은 한라산을 등정했다. 늦은 봄 오후였다. 하늘은 맑았고 바람은 잔잔하였다. 산은 온통 녹색 숲으로 덮였다. 오르는 길은 좁고 험하였다. 가우타 부부는 무척 건강하였지만, 그들에게도 혀를 내두를 정도로 난코스였다.

어느 정도 오르자, 작은 돌집과 나무, 깎아지른 듯한 계곡, 위태롭기 짝이 없는 절벽이 그들 눈앞에 펼쳐졌다. 저 멀리 깨알 같은 등대도 보였다. 굵직한 빗방울과 안개비가 순차적으로 내렸고, 얼마 지나지 않아 강렬한 햇빛이 천지를 밝게 비추었다. 부부가 산 정상에 오른 뒤 한동안 세상에 펼쳐진 끝없는 바다를 경탄의 눈길로 바라봤다. 아무리 대담하고 독창적인 환상이라도 이런 풍경을 그려내진 못할 것이라고 그는 생각했다. 바람은 지극히 섬세한 파도 선을 새기고 있었다.

그는 바다를 사랑했다. 그가 태어나 자란 곳은 아프리카의 땅끝마을이었다. 눈을 들면 늘 눈이 시리게 푸른 바다가 보였다. 그는 늘 바다 꿈을 꾸었다. 파도가 넘실넘실 밀려오는 대양 속에 그는 부유물처럼 떠 있었다.

차고 넘치는 행복감이 다가왔다. 그는 눈부시게 젊었고 막 사업을 시작하였으며 누구보다도 아내를 사랑하였다. 그는 삶의 정점에 서 있었다. 그리고 그날, 그를 또 다른 운명으로 이끌고 갈 만남이 기다리고 있었다.

한라산을 거의 다 내려왔다고 느낀 어느 지점부터 부부

는 길을 헤매기 시작했다. 울창한 숲이 끝없이 이어진 곳에 난 흐릿한 길의 흔적을 의지하며 부부는 꽤 많은 시간을 돌아다녔다. 그리고 마침내 공터가 보이고 어린애들 소리까지 들리기 시작하자 그는 그만 긴장을 놓으며 서두르기 시작했다. 그러다 발목을 접질렸는데, 그 고통이 참을 수 없을 정도였다. 그는 급한 대로 버려진 나뭇가지를 잘라 다리를 동여맸다. 찐득한 고통이 잡아맨 끈 사이로 느껴졌다.

그는 아내의 부축을 받은 채, 절뚝거리며 겨우 애들이 노는 공터에 다다랐다. 삽시간에 애들이 몰려들었다. 그리고 그들 모두의 도움을 받아 부부는 아담하지만 깔끔한 주거 시설이 나란히 쭉 붙어 있는 곳에 도착하였다. 날이 저물고 있었다. 많은 어린이가 호기심 어린 눈으로 그들에게 불쑥 나타난 외국인 부부를 쳐다보고 있었다. 이윽고 교사로 보이는 여성이 그들에게 다가왔다. 어색하지만 간단한 인사말이 영어로 이루어졌다.

가우타 부부는 원장실로 보이는 작은 집에 일단 휴식을 취한 뒤, 다음 날 날이 밝으면 그곳에서 10킬로미터쯤 떨어진 병원으로 이동하기로 하였다.

"원장님은 서울에 있는 집회 참석차 가셨습니다. 며칠 걸릴 겁니다. 초라하지만 원장님 방에서 기거하시면 될 겁니다. 손님이 오시면 늘 그곳을 사용하였습니다."

선생님의 안내로 가우타 부부는 작지만 깨끗하게 정돈된 방으로 들어갔다. 몇 평 되지 않는 공간에 가구는 거의 보이지 않았다. 작은 서랍장과 의자, 단정하게 개어놓은 이불과 베개가 전부였다. 하지만 서랍장에는 몇 권의 책이 놓여있었는데, 대부분이 의학서적이었다.

가우타는 의외의 장소에 있는 책들을 훑어보며 약간의 호기심을 느꼈다. 그러다 책들 사이에 꽂혀있는 얄팍한 인쇄물을 꺼냈다. 논문이었다. 뇌와 인공지능에 관한 거였다. 그는 호기심이 발동했다. 그날 그는 그 논문을 읽고 또 읽었다. 그리고 감격했다. 그 논문 작성자자 바로 송관홍이었다.

◆◆◆

신혼여행에서 돌아온 가우타는 곧바로 송관홍을 수소문했다. 결국 MIT에서 그를 만났다. 가우타는 그를 가우타 연구소 수석 연구원으로 스카우트하고 모든 지원을 아끼지 않았다. 사실 가우타는 〈파더스〉와 호오돈의 야망을 알고 있었다. 그들이 이 세상에 무슨 짓을 꾸미는지를 IMF를 통하여 보고 받고 있었다. 그는 IMF의 비공식적 최대 후원자였다. 그리고 파벨 예언서 복사본을 지닌 몇 안 되는 사람이었다. 그는 이 세상을 파더스의 손아귀에서 벗어나기 위해서는 저들보다 뛰어난 인공지능이 필요하다는 것을 알고 있었다. 그 임무를 송관홍 박사에게 맡긴 거였다.

가우타가 파더스의 흉계를 깨달은 이유는 그의 아버지 때문이었다. 그는 아버지가 이상한 종교 때문에 뜬금없이 아프리카 나미비아 사막으로 가족이 모두 이주한 사실에 대하여 늘 궁금증을 안고 있었다. 그러던 어느 날 그는 그 이유를 직접 찾아 나섰다.

◆◆◆

거친 땅이었다. 지글거리는 태양열은 대지의 구석구석을 찾아와 모든 것을 녹일 작정이었다. 가우타는, 모든 준비에도 불구하고, 자신과 동료가 고통받는 작금의 현실을 거의 예측하지 못한 안일함에 어느 정도 화가 난 상태였다. 그나마 다행인 것은, 행성 간 섹터 전진기지 KES 에서 보내오는 항법 수신이 아주 정확하다는 것이며, 지금의 속도로 약 2시간 뒤면 목적지에 무사히 도착할 수 있다는 것이다.

해가 떨어지기 전에 말이다. 극상의 일교차를 나타내는 이곳 사막의 밤은 뼛속을 파고드는 추위로 악명이 높았다. 그리고 그는 지난 일주일 동안 그 사실을 뼈저리게 경험했다.

그가 다국간 환경오염 탐사대에서 이탈한 것은 열흘 전

이었다. 사막 횡단 프로젝트를 시작한 지 겨우 이틀도 되지 않은 시점이었다. 두 사람의 현지인을 긴 설득 끝에 채용하였다. 하지만 특수 수송 장비의 혜택은 애당초 기대할 수 없는 형편이었다. 결국 낡아빠진 사막 횡단 자동차를 비싼 값에 샀다.

목적지는 금기의 땅이었다. 누구도 발을 들이기를 꺼리는 두려움의 영역이었다. 낮고 높은 산이 번갈아 나타났고 구릉과 계곡, 절벽이 느닷없이 펼쳐지는 곳이었다. 그곳에서 살아 돌아온 자는 극소수였고 그들은 공포를 후세에 새겨 넣었다.

가우타가 이곳에 관심을 가지게 된 것은 우연이었다. DNA 분석을 통한 가계 혈통 프로그램에서 놀랍게도 그는 나미브 사막 출신이라는 사실이 밝혀진 것이다. 하지만 이 사막은 나미비아의 대서양 연안을 따라 1,600km에 걸쳐 발달해 있는 광대한 지역이었다. 오지의 땅이지만 수많은 유목민과 원주민의 터전이었다. 그가 단순한 호기심으로 무엇인가를 밝혀내기에는 너무 넓고 애매한 곳이었다.

하지만 운명의 고리는 우연으로 다시 나타났다. 그를 일깨운 것은 한편의 자연 다큐멘터리였다. 사막의 가장 외진 곳. 지방의 한 원주민이 일컫는 지명이 그를 삽시간에 사로잡았다.

'메스 엔 투, 메스 엔 투' 그들은 높고 둥근 산들이 솟은 곳을 손가락으로 가리키며 그렇게 불렀다. 그리고 그들의 눈은 두려움으로 가득 차 있었다.

가우타의 본명은 가우타 메스 엔 투였다. 어린 시절 그는 자신의 이름이 길고 그다지 매력적이지 못함에 대한 불평을 아버지에게 토로한 적이 있었다. 하지만 아버지는 별일 아니란 듯이 싱긋이 웃기만 하셨다.

◆◆◆

삐 하는 소리와 함께 녹색 수신화면이 스마트 폰에 반짝거렸다. 도착을 알리는 메시지였다. 가우타 일행은 걸음을 멈춘 채 잠시 사방을 둘러보기 시작했다. 평범했다. 돌과 흙, 계곡과 바람뿐이었다. 모든 것은 자연 그대로였다. 그리고 어떤 생명체도 눈에 띄지 않았다. 육체의 고통이 아무것도 아닌 것처럼 느껴지는 황망함이 그에게 찾아왔다.

'도대체 이게 뭐란 말인가? 바보같이….'

우연과 호기심, 조급함이 합작한 상실감이 삽시간에 그를 주저앉혀 버렸다. 그는 이제 손가락 하나 움직이기 힘든 것처럼 보였다. 안내인들은 눈치 빠르게 간이 텐트를 설치하고 불을 피웠다. 그리고 곧 해가 떨어졌다.

이윽고 또 다른 통증. 추위가 그의 몸을 찌르기 시작했다. 가우타는 몸과 마음이 모두 방전된 듯 널브러진 채 모든 고통에 노출되었다. 눈조차 뜨기 힘들 정도로 피곤하였지만 잠은 오지 않았다. 오히려 모든 감각은 날카로운 신경을 곧추세운 체, 거의 정지한 듯 움직이지 않는 시간 속에, 그를 갉아먹고 있었다.

그렇게 어느 정도의 시간이 흘렀을까? 문득 그는 자신이 어떤 규칙적인 파동에 몰두하고 있음을 깨닫게 되었다. 그건 틀림없이 안내인들의 코 고는 소리는 아니었다. 그렇다고 자기 심장 소리도 아니었다. 가늘고 길게 캉캉 캉캉…. 그건 규칙적인 반향음이었다.

그는 조용히 휴대용 공중음파 센서 장비를 꺼냈다. 그리고 둥근 달빛 속에, 무엇인가에 홀린 듯이 소리의 진원지로 끌려가기 시작했다. 돌부리에 넘어지고 차이기를 반복하며 그는 황량한 오지를 힘들고 외롭게 걸어갔다.

이윽고 낮은 구릉과 돌무더기가 나타났다. 그는 거의 기다시피 하며 안간힘을 다하여 한 발짝 한 발짝 움직여 나갔다. 그리고 마침내 인조물을 발견했다. 사람 크기의 둥근 철문. 숨이 턱하고 멈추었다. 마치 화성에서 외계인을 마주한 느낌이었다. 그는 그 자리에 반쯤 누운 채 깨알 같이 박힌 밤하늘의 별을 쳐다보며 가쁜 숨을 고르기 시작했다.

그렇게 날이 밝았다. 가느다란 햇살이 그에게 강한 온기를 가져다주었다. 순간 그는 지독한 졸음을 느끼며 눈을 감았다. 세상이 지나치게 빨리 도는 듯한 느낌이 들었다.

그가 다시 눈을 떴을 때는 이미 태양이 벌겋게 달아오른 뒤였다. 안내인은 그의 입에 조심스럽게 물을 넣어 주었다. 그는 서둘러 자신이 마주한 문을 살펴보기 시작했다. 격자 모양의 평범한 문양이 일정하게 새겨져 있었다. 하지만 어디를 봐도 손잡이는 없었다. 열쇠 구멍도 보이지 않았다. 다 같이 밀어 봤지만 꿈쩍도 하지 않았다.

다소 경박하다고 느끼면서 몇 가지 유명한 주문도 외쳐봤다. 물론 아무 일도 없었다. 그사이 기온이 급박하게 올라갔다. 덩달아 철문도 빠르게 데워졌다. 일행은 주위를 샅샅이 살피기 시작했다. 그는 문을 열 수 있는 아주 사소한 단서라도 찾을 수 있기를 바랐다. 하지만 아무것도 없었다. 마치 문짝 하나만 어느 날 뚝 떨어져 돌에 박힌 듯한 느낌이었다.

가우타는 어쩔 수 없이 문을 다시 마주했다. 하늘 중앙을 차지한 태양은, 뜨거운 열기로 그를 태울 듯이 달려들었다. 서 있기조차 힘들었다. 그리고 이 문은, 이제 손도 댈 수 없을 정도의 뜨거움을 나타내는 붉은 기운으로 채워지고 있었다.

'이건 절망의 벽이야.'

그는 애초의 설렘이 급속도로 식어가는 자신을 애써 자위하며, 여기서 이제 돌아갈 수밖에 없음을 자신에게 다그치고 있었다.

바로 그때 안내인의 목소리가 들렸다. 그가 가리킨 곳은 문의 중앙이었다. 문 전체가 붉게 변색하였으나 여전히 검은 곳이 있었다. 손바닥만 한 크기의 원이었다. 그는 천천히 손바닥을 그곳에 대어 보았다. 이상하게 그곳만 서늘하였다. 그는 한여름의 바닷속에 있는 듯한 쾌적함이 순간 들었다. 그리고 마치 집에 온 듯한 안락함마저 느꼈다.

하지만 따끔거리는 통증이 그의 손을 급히 빼게 했다. 무엇인가에 찔린 듯, 한 방울의 피가 손가락에 맺혔다. 그리고 몇 초가 지났을까?

엄청난 굉음이 쏟아져 내렸다. 마치 세상을 뒤집는 듯한 소리였다. 땅의 진동과 함께 둥근 철문이 서서히 옆으로 굴러가며 열렸다. 그러자 검은 구멍이 나타났다. 그리고 그곳에서 세상을 꽁꽁 얼린 만큼의 냉기가 뿜어져 나왔다. 그리고 익숙한 소리. 기계음이 들렸다.

그건 거대한 냉장고였다. 전체 벽면을 따라 대형 컴퓨터가 연이어 나타났다. 일행이 순차적으로 문을 열 때마다 방의 크기는 점점 커지고 넓어졌다. 그리고 마지막 문. 그곳은 끝을 알 수 없을 정도로 큰 지하 광장이었다. 그리고 그곳을 가득 메운 것은….

그것은 모두 대량 살상 폭탄이었다. 그는 풀썩 주저앉아 떨리는 손으로 자신의 이름을 한숨 쉬듯 되뇌었다.

"메스 엔 투. 메스 엔 투."

그는 사막에서 돌아온 후 그의 아버지와 종교를 자세하게 조사했다. 그리고 비로소 깨달았다. 그의 아버지가 이 오지에서 무슨 일을 감독하였는지를.

재회

칠규는 어느새 훈련소에서 3개월을 보냈다. 계절은 바뀌었지만, 이곳은 여전히 눈과 얼음으로 덮인 고지대 산속이었다. 훈련은 험난하였지만, 그는 버텨냈다.

그는 아침 일찍, 기상과 함께 실내에서 격렬한 유산소 운동과 근력 훈련을 거듭했다. 무거운 웨이트를 들고 끈질기게 운동하는 동안 그의 근육은 강해지고 체력은 향상되었다. 하지만 특수훈련은 단지 물리적인 강도에만 머물지 않았다. 그는 전투기술과 권총, 소총, 저격용 총을 비롯해 폭탄과 다양한 특수장비에 대한 사용법, 첩보 활동 및 위험 상황에서의 대처법 등 다양한 전문 지식을 차곡차곡 배웠다. 근접 무기를 다루는 방법도 익히고, 높은 정밀도와 빠른 판단력을 갖춰 실전 상황에서 효과적으로 대응할 수 있도록 훈련받았다.

그리고 그는 위장과 은신, 사이버 보안 등의 스킬을 연마했다. 칠규는 이제 점점 특수 공작원으로서의 환경에 맞는 능력자로 변신했다. 그는 스트레스와 압박 속에서도 냉정하게 판단하고 결단하는 능력을 키웠고 자기 내면을 탐구하고 극복해 나갔다. 그리고 마침내 칠규는 더욱 강인하고 다재다능한 특수 공작원으로서의 자신감을 느끼게 되었다. 그의 눈에는 더 이상 불가능한 것은 없어 보였으며, 어떠한 위험한 상황에서도 굳건하게 임무를 완수할 준비가 되어 있었다. 이를 증명이라도 하듯 오래간만에 훈련장을 찾은 요셉 신부는 그의 모습에 감탄을 연발했다.

"박칠규님! 완전히 다른 사람이 된 것 같습니다!"

"과찬입니다. 신부님. 그런데 어떤 일로 이곳까지 직접 오셨습니까?"

"칠규님이 어떻게 지내나 보고 싶기도 하고 또 전달할 말도 있고 해서 겸사겸사 왔습니다. 게다가 잘 아시다시피 이곳은 모든 전파가 철저하게 차단되었고 유선 전화도 제한적이라 직접 오는 게 편하기도 합니다."

"아무튼 다시 보니 반갑습니다. 신부님. 다른 대원들은 잘 지내고 있나요?"

"네. 무척 바쁘게 지내고 있습니다. 뭐 대충 얘기는 들었겠지만, 파더스의 음모가 점점 노골적으로 세상 밖으로 나오기 시작했습니다. 그들에 맞선 우리 대원들은 지금 몸이 열 개라도 감당이 안 될 정도입니다."

"죄송합니다. 신부님. 빨리 훈련소 퇴소해서 대원들에게 미약하나마 힘이 되어 드려야 할 텐데…."

"아, 그런 말씀 마십시오. 박칠규님의 안전이 저희의 최우선 과제입니다. 게다가 여기서 편하게 지내시는 것도 아니고 미래의 우리 지도자를 보호하기 위한 각고의 노력을 게을리 하지 않고 있다는 것만 해도 저에게는 무척 감사할 따름입니다."

"그렇게 생각해 주신다니 저도 고마울 따름입니다. 신부님. 그런데 하실 말씀이라는 것은?"

"아, 네. 좋은 소식과 나쁜 소식이 있습니다. 어느 것부터 시작할까요?"

"나쁜 소식이라면?"

"네. 우선 김추자님이 노력은 하였지만 아쉽게도 임신을 하지는 못했습니다. 그리고 박칠규님은 실비아 님과 이제 약혼한 상태이므로 김추자님과의 관계를 지속하는 것은 도덕

적으로 어렵습니다. 즉, 현재 박칠규님의 자식은 오리무중인 상태입니다. 그래서….”

“그래서? 신부님.”

“우선, 제가 가진 생각부터 먼저 말씀드리도록 하겠습니다. 박칠규님.”

“네. 신부님.”

“사실 파벨 예언서의 존재를 알게 되면서부터 저는 줄곧 주님이 우리에게 왜 예언서를 남기셨나에 대한 여러 가지 기본적인 생각을 하였습니다. 즉, 그분의 높으신 뜻을 헤아리고자 한 것입니다. 만약 우리가 그 예언서를 알지 못했다면 박칠규님은 자살로 생을 마감했거나 그저 평범한 한국 시민으로 살아갔을 겁니다. 아! 죄송합니다. 박칠규님. 자살에 대한 민감한 부분을.”

“아, 아닙니다. 신부님. 아무튼 신부님 덕분에 전혀 생각지도 못한 인생을 이렇게 살고 있으니….”

“네, 다행입니다. 그렇게 생각해 주시니…. 아무튼 예언서를 알게 되고 예언서의 내용이 그대로 이루어지는 것을 우리가 목격하면서 우리는 예언을 완전한 사실로 받아들이게 되고 지금까지 박칠규님에게 일어났던 일들이 모두 그러한 확신에서부터 비롯되었습니다. 즉, 주님은 우리가 그 예언서를 보고 그 예언의 내용에 따라 우리가 어떤 행동을 하기를 바랐던 것입니다. 하지만 여기에는 하나의 딜레마가 있습니다."

"딜레마가 있다고요?"

"네. 만약 그 예언대로만 이루어진다면 굳이 우리가 노력할 필요가 있을까 하는 것입니다. 즉, 모든 것은 예정되어 있으므로 우리의 참여 없이도 그렇게 흘러갈 것이라는 겁니다."

"그렇다면?"

"네. 우리가 만약 박칠규님을 구하지 않았어도 칠규님은 살았을 것이고 우리가 칠규님의 자식을 위해 노력하지 않아도 칠규님은 자식을 갖게 될 것이며 우리가 칠규님의 아들을 교육하지 않아도 언젠가 반군 지도자가 되어 이 세상의 악과 싸우게 되리라는 것입니다."

"그런데 왜 저를 그러면 이렇게까지?"

"사실 이 딜레마는 파벨 예언서를 작성하신 마태오 신부님 또한 갖고 계신 생각이었습니다. 그리고 그분은 하나의 실험을 통하여 우리의 의지로 예언에 적힌 내용을 바꿀 수 있다는 사실을 확인하였습니다. 즉, 주님은 우리가 예언서를 읽고 그 속에 담긴 세상의 파멸로 가는 역사를 우리의 노력으로 바꾸기를 원하고 있다고 저는 확신하였습니다. 그래서 저는 박칠규님에게 다음의 제안을 하는 것입니다."

"네. 그게 뭔가요? 신부님."

"박칠규님이 기증하신 정자로 시험관 아기를 낳자는 겁니다. 물론 예언서에는 칠규님의 유일한 아들이라고 기록되어 있지만 설령 쌍둥이 혹은 세쌍둥이 아들이 태어나면 또 어떻습니까? 우리가 미래를 주도해서 만들어가면 되는 것 아니겠습니까?"

"네. 듣고 보니 신부님 생각이 합당하다고 느낍니다. 게다가 제 아들 때문에 실비아나 김추자 요원이 더 이상 고통받는 것도 원치 않습니다. 그렇게 하시죠. 신부님."

"감사합니다. 박칠규님."

"그럼 좋은 소식은 뭔가요?"

박칠규는 기대감을 잔뜩 안고 신부를 쳐다봤다.

"아, 네. 지난번에 제게 요청하셨던 송미자 님에 대한 정보입니다."

"오! 알아내셨군요. 신부님."

"네. 송미자 님은 현재 스페인 알리칸테에 살고 있습니다."

"와! 그럼 유럽에 있는 거네요."

"네. 맞습니다. 그곳에서 큰 규모의 중국 식당을 운영하고 계십니다. 여기 그녀의 주소입니다."

송미자의 주소를 받아 든 박칠규는 가슴이 콩닥콩닥 뛰기 시작했다.

'나의 첫사랑이 같은 대륙 하늘 아래 살고 있다니!'

박칠규는 신부님에 연신 고개를 꾸벅이며 고마움을 표했다.

"한가지…. 음…. 저희 요원이 목격한 바에 따르면…."

"네?"

"가족이 있는 것으로 파악이 되었습니다."

신부의 말에 칠규는 담담하게 고개를 끄덕였다.

"네. 그렇겠죠. 이미 20년도 더 오래전 일인데…. 당연히…. 결혼하고 자식도 있겠죠."

박칠규는 아무렇지도 않다는 표정을 억지로 지으며 신부님에게 미소를 지었다.

"네. 그럼. 박칠규님. 훈련 잘 받으시고 저는 이만 물러가겠습니다."

"네. 신부님. 감사합니다. 이렇게 시간을 내주셔서."

"아참! 그동안 실비아 님은 한번 만났나요?"

"아직은 못 만났습니다. 하지만 다음 달에 만날 예정입니다. 1주일 휴가받았습니다."

"어디서 만날 건가요?"

"여기서요. 아무래도 여기가 안전할 것 같아서…. 신부님."

"그렇죠. 여기가 안전하긴 안전하죠."

신부는 고개를 끄덕거리며 주위를 한번 쓱 둘러봤다.

"그다지 낭만적이지는 않지만…. 뭐, 뜨거운 남녀인데 주위 환경이 중요하겠습니까?"

"헤헤헤. 그렇죠. 신부님. 신부님은 아는 것도 참 많으십니다."

◆◆◆

박칠규는 마침내 실비아를 다시 만났다. 두 사람은 만나자마자 불타오르는 뜨거운 낮을 보냈다. 해가 떨어지고 나서야 그들이 만난 지 7시간 동안 아무것도 먹지 않았다는 것을 깨달았다. 하지만 다시 옷을 걸쳐 입고 식당으로 가기도 귀찮았다. 결국 박칠규가 주방으로 몰래 들어가 빵과 치즈 등 몇 가지 요깃거리를 훔쳐서 침대로 가져와서 끼니를 해결했다.

그동안 실비아는 박칠규를 줄곧 감탄의 눈으로 쳐다봤다. 그의 조각처럼 정교하게 다듬어진 몸에 풍덩 빠져들었다. 특수 군사훈련을 체계적으로 받은 완벽한 몸의 변화였다. 그의 헌신적인 노력의 결실이 만든 강렬한 근육과 탄력 있는 피부, 수많은 험난한 시련과 노력을 거듭한 결과로, 놀라울 만큼 멋진 모습으로 그는 거듭났다. 그의 근육은 강렬하고 힘차게 발달했으며, 그 정교한 선과 곡선은 마치 예술작품을 닮아있었다. 특히 복부와 팔, 다리의 근육은 단단하게 강화

되어 탄력 있게 빛났으며, 그의 체형은 운동을 통해 얻어낸 완벽한 균형을 나타냈다. 최고의 성형으로 다져진 꽃미남 얼굴에 이제 몸까지 완벽하게 거듭나고 보니 그녀는 인정사정 볼 것 없이 사랑에 빠져들지 않을 수 없었다.

반면 실비아는 꽤 수척한 모습이었다. 여전히 아들을 찾지 못한 고통과 복부 총상과 유산으로 인한 정신적 충격까지, 그녀로서는 쉽게 떨쳐 낼 수 없는 아픔들이었다. 그런 그녀를 박칠규는 따스함으로 감쌌다.

"실비아. 아무것도 걱정하지 말아요. 내가 출소하면 모든 것을 다시 원래대로 돌려놓을 테니까."

실비아는 박칠규의 푸근한 마음에 푹 빠져들었다. 그의 마음은 마치 따뜻한 봄바람처럼 그녀의 가슴을 감싸 안았고, 감동의 파문은 그녀의 영혼을 흔들어 놓았다. 그녀는 그의 눈동자 속에 자신을 발견하며, 마치 운명의 서로 다른 퍼즐 조각이 서로를 찾아 결합한 듯한 느낌을 받았다. 그의 손길은 마치 은은한 달빛으로 그녀의 어둠을 밝혀주고, 그의 웃음소리는 그녀의 마음을 환히 빛나게 했다. 그녀는 그의 존재만으로도 기쁨과 평온을 느꼈고, 그의 행동과 눈동자는 그녀에게 미소와 감동을 선사했다.

실비아는 그에게서 자신의 세상을 찾았다. 그녀는 그 속에서 무엇보다도 진실한 사랑의 순수함을 느꼈다. 그녀는 박칠규가 훈련을 통해 얻은 강인함과 끈기가 그의 성격과 마음에 도 고스란히 스며들어 있다는 것을 알았다. 실비아는 박칠규에게 빠져든 마음을 감추지 않았다. 둘 사이에 피어난 이 감정의 꽃은 서로의 삶을 아름답고 향기롭게 만들었다.

◆◆◆

다음날 그들은 어둡고 침침한 숙소에서 벗어나 험준한 산을 오르기 시작했다. 목표는 산꼭대기에 있는 전망대였다. 실비아에게는 생소한 곳이지만 칠규는 이곳을 수십 번도 더 오르락내리락 한 곳이었다. 칠규는 늘 전망대에 오를 때마다 언젠가는 실비아에게 이곳을 꼭 보여주고 싶다고 느꼈다.

추위와 바람이 그들의 얼굴을 강타했지만, 손을 꼭 잡은 뜨거운 연인은 웃음꽃이 만발했다. 하지만 칠규는 실비아를 위해 발걸음을 늦추며 중간중간 숨을 고를 수 있는 휴식 시간도 가졌다. 그들은 멈출 때마다, 주변의 자연을 깊이 느꼈다. 눈으로 덮인 나무들과 얼음 결정처럼 빛나는 바위들이 그들을 감동하게 했다. 하늘은 맑고 청명한 파란색이 끝없이 펼쳐져 있었다.

산꼭대기에 다가갈수록 바람은 더욱 강해졌고, 온기는 빠르게 사라졌다. 그들의 진행 속도도 점점 느려졌다. 하지만 칠규는 여전히 힘이 남아돌았다. 그는 실비아의 허리를 강하게 부축하여 힘차게 발을 내디뎠다. 산길은 가파르고 험준했다. 바위와 뿌리가 그들의 발밑에서 미끄러져 내리려 하며 걸음을 방해했다. 그러나 박칠규와 실비아는 각각의 손을 바위에 고정하고, 다리를 힘차게 움켜쥐며 전진했다. 시간이 흘러가며, 그들의 땀이 얼음처럼 얼어붙을 정도로 추운 공기와 만나면서도 그들의 열정은 불타올랐다.

이윽고 전망대의 모습이 그들의 시야에 들어왔다.

"조금만 힘내! 실비아! 가장 아름다운 세상을 보여줄 테니까!"

"저는…. 이…. 이미…. 아름다운 세상에 살고 있어요. 칠규 씨!"

실비아는 헉헉거리며 칠규의 얼어붙은 뺨에 입을 맞추었다.

이윽고 그들은 전망대에 도착했다. 그 순간, 그들의 피곤함은 모두 사라졌다. 그들의 발밑에 펼쳐진 풍경은 마치 동화 속의 나라처럼 아름다웠다. 산꼭대기에서 펼쳐진 풍경은 실비아의 기대를 뛰어넘는 극한의 아름다움이었다. 박칠규와 실비아는 숨을 고르게 쉬며, 멀리 펼쳐진 풍경을 바라보았다.

깃털처럼 옅은 구름 위로 솟은 태양은 하늘을 환하게 밝히며, 아래로 내려다보면 작고 아름다운 마을들이 펼쳐져 있었다. 이 모든 것은 그들의 힘들고 험난한 여정을 보상해 주는 것처럼 보였다. 박칠규와 실비아는 서로의 손을 잡고, 그 순간을 함께 나눴다. 그들은 높은 산꼭대기에서 느낀 성취감과 행복감으로 가득하여, 서로를 축하하며 길고 깊은 키스를 나누었다.

"실비아, 당신이 내 곁에 있을 때마다 내 안에는 행복이 넘쳐나는 걸 느꼈어. 남은 인생은 오직 당신과 함께하고 싶을 뿐이오."

실비아는 눈물이 눈가에 맺히며 미소를 띠었다.

"박칠규, 네가 말하는 그 느낌을 난 정말 잘 알아. 너도 나를 행복하게 만들어줬어. 네가 없었으면 지금 이렇게 행복한 순간을 누릴 수 없었을 거야."

칠규는 더 가까이 다가가서 실비아의 얼굴을 손으로 쓸어주며 말했다.

"너를 사랑해. 정말로, 진심으로 사랑해."

실비아의 눈에서 눈물이 주르륵 흘러내렸다.

"나도 당신을 사랑해. 네가 내 곁에 있는 한, 나는 언제나 행복할 거야."

박칠규와 실비아는 서로의 사랑과 약속을 나누며 영원한 결합을 맺었다. 박칠규는 공중에 붕 떠 있는 듯한 황홀한 기분으로 느꼈다. 그건 실비아도 마찬가지였다. 서로의 입술이 만나 뜨거운 키스가 지속해서 이어졌다. 그 순간, 그들의 공간은 뜨거운 사랑으로 후끈 달아올랐다.

'고맙다! 미래의 아들아! 네 덕분에 이런 운명적인 사랑도 해보는구나!'

박칠규는 아들에게 감사의 메시지를 전달하는 것도 물론, 잊지 않았다.

◆◆◆

칠규는 전망대에서 준비해둔 샌드위치를 꺼내 실비아와 나눠 먹었다. 이 순간은 오직 그들 둘뿐인 세상이었다. 바람 소리와 이름 모를 산새 소리만이 그들 주위를 맴돌았다. 그들은 먹거리를 나누며 미소를 나누었고, 서로의 눈빛으로 그 순간의 행복을 교감했다.

그런데 갑자기 이상한 소리가 들려왔다. 첫 번째로는 가벼운 부스 부스 한 소리였으나, 조금씩 더 빈번하고 낮은 진동음으로 바뀌었다. 칠규는 미간을 찌푸리고 일어서며 전망대 창을 향해 빠르게 걸어갔다. 창밖을 바라보니, 저 멀리서 고속으로 다가오는 어떤 형체가 보였다.

그 형체는 금속적인 빛을 내며 날개를 펼치고, 바람을 가르며 전망대로 점점 가까이 다가오고 있었다. 그런데 그 비행 물체는 가까이 오면서 갑자기 여러 대로 나누어졌다. 실비아는 박칠규가 보고 있는 것을 따라보며 놀란 눈으로 그의 얼굴을 바라보았다.

"뭐예요?"

그 순간, 칠규는 직감했다.

'공격용 드론이다!'

칠규는 전망대 내부에 있는 긴급 경보장치를 누른 다음, 실비아의 손을 급하게 낚아채고 전망대를 벗어났다. 그들이 그곳을 벗어나자마자 전망대는 굉음을 내며 화염에 휩싸였다.

드론은 빠른 속도로 가까이 다가와 그들을 에워싸기 시작했다. 그리고 강한 충격음과 함께 드론에서 소형 미사일이 뿜어져 나와 칠규와 실비아 주위에 떨어졌다. 폭발의 열기와 파장이 박칠규와 실비아의 몸을 세게 흔들었다.

"실비아! 여기로!"

박칠규는 전망대 옆에 설치된 보호벽으로 몸을 날리며 그녀를 이끌었다. 실비아가 보호벽에 몸을 기대는 순간, 불에 탄 전망대가 하중을 견디지 못하고 무너졌다. 그들은 순식간에 바람과 먼지에 휘말려 눈으로 덮인 경사면으로 속절없이 미끄러져 내려갔다.

"실비아! 정신 바짝 차려요!"

두 사람은 가파른 경사면을 미끄러지며 속도를 늦추기 위해 버둥거렸다. 칠규는 방향을 점점 실비아 쪽으로 틀어 마침내 그녀의 손을 잡았다. 그들의 눈에는 긴장과 공포가 가득했다. 드론이 그들 곁으로 몰려왔다. 무서운 프롭러 소리가 귀에 거슬리게 크게 들리기 시작했다.

"실비아! 우리는 더 빨리 가야 해! 이러다간 드론에게 당하고 말 거야!"

칠규는 실비아의 손을 굳게 잡고는 좀 더 경사가 가파른 쪽으로 몸을 움직였다. 그들의 낙하 속도가 점점 빨라졌다. 하지만 드론은 여전히 그들 쪽으로 점점 가까워지고 있었다.

이윽고 사정거리 안에 들어왔다고 인식했는지 드론은 총구를 내밀기 시작했다. 그리고 사정없이 불을 뿜었다.

그 순간 실비아가 비명을 질렀다.

"아아아악!"

칠규가 그녀의 가슴이 붉게 물드는 모습을 보는 순간, 두 사람은 갑자기 허공에 붕 뜨고 말았다. 절벽이었다. 쏟아지는 눈과 함께 그들은 빠른 속도로 낙하했다. 그리고 폭포수의 물웅덩이로 떨어졌다. 물거품 속에 휩싸인 칠규는 필사적으로 실비아를 찾았다.

곧 그는 실비아를 발견했다. 그녀는 얼음장처럼 차가운 물

속에서 늘어진 채 미동도 없이 아래로 내려가고 있었다. 칠규는 이를 악물고 그녀 곁으로 헤엄쳐 갔다. 그리고 그녀를 한 손으로 안고 물 위로 가파르게 올라왔다. 그는 죽을힘을 다해 그녀를 물가로 데려가 뭍으로 끌어 올렸다. 하지만 어느새 드론이 그들을 보고는 접근하고 있었다.

칠규는 거의 절망적인 상태로 돌멩이를 집어 드론을 노려봤다. 그리고 힘껏 던질 준비를 하였다. 드론도 총구를 서서히 칠규에게로 향하고 있었다. 마침내 드론의 총구가 칠규를 조준한 상태가 되었을 때 드론은 화염 속에 휩싸이며 절벽에 처박혔다. 고개를 돌려보니 칠규의 훈련 동료들이 폭포를 에워싸고 드론을 향해 총을 발사하고 있었다.

그는 급히 실비아에게로 얼굴을 돌렸다. 몸 전체가 피로 물든 그녀는 안색이 이미 새파랗게 된 채 굳어 있었다. 칠규는 외쳤다.

"구급대원! 구급대원! 제발 이리로 오세요! 제 아내가 죽어가요!"

칠규의 외침에 동료들 몇몇이 달려왔다. 그들은 실비아를 등에 업고 차량이 있는 곳으로 달리기 시작했다. 칠규도 그들 뒤를 따랐다. 계곡을 따라 오백 미터쯤 내려오니 산악용 특수 장갑차가 대기하고 있었다. 동료들은 실비아를 급히 차량 뒤 칸에 내려놓았다. 뒤이어 칠규도 그녀 옆에 앉았다.

"제발! 빨리빨리 가주세요!"

칠규는 그녀에게 심폐 소생술을 하며 외쳤다. 그의 말이 떨어지기 무섭게 장갑차는 굉음을 내며 비포장 산길을 질주하기 시작했다.

"실비아! 조금만 참아! 알았지!"

칠규는 피가 배어 나오는 가슴을 한 손으로 막으며 절망적으로 외쳤다.

도대체 당신은 누구신가요?

스위스의 어느 한적한 안전 가옥. 실비아의 죽음 이후 박칠규는 그곳에서 거의 폐인처럼 3개월을 보냈다. 그의 마음은 마치 어둠에 뒤덮인 밤하늘처럼 무거웠고, 흐릿한 구름처럼 흐렸다. 그녀와 함께했던 행복한 순간들은 이제는 온데간데없이 모두 사라졌다. 박칠규는 지옥과도 같은 고통 속에 빠져들었다.

박칠규는 모든 소통을 피하고 자신을 고립시켰다. 아침마다 박칠규는 침대에서 일어날 용기를 내야 했다. 무기력함과 불안이 그를 지배했다. 그는 짓누르는 고통과 상실감에서 벗어나 조금이라도 삶의 의미를 찾기 위해 고군분투했다. 그러나 그의 눈에는 빛이 사라졌고, 일상 속의 작은 즐거움들도 모두 암울한 회색빛으로 변했다. 박칠규는 밤마다 실비아를 그리워하며 눈물을 흘렸다.

그는 자신을 비난하고, 적들을 원망하며, 자신을 둘러싼 모든 것들은 왜 이런 비극적인 일로 변해야 하는가를 되새김질했다. 그의 머릿속은 아내의 웃음소리와 함께 드론의 무시무시한 소리가 번갈아 가며 울려 퍼졌다. 어떤 날에는 그저 눈물만 흘리며 아무것도 하지 않는 채 시간을 보냈고, 다른 날에는 새벽까지 술로 지샜다. 그녀와 함께한 순간들이 생생하게 떠올라와 마치 어제 일처럼 느껴졌다. 그의 몸은 점점 약해져만 갔다.

하지만 그는 알고 있었다. 사랑하는 실비아를 위해 자신이 무엇을 해야 하는 가를.

실비아에게 약속한 것. 바로 그녀의 아들을 되찾아 오는 거였다. 그리고 이 세상의 악을 처단하여 더 이상 자신과 같은 비극이 생기지 않도록 해야 한다는 것을. 그는 마침내 요셉 신부에게 연락했다.

◆◆◆

박칠규와 마주한 요셉 신부는 다시 한번 놀랬다. 불과 넉 달 전만 해도 잘생긴 얼굴에 조각 같은 몸매로 같은 남자가 봐도 마음 설레게 했건만….

지금 그의 창백한 얼굴은 잠을 잘 자지 못하여서 생긴 피로한 주름이 깊게 새겨져 있으며 그의 표정은 예전과는 다른 깊은 슬픔으로 가득 차 있었다. 눈동자는 흐릿하고 어두워, 그 안에는 수많은 감정과 아픔이 얽혀있었다. 그의 머리카락은 어느새 희미한 회색빛을 띠고 있었고, 그의 어깨는 내려앉았고, 그의 자세는 무기력함을 보여주었다. 그의 손은 미련한 듯이 느리게 움직이며, 그의 몸은 과거의 활기찬 에너지와는 거리가 먼 듯 수척해 보였다.

"다시 일어설 수 있겠습니까? 칠규님."

"네. 신부님. 꼭 일어설 겁니다. 절대 굴복하지 않을 겁니다."

박칠규는 침울한 눈빛으로 신부를 바라봤다. 그리고 씁쓸한 미소를 띠었다. 그의 말투와 표정에서 억눌린 분노가 고스란히 드러났다. 요셉 신부에게 그의 미소는 옛 기억을 억지로 억누르며 실비아와 보낸 순간들에 대한 그리움을 묻어두려는 고통스러운 몸부림처럼 느껴졌다. 하지만 신부는 그에게서 여전히 희망의 근원을 느꼈다.

"그럼 훈련소로 다시 복귀하는 걸로 연락을 취해 두겠습니다. 그리고 칠규 씨에게 몇 가지 소식을 전달하겠습니다. 고통스럽겠지만 우선 실비아에 관한 이야기부터 하겠습니다."

"네, 괜찮습니다. 신부님. 말씀하십시오."

"정밀히 조사한 결과 그녀의 장기에서 극초소형 무선 위치 추적기가 여러 개 발견되었습니다."

"그럼?"

"지난번 실비아가 납치되었을 때 아마 그녀의 음료수에 몰래 이런 장치를 넣은 것 같습니다. 육안으로는 거의 식별이 안 될 정도로 매우 작았습니다. 현재 저들의 기술력이 어느 정도인지를 보여주는 좋은 사례인 것 같습니다."

"그러면 저들이 실비아의 동선을 모두 파악하고 있었다는 거군요?"

"네. 맞습니다. 그래서 실비아가 머물렀던 훈련소 두 곳과 안전 가옥 등을 모두 이전하거나 폐쇄 조치하였습니다. 요즈음 그들이 점점 우리 곁에 다가오고 있다는 것은 절감하고 있습니다."

"이런 개자식들!"

박칠규는 실비아의 죽음을 떠올리고는 주먹을 불끈 쥔 채 벌떡 일어섰다.

"진정하십시오. 칠규 씨. 이럴 때일수록 침착함을 유지해야 합니다. 저들을 이기는 방법은 냉철한 판단력과 차가운 인내심을 유지하는 것뿐입니다."

"아, 네. 신부님. 죄송합니다. 그저 제 아내를 생각하면…."

"네. 그 심정 충분히 이해합니다. 칠규 씨."

칠규는 천천히 화를 풀고 자리에 앉았다. 하지만 떨리는 가슴은 어쩔 수 없었다. 그는 물컵에 물을 가득 채우고는 벌컥벌컥 들이켰다.

"또 한 가지 소식은 시험관 아기입니다. 현재 두 명의 지원자에게 수정란 배양 및 이식 그리고 임신 확인까지 모두 마쳤습니다. 10주 정도 진행된 현재까지는 모든 게 정상입니다."

"성별도 확인한 건가요?"

"네. 두 분 모두 쌍둥이를 가졌습니다. 그리고 두 명의 딸과 두 명의 아들이 탄생할 것입니다."

"그럼, 저는 한꺼번에 네 자녀의 아빠가 되는 건가요?"

"네, 그렇습니다. 칠규 씨. 이 자리에서 이런 말 하기는 좀 그렇지만 아무튼 축하합니다. 쌍둥이 아버님."

그 말을 듣는 순간 칠규는 눈물을 확 쏟았다. 왜냐하면 그가 비 오는 날 마포대교에 자살하러 간 그날부터 지금까지 그에게 일어났던 일들이 주마등처럼 그의 뇌리를 스치고 지나갔기 때문이었다.

'결국 일이 이렇게 될걸….'

그와 그의 아들로 인해 그동안 희생되었던 많은 요원에게 그는 미안하고 송구한 마음뿐이었다.

"너무 자책하지 마십시오. 칠규님."

신부는 칠규의 속을 꽤 뚫고 있는 듯, 위안의 말을 전하며 자리에서 일어났다.

"그럼 며칠 내로 준비해서 저에게 연락 바랍니다. 칠규님. 그럼 저는 이만…."

"잠깐만요. 신부님."

신부가 방을 나서려는 순간 칠규는 그를 붙잡았다.

"네, 무슨 일이라도?"

"훈련소 복귀 전 일주일만 휴가를 주십시오. 신부님."

"어디 가시려고?"

그는 대답 대신 종이쪽지를 신부에게 내밀었다.

"죽기 전에 마지막으로 꼭 한 번만 보고 싶습니다. 허락해 주십시오. 신부님."

그 쪽지에는 송미자의 식당 주소가 적혀 있었다.

"한번 보고 나면 더 생각나지 않을까요? 칠규님."

"아닙니다. 정말 마지막입니다. 딱 한 번만 보고 두 번 다시는 찾지 않을 겁니다. 제 아내는 실비아입니다. 저는 이미 아내에게 허락까지 받았습니다."

◆◆◆

눈부시게 푸른 하늘이었다. 박칠규는 스페인 발렌시아에 있는 안전 가옥에 도착한 직후 곧바로 방탄 차량을 몰고 내비게이션을 이용해 알리칸테에 있는 목적지로 갔다.

보기보다 무척 큰 건물이었다. 일 층은 대형 할인 쇼핑몰이 자리하고 2층에 〈난킹〉이라는 중국 레스토랑이 있었다.

칠규는 길가에 차를 주차하고는 창밖으로 식당을 한참 동안 쳐다봤다. 첫사랑 송미자와의 기억이 그를 혼란스럽게 했다. 함께 보낸 시간은 그의 마음속에 아직도 선명하게 남아 있었다. 그들의 첫 데이트, 첫 만남의 설렘, 그리고 그녀와 함께한 여러 소중한 순간들이 그의 머릿속을 채워 나갔다. 서로를 향한 애정으로 물든 순백의 미소와 함께 나누었던 시간. 그의 마음은 그 속에 혼란스러웠다. 동시에 그것이 품고 있던 기억과 감정들에 온전히 빠져들고 있었다. 아름다웠던 그 기억들은 현재의 고통과 과거의 행복한 순간 사이에서 그를 갈팡질팡하게 했다. 그는 그러한 생각들을 가슴 깊이에 묻은 채로 주저할 수밖에 없었다.

문득 칠규는 차의 사이드미러를 이용해 그의 얼굴을 쳐다봤다. 예전의 평범한 모습은 전혀 남아 있지 않은 잘생긴 얼굴.

'그래! 어차피 미자도 나를 알아보지 못할 거야! 내가 봐도 속을 정도인데 뭐. 어때! 그냥 모른 척하고 들어가서 밥만 먹고 나오는 거지 뭐.'

그는 결국 차 문을 열고 식당으로 걸음을 내딛기 시작했다. 그의 과거와 현재가 만나 그다음의 이야기가 어떻게 전개될지는 아무도 예상할 수 없는 길이지만 그는 뚜벅뚜벅 걸어 2층에 있는 식당으로 들어갔다.

넓은 홀에는 손님이 거의 없었다. 오후 1시가 다 되어 가는데 이제 막 오픈 한 듯 식당 직원들은 분주하게 준비작업을 하고 있었다. 칠규는 엉거주춤 선 채 누군가 자신을 안내해 주기를 기다렸다. 하지만 그와 눈을 마주치는 직원은 아무도 없었다.

할 수 없이 칠규는 주방이 잘 보이는 곳에 일단 자리를 한 후 직원들을 유심히 지켜봤다. 열댓 명이 넘는 홀 직원 들은 대부분 젊은 여성이었다.

"도대체 송미자는 어디 있는 거야?"

그는 약간 실망한 표정으로 사방을 둘러봤다.

식당 내부는 환상적인 장식과 다채로운 분위기로 가득하였다. 천장에는 화려한 중국 랜턴들이 매달려 있어, 부드러운 빛을 내며 전체 공간을 조명해주었다. 벽지는 고급스러운 붉은색과 금색이 주요한 색상으로 사용되어 중국 전통의 풍경을 연상시켰다. 각 벽에는 웅장한 용의 조각이나 중국문화를 상징하는 미술 작품들이 벽에 걸려 있었다. 그림이나 판화로 그려진 중국의 풍경과 사람들의 모습들이 공간을 장식하여, 고요하고도 아름다운 분위기를 조성하였다.

좌석은 크고 넓은 공간에 잘 배치되어 있으며, 대형 원탁들이나 작은 테이블들이 골고루 놓여있었다. 각 테이블 위에는 중국 전통적인 조약돌이나 도자기 그릇들이 놓여있어, 중국 요리의 특별함을 강조하고 있었다. 의자와 테이블 역시 중국 전통 디자인을 반영하여 꾸며져 있어, 방문객들을 중국 분위기에 몰입할 수 있게 만들었다.

"와! 이 정도면 꽤 돈이 많이 들었을 것 같은데…."

칠규는 감탄의 눈으로 구석구석을 눈여겨봤다.

'이 식당 주인이 진짜로 송미자라면 틀림없이 성공한 거지…. 암. 그렇고말고.'

칠규는 자신의 첫 여자가 꽤 괜찮은 삶을 사는 것 같은 느낌에 일종의 자부심 같은 것을 느끼기 시작했다.

그러다 문득 그의 시선이 한곳에 쏠렸다. 다른 쪽 벽에 걸린 그림들이 무척 친숙한 것들이었다. 그는 천천히 그곳으로 다가가 한 점씩 살펴보았다. 모두 김홍도의 풍속화들이었다.

그는 그 그림들을 보자마자 감흥에 젖기 시작했다. 박칠규에게 그 그림들은 잊히려야 잊혀질 수 없는 것들이었다. 바로 학창 시절 미자가 일했던 그 중국 식당에 걸려 있던 것들이었다.

◆◆◆

"한국 사람인가요?"

박칠규가 그림에 빠져 있던 순간 누군가가 다가와 그에게 영어로 물었다. 고개를 돌려보니 송미자였다. 세월이 그녀의 눈가에 잔주름을 새겨놓았지만, 그녀의 미소는 여전하였다. 박칠규는 그녀를 본 순간, 비틀거리며 물러났다. 심장이 심하게 뛰기 시작했다.

"아, 네. 한국 사람입니다."

그는 얼떨결에 한국어로 대답했다.

"무척 반갑습니다. 손님. 저희 가게에 한국분들이 찾는 경우가 매우 드뭅니다. 그래서 실례를 무릅쓰고 이렇게 여쭈어 봤습니다."

그녀는 정중하게 인사를 하고는 막 돌아서려고 하였다. 그 순간 칠규는 무슨 수를 쓰더라도 그녀를 잡아야겠다는 생각뿐이었다.

"한국어를 무척 잘하십니다. 혹시 한국 분은 아니시죠?"

"네. 절반은 한국, 절반은 중국 사람입니다. 하지만 한국에서 태어나 대부분 한국에서 살았습니다. 저에게는 고국이나 마찬가지입니다."

미자는 예의를 갖추고 깍듯하게 대답했다. 하지만 박칠규를 알아보지는 못하는 눈치였다. 그녀는 여전히 곱고 우아하였다. 그녀의 모습은 옛 추억과 어우러진 감동으로 가득하였다. 청초한 미소가 그녀의 입가에 떠 있고 미소 짓는 순간 눈꼬리가 가볍게 올라가는 그녀의 눈은 깊은 청록빛으로 반짝였다. 작은 코와 부드러운 입술은 그녀의 얼굴에 자연스러운 아름다움을 더해주었다. 그녀는 성숙한 여성의 미와 청순한 매력을 동시에 내포했다. 박칠규의 뇌리에 박혀 수많은 시간이 흘러도 변하지 않을 바로 그 모습 그대로였다. 그는 뛰는 가슴을 주체할 수가 없었다.

"아! 그래서 그렇게 한국말을 유창하게…. 그 그 그런데 그럼 한국 어디에 사셨는지?"

칠규는 정신이 수습되지 않은 상황에서 그저 미자를 잡고 싶다는 일념으로 더듬거리며 대화를 이어 나갔다.

"네, 저는 제주도에서 살았습니다. 손님은 어디 분이세요?"

칠규는 순간, 저도 제주도라고 내뱉으려고 하다가 도로 집어삼켰다.

"아, 네, 저 저는 그러니까…. 부산입니다."

칠규는 급하게 거짓말로 둘러댔다.

"아. 부산사람이군요. 그런데 여기는 무슨 일로 오셨는가요? 손님. 실례가 되지 않는다면."

"그야…. 응…. 그러니까…. 관광으로…."

"네. 아름다운 지중해 보러 오셨군요. 잘 오셨습니다. 여름 휴가철이면 유럽 전역에서 많은 분이 이곳을 찾습니다. 한국에는 거의 알려지지 않았지만, 이웃 나라 사람들에게는 최고의 휴양지 중 하나입니다. 그런데 혼자 오신 건가요? 가족분들은?"

"네, 저 저는 혼자 다닙니다. 사실 가족은 없습니다."

"아, 죄송합니다. 제가 괜한 것을 물었습니다. 사실 손님이 식당으로 들어올 때부터 저희 여직원분들이 많이 수군대기 시작했습니다."

"그건 왜?"

"저도 처음엔 깜짝 놀랐습니다. 혹시 영화배우나 모델은 아니시죠?"

"아, 네. 그거요…. 아닙니다. 그냥 평범한 직장인입니다."

"그래서 여쭈어본 것입니다. 손님. 이렇게 잘생긴 분이 혼자 들어오시니."

"아…. 네. 과찬의 말씀입니다."

"아무튼 한국분을 만나게 되어 무척 반갑습니다. 메뉴판 갖다 드리겠습니다. 손님."

"저 저기 혹시, 짜장면은 되는가요?"

박칠규는 돌아서는 미자를 다시 잡았다.

"한국식 짜장면요?"

"네. 한국 짜장면입니다."

"아, 손님. 아쉽게도 우리 식당에서는 짜장면을 제공하지는 않습니다. 하지만…. 잠시만 기다려 주세요."

미자는 칠규에게 다시 한번 미소를 보이고는 황급히 주방으로 사라졌다. 칠규의 시선은 줄곧 그녀를 따라갔다. 그녀가 시야에서 사라지자 모든 동작이 멈추어버렸다. 그리고 그의 모든 사고는 이제 내면으로 향하기 시작했다. 회한의 여러 감정이 뒤죽박죽 섞였다. 미자가 자신을 알아보지 못한다는 사실이 다행이라고 생각하지만, 한편으로는 서운하기도 했다. 자신이 미자에게 너무 설레한다는 사실에 그는 마치 실비아를 배신한 못된 놈으로 생각되어 자책감도 들었다. 칠규는 이제 혼잣말로 중얼거리기 시작했다.

"늘 내게 사랑은 어렵기만 해."

◆◆◆

한 젊은 웨이트리스가 그의 앞 식탁에 짜장면을 살포시 내려놓고는 미소를 띠며 물러갔다. 칠규는 혹시나 해 사방을 한번 둘러봤다. 미자는 보이지 않았다. 그는 서둘러 짜장면을 비벼 한 젓가락 입에 넣었다.

'아! 예전 그 맛이야!'

그의 기억 저편에 잠겨 있던 오랜 환희가 그의 혀끝을 타고 올라왔다.

'미자가 건네던 바로 그 짜장면이야!'

그는 감격에 겨운 듯 눈물을 글썽이며 짜장면을 허겁지겁 먹었다.

'고맙다 미자야! 잠시나마 너로 인해 고통이 줄어든 느낌이야!'

삽시간에 짜장면이 그릇에서 사라졌다. 그는 남은 짜장 소스까지 모두 싹싹 비운 다음 입맛을 쩝쩝 다셨다.

'곱빼기로 시킬 걸 그랬나?'

아쉬움과 허전함이 교차하는 순간, 송미자가 다시 나타났다.

"짜장면 어땠어요? 손님."

그녀의 미소에 답하듯 칠규는 검게 물든 이빨을 환희 드러내며 말했다.

"천상의 맛입니다. 정말 모처럼 만에 고향의 맛을 느꼈습니다."

칠규는 감정에 복받쳐 울먹거리며 그녀에게 고마움을 전했다.

"사실 여기 오면서 한국 춘장을 좀 가져왔어요. 판매 목적은 아니고 그냥 가족들과 함께 먹으려고."

"가족은 어떻게 되십니까?"

칠규는 느닷없이 질문이 튀어나왔다. 사실 가장 묻고 싶은 거였지만 차마 할 수 없었던 물음이었다.

"제 가족요? 여기 오라버니와 함께 있어요."

"아! 그럼 오빠 세 분 다 여기에?"

"네? 제 오빠가 세 명인 것은 어떻게 아세요?"

순간 칠규는 당황하지 않을 수 없었다. 뭐라고 적당히 둘러대야 할 것 같은데 머릿속이 하얗게 되어 아무런 변명거리도 떠오르지 않았다.

"아하! 주방을 보셨구나?"

당혹한 기색이 선명한 칠규를 바라보며 미자는 손님을 안심시키려는 의미로 스스로 해석하였다.

"맞아요. 오라버니 세 분과 함께 있어요."

"그럼 결혼은?"

칠규는 이왕 이렇게 된 거 끝까지 가보자는 심정으로 가장 궁금한 점을 미자에게 던졌다. 하지만 미자는 에둘러 말했다.

"아들이 한 명 있어요."

그 말이 모든 것을 의미했다. 칠규는 억지웃음을 지으며 고개를 끄덕였다.

"손님은 왜 아직 결혼하지 않으셨어요? 여자들에게 엄청나게 인기가 좋았을 텐데요."

그 순간 그는 실비아를 떠올렸다.

'서글픈 나의 사랑!'

칠규는 속으로 상실의 아픔을 삭이며 속삭이듯 대답했다.

"약혼은 하였는데 피치 못할 사정으로 헤어졌어요."

"아, 죄송합니다. 오랜만에 한국분을 만나니 반가운 마음에 그만."

"아닙니다. 제가 먼저 물어본 건데요. 뭐…. 괜찮습니다. 이젠 뭐 다 지나간 거니까요…. 그러면 아들은 지금 학생이겠네요?"

"웬걸요. 어엿한 성인이랍니다. 지금 미국에 있어요."

"제가 보기에는 아직 삼십 대 초반이신 거 같은데…. 어떻게?"

미자는 얼굴을 붉히며 손사래를 쳤다.

"손님도 참, 장난이 심하십니다. 저 벌써 마흔이에요."

"그래도 그렇지! 아들이 성인이라면 스물은 될 텐데…. 그럼 스물에 아들을 낳은 건가요?"

"네, 그렇게 되었어요. 사실 제 첫사랑이었거든요. 아이 아빠가."

"네? 애기 아빠가 첫사랑이라고요?"

칠규는 자리에서 벌떡 일어났다.

"그럼 박칠규의 아들이란 말인가요?"

"아니, 어떻게 그분 성함을?"

미자는 놀란 표정으로 칠규를 노려봤다.

"도대체 당신은 누구신가요?"

아들을 만나다

박칠규는 허겁지겁 자신의 차로 뛰어갔다. 이 놀라운 사실을 최대한 빨리 요셉 신부에게 알려야만 했다.

'내 아들이 이미 있다니! 내 아들이 이미 성인이라니!'

그는 차에 들어가자마자 손목시계에 입을 가까이하고 크게 외쳤다.

"메이데이! 메이데이! 코드 에이스입니다! 요셉 신부님 응답 바랍니다!"

그런데 칠규의 말이 떨어지기 무섭게 길옆에 주차되어 있던 승합차의 문이 벌컥 열리더니 검은 정장을 한 보안 요원들이 줄줄이 내리기 시작했다. 못해도 여섯 명은 되어 보였다. 그리고 그중에는 김종국 요원도 포함되어 있었다. 그들은 삽시간에 칠규의 차를 둘러쌌다. 칠규는 이 사실을 김종국 요원에게 알리기 위해 차에서 나왔다. 그런데 송미자가 근처에서 놀란 표정으로 이 장면을 지켜보고 있었다. 칠규는 일단 미자를 안심시키기 위해 그녀에게로 갔다.

"저기, 그 그러니까…. 그게…."

칠규가 뭐라고 말을 꺼내려고 하는 찰나, 그녀가 매서운 눈으로 칠규를 째려보며 말했다.

"당신! 조폭 두목인가요? 여기가 어딘데 스페인까지 와서 삥 뜯으려고 하는 거예요?"

"아, 아니 저는 그게 아니라…."

칠규가 말을 더듬는 사이 보안 요원들은 이미 미자와 칠규 주위를 둘러쌌다. 그리고 김종국 요원이 칠규에게 외쳤다.

"여기 위험합니다. 박칠규님! 실내로 들어가시죠!"

그러자 송미자가 놀란 눈으로 김종국 요원을 쳐다봤다.

"누가 박칠규라는 거에요? 이 사람이?"

미자는 어안이 벙벙한 눈으로 칠규를 손가락으로 가리키며 물었다. 할 수 없이 칠규는 안주머니에서 지갑을 꺼내 낡은 사진 한 장을 그녀에게 내밀었다. 그녀와 성산 일출봉에서 같이 찍은 사진이었다.

"아니, 이 사진은? 당신이 어떻게 이 사진을?"

그녀는 여전히 의심 가득한 눈으로 칠규와 사진을 번갈아 쳐다봤다.

"이건 당신 사진이 아니잖아요! 이 사진 어디서 난 거예요? 우리 칠규 씨를 죽이기라도 한 거예요?"

그녀는 여전히 보안 요원들을 중국 삼합회 조직원 정도로 생각하고 있었다. 그때 김종국 요원이 외쳤다.

"일단 그러면 식당이라도 들어가시죠!"

"그, 그래, 송미자. 우리 일단 식당에 들어가서 얘기하자."

칠규는 미자에게 애원 조로 말했다. 하지만 미자는 완강했다.

"당신이 왜 칠규 씨의 사진을 가졌는지부터 먼저 해명하세요."

"그, 그건, 내가…."

칠규가 다시 말을 더듬는 사이 김종국 요원이 불쑥 끼어들었다.

"이분이 박칠규님 맞습니다. 송미자 님."

하지만 미자는 콧방귀만 뀌었다.

"당신이 박칠규일 리가 절대 없어! 왜 그런 줄 알아! 우리 칠규 씨는 못생겼거든!"

미자의 그 말이 마치 가시처럼 칠규의 가슴을 찔렀다. 하지만 그는 지금 무슨 수를 써서라도 자신이 칠규임을 증명해야만 했다.

"송미자 당신 오빠 이름은 송강이, 송강사, 송강오잖아."

칠규의 말에 미자는 뭔가 뜨끔한 표정이었다. 하지만 이내 표정을 다시 바꾸고 말했다.

"참, 네. 그런 거에 속을 줄 알았어? 그거야 우리 식당 손님이면 아무나 다 아는 이름이야. 식당 입구에 대문짝만하게 세 분의 주방장 사진이 걸려 있는데."

"송미자! 당신 아버지는 송중기, 당신 어머니는 왕지현이잖아."

그 말을 듣는 순간 미자는 충격에 빠졌다.

"아니 어떻게 우리 부모님 성함을?"

하지만 이내 미자는 표정을 또 싸늘하게 바꾸었다.

"도대체 당신이 뭔데 우리 가족 관계 증명서까지 떼 본 거야? 응?"

칠규는 답답했다.

'도대체 무엇으로 내가 예전의 그 못생긴, 아니 평범한 박칠규임을 증명할 수 있단 말인가?'

그러다 문득 뭔가가 떠올랐다. 그는 목청을 가다듬고 운율에 맞추어 머릿속에 담아 두었던 그 문장을 낭독하기 시작했다.

“처음 그 아이를 본 것이 언제인지는 기억나지 않습니다. 저에게 그는 단순한 손님이었습니다. 저는 무심이 그에게 짜장면이 담긴 그릇을 놓았습니다. 그의 강렬한 눈빛을 느꼈지만, 그저 사춘기 소년의 단순한 열망 정도로 여겼습니다. 그러니 그날이 언제인지 잊을 수밖에 없었습니다.”

칠규가 수백 번 아니 수천 번도 더 읽었던 문장들을 그는 차분히 기억에서 끄집어냈다.

“그가 우리 집 꼭대기 원룸에 살기 시작하였을 때도 저는 그러려니 했습니다. 늘 그곳에는 시골에서 올라온 비슷한 또래의 학생들이 머물렀습니다. 그러니 저는 익숙했습니다. 그중 짓궂은 학생들이 괜히 저에게 아는 척하거나 수작을 걸기도 하지만 언제나 제 뒤에서 매의 눈으로 지켜보는 오빠들을 피해 갈 수는 없었습니다. 하지만 그는 늘 제 주위에 머물렀습니다. 학교 가는 길, 집에 오는 길, 그리고 또 학교 가는 길. 그는 제 뒤에서 너무 가깝지도 너무 멀지도 않은 간격으로, 보지 않는 척 저를 보고 있었습니다.”

이 부분에서 칠규는 회상에 젖은 듯 입이 떨리기 시작했다.

“학교에서도 마찬가지였습니다. 쉬는 시간. 종이 울리기 무섭게 그는 빠른 걸음으로 긴 복도를 지나 제 얼굴, 제 모습

한번 쓱 보고는 제가 돌아보면 눈이 마주치기 무섭게 돌아갔습니다. 그 외에 점심시간, 야외 활동 시간, 체육 시간 등 제가 머무는 어느 곳이든 그는 마치 그림자처럼 길게 저와 이어져 있었습니다."

박칠규의 눈에서 눈물이 맺혔다. 그건 송미자도 마찬가지였다. 그녀는 미동도 하지 않은 채 칠규를 바라보며 눈가를 촉촉이 적시고 있었다. 주위 보안 요원들도 모든 동작을 멈추고 칠규의 낭독을 유심히 듣기 시작했다.

"그는 풍족하지 않은 생활비를 아껴 그 돈으로 짜장면을 주문했습니다. 그래봤자 한 달에 한 번 정도였습니다. 그러니 그와 내가 나누는 대화는 한 달에 딱 한 번입니다. 그리고 매번 같은 이야기입니다."

이때, 송미자가 말했다.

"뭐 드실 건가요?"

박칠규는 그녀를 보며 기어가는 소리로 말했다.

"짜장면 보통 주세요."

"그에게 짜장면은 나를 연결하는 다리였다. 그는 마치 그 순간을 영원히 간직하고 싶은지 아주 천천히 짜장면을 먹었다. 하지만 나는 느꼈다. 그가 그 짜장면을 한 시간에 걸쳐 먹던 두 시간에 걸쳐 먹던 그에게 이 순간은 너무도 짧았으리라는 것을…."

송미자가 다시 말했다.

"왜냐하면 어느새 나도 너무 짧다고 느꼈으니까…. 나도 그를 늘 바라보고 있었으니까…."

박칠규의 볼에서 눈물이 주룩 흘렀다. 하지만 그는 낭독을 멈추지 않았다.

"그가 마침내 내게로 왔다. 문예부. 그는 큰 용기를 내어 내가 속한 문예 특활반에 들어왔다. 하지만 문학에는 문외한이었던 그에게 매주 자신이 쓴 글을 발표한다는 것은 무척 괴로운 일이었을 것이다. 하지만 그는 참고 견뎌냈다. 그는 누구보다 열심히 책을 읽고 글을 쓰고 또 썼다. 하루하루 변해가는 그의 시는 내게 경이로움이었다."

"나는 누구보다 그의 시를 사랑하였다. 그리고 그는 이제 나의 첫사랑이 되었다."

칠규의 손을 잡으며 미자가 말했다. 그녀의 두 눈에서 눈물이 볼을 타고 흘러내렸다.

"박칠규! 그동안 도대체 무슨 일이 있었던 거야? 왜 이렇게 업그레이드된 거야?"

미자는 칠규를 꼭 안았다. 김종국 요원이 이 장면을 흐뭇하게 바라보며 손뼉을 쳤다. 그러자 주위에 있던 보안 요원들도 덩달아 눈치껏 손뼉을 쳤다.

◆◆◆

모 군사 비행장. 박칠규와 송미자, 요셉 신부가 차례대로 소형 전용기에서 내렸다. 어둠이 주위를 감싸기 시작했다. 그들을 마중 나온 이는 가우타 회장이었다.

"먼 길 오시느라 수고가 많았습니다."

가우타는 부드러운 미소를 지으며 한 사람 한 사람 악수를 했다. 그리고 그의 리무진으로 안내했다.

네 사람이 마주 보며 나란히 앉자 차는 신속하게 공항을 빠져나와 구불구불한 도로를 달렸다.

차는 점점 더 깊은 산속으로 들어갔다. 어둠이 완전히 내려앉았다. 차창 밖은 그야말로 칠흑 같은 적막함이었다. 차 내에 있는 보안 조명이 모두 녹색으로 바뀌자, 가우타 주위를 둘러보며 말했다.

"마침내 제가 모시고 싶었던 분들과 마주하게 되어 무척 기쁩니다."

"네, 저도 이런 날이 이렇게 빨리 올 줄은 상상을 못 했습니다. 회장님."

요셉 신부가 가우타 회장을 바라보며 화답했다. 회장은 잠시 내비게이션을 바라보더니 말을 이어갔다.

"대략 10분쯤이면 저희 가우타 제7 연구소에 도착할 예정입니다. 이곳은 워낙 극비 지역이라 방문객이 매우 제한적입니다. 하지만 이곳 연구소 소장으로 있는 송관홍 박사가 특별히 요청하였습니다. 친어머니인 송미자 님, 친아버지인 박칠규님을 꼭 모시고 오라고."

그 순간, 박칠규는 흥분으로 손을 떨었다.

"특히 박칠규님에게는 처음 아들을 만나는 거니 오늘 이 자리가 무척 뜻깊을 수밖에 없습니다."

송미자는 칠규의 손을 살포시 잡았다. 그리고 깊은 눈으로 그를 응시했다.

"잘 아시다시피 송관홍 박사와 저의 인연은 그야말로 하늘이 맺어준 거나 다름없습니다. 우연히 제주도를 방문하게 되었고 또 우연히 한라산을 등반하였고 뜻하지 않게 사고까지 겹쳐 찾아간 곳이 바로 송미자 님이 운영하는 사회복지 시설이었습니다. 그리고 그날 그곳 서재에 꽂혀있던 논문을 발견하지 못했다면 아마도 오늘의 이 뜻깊은 자리는 마련하지 못했을 겁니다."

"주님의 뜻대로…."

요셉 신부가 눈을 감고 조용히 기도했다. 그러자 가우타와 미자도 같이 눈을 감았다. 박칠규도 얼떨결에 눈을 감는 시늉을 했다.

"이로써 저는 파벨 예언서에 나오는 모든 것을 비로소 이해하게 되었습니다. 사실….”

요셉 신부는 잠시 말을 멈추고 박칠규를 바라보면서 말을 이어갔다.

“예언서에 적힌 대로 박칠규님의 아들이 미래 반군 지도자가 된다는 것을 의심하지는 않았지만, 현실적으로…. 음…. 그러니까…. 마음 한구석에는 약간의 의구심은 품고 있었습니다.”

“네, 신부님 마음 저도 충분히 이해합니다. 저처럼 평범한 사람의 아들이 세상의 위협에 맞서는 위대한 지도자가 될 것이라고 하면 지나가는 새도 웃을 테니까요.”

칠규의 말에 모두 미소를 지으며 고개를 끄덕여 수긍을 표시했다.

“그런데 이렇게 가우타 회장의 양아들이자 역사상 최고의 인공지능 전문가인 송관홍 박사가 박칠규님의 친아들이라고 하니…. 쓰인 데로 모든 예언이 일치하고 있다는 것을 확신할 수 있었습니다.”

“네, 그래서 오늘 이 자리가 매우 중요합니다. 이제 적들은 생각보다 무척 강력하게 또 아주 가까이에 접근했습니다.”

“저들이 언제쯤 우리가 일컫는 인류 말살 프로그램을 실행할까요?”

요셉 신부는 걱정스러운 표정으로 가우타 회장을 바라

봤다.

"송관홍 박사가 파악 중입니다. 조만간 알게 될 겁니다."

◆◆◆

이윽고 리무진이 멈추었다. 잠시 대기 버튼이 반짝이더니 자동차 문이 자동으로 열렸다. 검고 울창한 숲이 나타났다. 바람 소리와 함께 멀리서 부엉이 소리가 들렸다. 썰렁하기 그지없는 곳이었다. 그들은 차에서 내려 천천히 연구소 입구로 걸어갔다.

이윽고 투명한 유리로 된 현관이 나왔다. 사람은 보이지 않았다. 그 대신 로봇처럼 생긴 기계들이 일행에게 오더니 한 사람씩 스캔하기 시작했다. 연구소 내부는 높은 천장과 현대적인 디자인으로 구성되어 있었다. 이윽고 스캔이 다 끝났는지 로봇은 뒤로 살짝 물러서며 말했다.

"반갑습니다. 가우타 회장님. 요셉 신부님. 송미자 님. 박칠규님. 저희를 따라오시기를 바랍니다."

안내 로봇이 저음의 모터 소리를 내며 앞서 나갔다. 박칠규와 송미자는 주위를 두리번거리며 그를 따라갔다. 고급스러운 장비와 모니터들이 곳곳에 배치되어 있었다. 그리고 아주 시원했다.

복도를 따라 회의실, 휴게실, 세미나실, 시스템실이 나타났다. 일행은 엘리베이터를 타고 지하로 내려갔다. 그곳에는 로봇 공학, 자연어 처리, 머신러닝, 생명과학실 표지가 붙은 방들이 복도를 따라 연달아 나타났다. 복도 끝에는 작은 정원이 보였다. 녹색으로 울창한 공간 속에서 시냇물 소리와 새소리가 들렸다.

가우타 회장은 익숙한 듯 정원의 중앙으로 걸어 들어갔다. 뒤따르던 일행은 조심스레 그를 따라 들어갔다. 그러자 정원의 중앙에 다시 검색대가 나왔다.

그 검색대를 통과하니 지하로 다시 내려갔다. 어리둥절하기만 한 칠규와 미자에게 가우타 회장이 설명했다.

"지하에 모든 핵심 시설을 갖춘 이유는 핵 공격에 대비한 것입니다. 좀 불편하시더라도 이해하시기 바랍니다."

칠규와 미자, 요셉 신부는 고개를 끄덕이며 가우타 회장을 따라갔다.

마침내 아담한 규모의 둥근 방에 일행이 도착했다. 둥근 형태의 방 안에는 첨단 기술의 컴퓨터 시스템이 조화롭게 배치된 공간이 펼쳐졌다. 방의 벽면은 고급스러운 강화 유리로 이루어져 있고 밖에서는 내부의 활동을 엿볼 수 없게 되어 있었다. 유리 벽면에는 연구 자료 시각화와 실시간 정보 표시를 위한 홀로그래피 프로젝터가 내장되어 컴퓨터 시스템

작동 상황이 현실감 있게 시각화되어 나타났다.

"이곳은 고성능 슈퍼컴퓨터 중앙 통제실입니다. 첨단 냉각 시스템으로 인해 약간 추울 수도 있습니다. 죄송합니다."

가우타 회장이 좌우를 둘러보며 말했다. 방의 중앙에는 아름답게 디자인된 원형 작업대가 있고 그 위에는 각종 모니터, 터치스크린, 가상 현실 장치 등이 배치되어 있었다. 그리고 최신식의 인터페이스 기기와 센서들이 설치되어 있었다.

"그럼 우리 아들이 주로 여기서 근무하는 겁니까?"

칠규는 최첨단 컴퓨터 시설에 입을 다물지 못하고 가우타에게 물었다.

"네, 맞습니다. 박칠규님. 바로 여기가 송관홍 박사의 작업장입니다."

가우타는 박칠규를 쳐다보며 미소를 답했다. 하지만 그의 표정은 그다지 밝지 않았다. 오히려 어딘가 어두운 느낌을 풍겼다. 그 느낌을 감지한 것은 송미자였다.

"그런데 제 아들은 어디 있나요?"

가우타가 천천히 그녀에게 고개를 돌렸다. 그리고 말했다.

"아들을 한번 불러 보시죠."

"네?"

그러자 가우타가 허공에다 약간 큰 소리로 외쳤다.

"송관홍 박사. 그동안 잘 있었는가?"

그러자 어디선가 송 박사의 목소리가 흘러나왔다.

"네, 아버지. 그동안 잘 있었어요. 혹시 몸이 불편하거나 하지는 않으신가요?"

"나는 항상 건강하지. 자네는 어떤가?"

"하하하. 저야 건강이 나빠지고 싶어도 나빠질 수가 없죠. 하하하"

"오늘 이 자리에 자네의 소원대로 특별 손님을 모두 모시고 왔네. 어떤가 소감이?"

"네. 입구에 들어설 때부터 쭉 지켜보고 있었습니다. 어머니, 아버지 그리고 요셉 신부님까지."

"자네 친아버지는 오늘 처음 본거지?"

"네. 맞습니다. 늘 사진으로만 보다가 이렇게 직접 만나게 되니…. 살짝 당혹스럽기까지 합니다."

"그건…."

"네. 아무래도 많이 바뀐 모습 때문일 겁니다. 아무튼 한국의 놀라운 성형 기술에 경의를 표하는 바입니다."

"하하하. 알겠네. 자 그럼 이제 자네의 이야기를 해야 할 것 같은데…. 어떤가? 직접 하겠나?"

"네, 그러겠습니다."

가우타 회장이 고개를 끄덕이며 천천히 물러났다.

"우선, 어머니와 친아버지에게 고백할 게 있습니다. 슬프지만 마냥 슬픈 이야기는 아닙니다. 다시 돌아올 희망이 있으며 당신 곁에 영원히 머물 수 있는 가장 현실적인 방법이기도 합니다. 그러므로 너무 괴로워하지 않으시기를 바랍니다."

어디선가 들려오던 목소리가 잠시 멈추었다. 그러더니 일행의 눈앞에 3D 영상이 하나 펼쳐지기 시작했다. 무슨 실험실 같기도 하고 우주선 내부처럼 보이기도 했다. 스마트 스크린에는 여러 가지 수많은 데이터와 정보가 반짝거렸다. 곡선과 깔끔한 각선미를 가진 외관이 금속과 유리의 조합으로 구성되어 있었다. 그리고 투명한 유리 패널을 통해 장치 내부가 훤히 보였다. 그 속에 한 청년이 눈을 감은 채 누워 있었다. 그의 몸 전체에는 수많은 센서가 연결되어 있었다. 송미자는 그가 자기 아들이라는 사실을 대번에 눈치챘다.

"우리 관홍이가 왜 저기 누워 있는 거지?"

미자의 얼굴이 불안으로 덮이기 시작하자 곧바로 아들의 목소리가 울려 퍼졌다.

"너무 심여 하지 마시기를 바랍니다. 어머니. 저를 살리기 위한 장치입니다. 아들의 육신은 저곳에 있지만 제 영혼과 정신은 바로 여기서 어머니와 대화하고 있잖습니까? 그러니 너무 괴로워하지 마시고 제 이야기를 들어주시기를 바랍니다."

비틀거리는 미자를 칠규가 붙잡았다.

"저는 일 년 전에 췌장암 말기 판정을 받았습니다. 아무래도 제 욕심이 과했던 것 같습니다. 몸을 돌보지 않고 연구에만 매달리다 보니 육신이 버티지를 못한 것입니다. 하지만 이를 안타깝게 여긴 가우타 회장님의 도움으로 저는 영생을 선택했습니다."

칠규가 쓰러질 듯한 미자를 격하게 안았다. 그녀의 눈에서 눈물이 왈칵 쏟아졌다.

"너무 슬퍼하지 마세요. 어머니. 지금부터 저는 어머니에게 희망을 전하겠습니다. 저는 냉동보존 상태로 있습니다. 즉, 죽은 게 아니라 잠시 쉬고 있다고 생각하시기 바랍니다. 어쩌면 머지않은 미래에 제 병을 완치할 수 있는 기술이 개발되면 그때 깨어날 것입니다. 그러므로 저는 죽지 않았습니다. 어머니."

"그럼 자네가 지금 우리와 이렇게 대화할 수 있는 것은…. 바로…. 그…."

요셉 신부가 소리 나는 쪽으로 시선을 돌려 물었다.

"네. 신부님이 추측하신 그대로입니다. 인포모프(Informorph)를 완성했습니다. 마인드 업로딩 혹은 정신 전송이라고 불리는 것입니다. 저의 정신은 이제 인공지능으로 옮겨갔습니다. 그러므로 저는 영생을 얻은 겁니다. 그러니 어머니, 아버지 너무 슬퍼하지 마시기를 바랍니다. 이건 제가 연구하고 꿈꾸던 바로 그대로입니다. 즉, 저는 영원히 어머니, 아버지의 아들로 살아 있습니다."

그때 문이 살짝 열리더니 로봇이 들어왔다. 그는 미자에게 다가오더니 센서처럼 생긴 패드를 그녀의 팔에 붙였다. 그리고는 익숙하게 그녀의 팔에 주사를 놓았다.

"안심하십시오. 송미자 님. 안정제입니다."

"그리고 요셉 신부님께 전할 정보가 있습니다."

요셉 신부가 다시 시선을 소리 나는 쪽으로 돌렸다.

"뭔가? 말해보게."

"〈파더스〉의 디데이를 마침내 알아냈습니다. 그날은 2026년 6월 6일입니다."

"그럼 3년도 남지 않았다는 건가?"

"네. 그렇습니다. 우리 쪽에서도 모든 역량을 총동원하여 반격을 준비하여야 합니다. 만약 저들의 인류 말살 작전이 성공한다면 지구 생존 인구는 1억 명 이하로 줄어들 것입니다."

그 말을 들은 신부와 칠규는 깊은 한숨을 내 쉬었다. 그리고 서로를 쳐다보며 굳은 각오를 다졌다.

"그리고 제 친아버지 박칠규님에게도 부탁할 게 있습니다."

"뭔가?"

칠규는 눈물을 손으로 훔치며 물었다.

"그들의 침공 이후 세계 곳곳에 저항 세력이 생길 것입니다. 우리는 그들을 모두 결집하여야만 이 전쟁에서 승리할 수 있습니다. 그래서…."

"그래서?"

"저를 대신할 인물이 필요합니다. 인공지능이 아닌 실제 인물이 전면에 나서야만 저항 세력을 우리 편으로 끌어들일 수 있습니다. 그 역할을 맡아 주십시오."

"그렇다면?"

"네. 아버지가 실질적인 저항 세력의 지도자가 되셔야 합니다."

곰팡이 구르드손

1년 후, D-day 499일 전.

눈보라가 잦아들었다. 눈보라가 그친 뒤의 도시는 마치 은빛 세계에 둘러싸인 섬처럼 고요하고 신비로웠다. 안전 가옥에서 이틀을 보낸 박칠규는 더 이상 지체할 수 없다는 강박을 안고 문을 열었다. 바람은 여전히 차가웠다. 두꺼운 외투에 목도리를 칭칭 감아 얼굴을 감싼 채 그는 한 걸음 한 걸음 얼어붙은 길을 걸었다. 작은 도시지만, 중심부에는 저마다의 목적을 가지고 사람과 차들이 바삐 움직이고 있었다. 그의 숨결은 차가운 공기 속에서 하얀 김으로 변해 사라졌다.

중심가에서 살짝 벗어난, 좁은 골목에 있는, 허름한 바에 도착한 박칠규는 문 앞에 잠시 멈춰 섰다. 오래된 나무 문은 세월의 흔적을 고스란히 담고 있었다. 그는 문을 밀었다. 삐거덕거리는 소리가 났다. 그 소리는 마치 바의 침묵을 깨는 신호처럼 울렸다.

바는 어두운 조명 아래에서 흐릿하게 빛나고 있었다. 오래된 나무 의자와 테이블, 벽에 걸린 낡은 그림들이 그곳의 역사를 말해주는 듯했다. 사람들은 자신만의 고독에 잠긴 채, 낮은 목소리로 이야기를 나누거나 혼자 술잔을 기울이고 있었다. 그들의 얼굴에는 그린란드의 혹독한 추위가 남긴 주름이 깊게 패 있었다.

박칠규는 묵묵히 카운터로 다가가 의자에 앉았다. 바텐더는 그의 차가운 얼굴과 피곤한 눈빛을 보고는 말없이 보드카 한 잔을 준비했다. 투명한 액체가 잔에 채워지는 동안, 박칠규는 자기 손을 바라보았다. 차가운 바깥 공기에서 막 들어온 그의 손은 여전히 얼어 있었다.

보드카 잔을 들어 한 모금 마시자, 강렬한 알코올이 그의 목을 타고 내려가며 뜨거운 열기를 퍼뜨렸다. 추운 날씨 속에서 독주는 그의 몸을 다시 데워주는 유일한 방법이었다.

박칠규는 보드카의 따스함이 채 가시기도 전에 바텐더에게 다가가 낮은 목소리로 물었다.

"곱쟁이 구르드손을 만나고 싶은데…"

그의 말에 바텐더는 순간적으로 얼어붙었다. 그 눈빛은 불안을 숨기지 못하고 깜박거렸다. 박칠규를 살펴보는 그의 시선에는 경계심이 가득했다.

"무슨 일로?"

바텐더가 물었다. 그 목소리에는 희미한 떨림이 있었다. 박칠규는 잔을 천천히 내려놓으며 대답했다.

"그건 만나서 얘기하고 싶소만…"

그의 말이 끝나자마자 바의 공기가 무겁게 가라앉는 듯했다. 잠시 전까지 흐르던 낮은 소음은 멎었고, 사람들의 시선은 은밀하게 그에게로 향했다. 긴장감이 바닥을 스치며 천천히 퍼져나갔다.

바텐더는 잠시 머뭇거리다 이내 결심한 듯 누군가를 불렀다. 그 순간 바의 뒤편에서 발소리가 들려왔다. 무거운 부츠가 나무 바닥을 울리며 다가오자, 주변 사람들은 속삭임을 멈추고 그 방향을 바라보았다.

그는 험악한 인상의 남자였다. 그의 얼굴에는 수많은 싸움과 고난의 흔적이 새겨져 있었고, 눈빛은 차가운 강철처럼 날카로웠다. 그는 한 걸음 한 걸음 바짝 다가와 박칠규를 응시했다. 마치 그의 속내를 꿰뚫어 보려는 듯한 눈빛이었다.

박칠규는 그 시선을 피하지 않았다. 두 남자의 시선이 공중에서 부딪히며 불꽃을 튀기는 것만 같았다. 바는 이제 완전한 침묵에 잠겼고, 모든 이들의 숨소리마저 들릴 듯한 고요가 이어졌다. 긴장감은 점점 더 고조되었다. 마침내 박칠규가 입을 열었다.

"요셉 신부의 소개로 왔소."

험악한 인상의 남자는 고개를 끄덕이며 말했다.

"따라와."

그 말과 함께 칠규는 자리에서 일어섰다. 칠규는 남자를 따라 어둠 속으로 걸음을 옮겼다. 박칠규는 낡은 소형 버스에 올라탔다. 차체는 오래되어 삐걱거렸고, 창문은 먼지로 흐려져 있었다. 버스 안에는 그와 칠규, 단 두 사람뿐이었다. 하지만 그들의 동행자는 따로 있었다. 좌석과 바닥을 가득 메운 것은 죽은 순록들이었다.

순록들의 털은 눈과 얼음으로 뒤덮여 있었고, 그들의 눈은 이미 빛을 잃은 채 허공을 응시하고 있었다. 박칠규는 그들 사이에 앉아, 냉기가 스며드는 좌석에 몸을 기댔다. 죽은 순록들의 냄새가 코를 찔렀지만, 그는 이를 무시한 채 창밖을 바라보았다.

버스는 털털거리며 길을 나섰다. 엔진 소리는 거칠고 불안정했으며, 마치 언제 멈춰버릴지 모르는 듯한 불안감을 주었다. 도로에 접어들자, 바퀴는 눈과 얼음 위를 힘겹게 굴러갔다. 차창 너머로 보이는 풍경은 끝없는 설원이었고, 그 속에서 버스는 외롭게 나갔다. 험악한 인상의 남자는 운전대를 잡은 채 침묵을 지켰다. 박칠규는 그를 쳐다보며 자신의 목적을 떠올렸다.

눈길을 한 시간쯤 달린 뒤, 버스는 마침내 목적지에 도착했다. 버스가 털털거리며 멈출 때, 박칠규는 창밖을 주시했다. 차창 너머로 보이는 것은 눈에 덮인 풍경 속에서 당당히 서 있는 나무로 만든 거대한 문이었다. 문은 무겁고 견고해 보였으며, 세월의 흔적이 고스란히 새겨져 있었다.

문이 천천히 열리자, 그 속에는 마치 다른 세상이 펼쳐지는 듯했다. 수십 채의 크고 작은 집들이 정갈하게 자리하고 있었다. 집들은 각기 다른 크기와 형태를 가지고 있었지만, 모두 자연과 조화를 이루며 서 있었다. 눈 덮인 지붕 아래서 연기가 피어오르는 굴뚝들은 그곳에 생명이 있음을 알려주었다. 버스는 신중히 마을 안으로 들어가 가장 큰 집 앞에 멈췄다. 그 집은 다른 집들보다 더욱 크고 웅장했다. 나무로 지어진 벽은 두꺼웠고, 창문에는 따뜻한 불빛이 새어 나오고 있었다.

박칠규는 버스에서 내려, 깊은숨을 들이마셨다. 차가운 공기가 그의 폐를 채웠지만, 이곳의 분위기에는 묘한 따스함이 있었다. 그의 발자국이 눈 위에 선명하게 찍혔고, 주변의 침묵 속에서 그 소리마저도 또렷하게 들렸다.

문 앞에 도착하자, 남자는 묵묵히 문을 열었다. 안으로 들어서자 따뜻한 공기가 그들을 맞이했다. 넓은 홀을 지나 좁은 복도를 걸었다. 복도 끝에 다다르자, 작고 아늑한 방이 나타났다. 방 안에는 여러 사람이 모여 식사하고 있었다. 촛불이 은은하게 빛을 발하며 그들의 얼굴을 비추고 있었다.

박칠규가 방에 들어서자, 식사하던 사람들의 시선이 그에게로 향했다. 방 안의 공기는 갑자기 팽팽해졌지만, 곧 한 남자가 나서며 침묵을 깼다. 그는 중년의 나이에 짙은 눈썹과 단호한 표정을 가진 사람이었다. 하지만 그의 얼굴은 깊게 팬 주름과 울퉁불퉁한 흉터로 가득하여, 마치 거친 산맥의 지형을 보는 듯했다. 뺨과 이마, 턱에는 피부가 갈라지고 터진 자국이 남아있어, 마치 풍화된 바위처럼 거칠고 생채기 난 모습이었다. 코는 부분적으로 함몰되어 있었고, 귀는 퉁퉁 부어올라 원래의 형태를 잃어버린 지 오래였다.

"얘기는 들었소. 박칠규 씨."

그가 말문을 열었다. 그의 목소리는 깊고 확신에 차 있었다.

"내 오랜 친구 요셉과 함께 일한다고?"

박칠규는 고개를 끄덕였다. 칠규는 그 순간, 저 사람이 곱쟁이라는 별명으로 더 잘 알려진 구르드손임을 직감했다. 그의 손은 나무껍질처럼 거칠고, 손가락은 일부가 사라지거나 변형되어 있었다. 무겁고 침울한 분위기를 자아내며, 고통과 고독이 짙게 배어 있었다. 마치 인생의 모든 고난과 역경을 온몸으로 겪어낸 듯한 그는, 말없이 세상의 잔혹함과 인간의 연약함을 증언하고 있었다.

구르드손은 사실 시칠리아 출신의 신부로 본명은 쥬세뻬였다. 그는 매우 열정적으로 종교활동을 했는데, 이때 요셉 신부와 함께 세계 곳곳에 분포한 한센촌을 돌아다니며 헌신적으로 일을 했다. 하지만 그의 가족들이 모두 시칠리아 마피아에 의해 죽임을 당하고 그 시점에 자신도 한센병이 걸리면서 운명이 바뀌기 시작했다.

쥬세뻬는 그 사건 이후에도 여전히 신앙을 지키려 했지만, 점점 더 많은 악이 그와 그의 사랑하는 사람들을 위협했다. 마침내 그는 깨달았다.

'기도만으로는 세상의 악을 없앨 수 없다.'

그의 내면 깊은 곳에서 분노와 절망이 솟아올랐고, 그는 과감한 결단을 내리게 되었다. 그는 신부복을 벗고, 총을 쥐었다.

쥬세뻬는 그린란드로 오기 전, 시칠리아에서 작은 무리를 모으기 시작했다. 그의 카리스마와 결단력은 많은 사람을 끌어들였고, 그들은 마피아에 맞서기 위해 그와 함께 싸우기로 결심했다. 쥬세뻬는 폭력에 폭력으로 맞서야 한다고 믿었고, 그의 무리는 점점 더 강해졌다. 그들은 마피아의 세력을 무너뜨리고, 억압받는 사람들에게 자유를 주기 위해 목숨을 걸었다.

하지만 그의 무리는 결국 테러리스트로 몰리게 되었고, 그들은 이제 마피아뿐만 아니라 정부군의 타격까지 받게 되었다. 전투에서 몇 번의 패배 후, 신부는 자신의 목숨을 위협받게 되었다. 결국 그는 어쩔 수 없이 그린란드로 잠입하고, 자신의 신분을 숨겼다. 그러나 그는 여전히 자신의 신념을 버리지 않았다.

구르드손은 세상에 존재하는 모든 악의 무리를 없애기 위한 테러를 지원하는 세력으로 남아있었다. 그는 자신의 무리가 테러리스트로 규정되었음에도, 세상을 더 나은 곳으로 만들기 위한 것이라고 믿었다.

칠규 앞에 음식이 놓였다. 피가 뚝뚝 떨어지는 고래 고기와 악취 가득한 키비악, 그리고 보드카 반병. 포커도 수저도 없다. 반달 모양으로 부드럽게 곡선을 그린, 작은 칼만 놓였다. 칠규는 코를 찌르는 강한 악취에 순간적으로 구토를 느꼈다. 하지만 자신만을 유심히 쳐다보는 저들의 환대를 거부할 수는 없다고 생각했다. 결국, 칠규는 꾹 참고 손을 내밀어 고기를 집어 들었다. 그는 이를 악물고 한입 베어 물었다. 고기의 풍미가 입 안에 퍼지자, 그가 처음 느낀 것은 익숙지 않은 강한 맛과 질감이었다. 그의 턱은 천천히 움직였고, 씹을 때마다 고기의 결이 이빨 사이에서 부서져 나갔다. 씁쓸하고 짭짤한 맛이 혀를 감쌌다.

"어떻소?"

구르드손이 비정형의 얼굴을 일그러뜨리며 물었다. 칠규는 이번에도 고개만 끄덕였다.

"익숙해지려면 꽤 시간이 걸릴게요. 하지만 그러지 않기를 바라오. 여기 음식에 중독되면 도저히 벗어날 수가 없으니."

구르드손의 말에 다들 동의하는 듯, 껄껄거리며 고개를 끄덕였다. 구르드손이 이번에는 그의 손에서 피어오르는 담배를 칠규에게 내밀었다. 칠규는 그의 담배를 손에 쥐었다. 칠규는 잠시 망설였지만, 결국 구르드손의 눈빛을 피할 수 없어 담배를 입에 물고 들이마셨다. 한 모금 빨아들이자, 독한 연기가 그의 폐 속으로 깊숙이 파고들었다. 연기는 거친 질감으로 목구멍을 타고 내려갔다. 칠규는 순간 숨을 멈추고, 눈을 질끈 감았다. 그러나 이내 그는 다시 숨을 내쉬었다. 칠규의 얼굴에는 일순간 당혹감이 스쳤지만, 그는 애써 미소를 지어 보였다. 구르드손은 그의 반응을 흡족하게 바라보며,

다시 한번 짧게 웃음을 터뜨렸다. 칠규는 독한 담배 연기가 아직도 폐 속을 맴도는 것을 느끼며 단숨에 보드카 한 잔을 들이켰다. 속이 격하게 울렁거렸다.

"정보가 있다고?"

구르드손이 이윽고 칠규의 방문 목적을 물었다. 칠규는 가방에서 〈3D 프로젝터〉를 꺼내 탁자 위에 놓았다. 그리고 파워 버튼을 누르고 공간 인증키에 두 손바닥과 얼굴을 살며시 댔다. 잠시 딸깍거리더니 푸른 광선이 점점 부풀어 오르며 형태를 갖추기 시작했다. 이윽고 한 장의 사진이 공간에 띄워졌다. 황량하기 짝이 없는 돌무더기 중앙에 콘크리트로 된 길쭉한 조형물이 모습을 드러냈다. 마치 화성의 초기 개척 사진처럼 보였다. 칠규는 헛기침으로 목을 가다듬은 다음 조용히 설명을 시작했다.

"음, 보시는 사진은 북극의 노르웨이령 스발바르 제도 스피츠베르겐섬에 있는 스발바르 국제 종자 저장고입니다. 일명 〈북극의 노아의 방주〉 혹은 〈최후의 날 저장고〉로 불리고 있습니다. 약 500만 개의 지구 종자가 저장되어 있다고 추산됩니다. 일반인에게 공개된 유일한 저장고입니다."

구르드손은 그의 말뜻을 금방 알아차렸다.

"그렇다면 알려지지 않은 저장고가 있다는 말인가?"

칠규는 잠시 뜸을 들이며 신중하게 말을 이었다.

"곧 알려드리겠습니다. 다음을 보시죠. 엘리아! 다음 화면."

이번에는 유선형의 길고 아름다운 배가 공간에 띄워졌다. 대형 유조선의 축소 모형이었다.

"선박명 : 〈게으른 바다〉. 코리아 현대 중공업에서 극비리에 건조된 〈세비어 7724 모델〉. 백만 톤에 육박하는 재화중량톤. 동력은 원자력. 58년 주기의 핵연료 교체…."

"요점이 뭔가?"

구르드손은 궁금증에 참을 수 없다는 듯 칠규의 말을 잘랐다.

"아 네, 엘리아! 다음 화면."

프로젝터는 잠시 깜빡이더니 한 장의 문서를 공간에 띄웠다. 그곳에는 깨알 같은 글씨와 복잡한 지도가 뒤섞여 표시되어 있었다. 줄과 선, 그림과 글이 혼재한 공간. 칠규는 그 공간의 한곳을 찍으며 말했다.

"엘리아! 확대. 좀 더 확대. 그리고 마크."

이제 좌중의 어느 누가 봐도 선명한 두 개의 숫자

가 굵은 글씨로 나타났다.

'78.47977353737983, -21.50468644597879'

"뭔가?"

구르드손은 조급한 듯, 얼굴을 화면 가까이 다가가며 물었다.

"선박의 최종 목적지입니다. 경도와 위도죠. 엘리아. 다음 화면."

화면은 이제 하얀 대륙으로 변환되었다. 눈으로 덮인 그린란드. 세상에서 가장 큰 섬. 섬의 중심으로 화면은 천천히 돌아가고 있다. 그리고 대륙의 한 곳. 그곳이 붉은 점으로 깜빡거렸다.

"저곳은?"

구르드손은 성마르게 칠규를 쳐다봤다.

"그렇죠. 선박의 최종 목적지는 이곳 그린란드의 한 절벽 해안입니다."

"그걸 어떻게?"

구르드손의 표정에 놀라움과 당혹함이 섞여 있다.

"배는 북극으로만 항해했습니다. 그동안 줄곧, 20년이 넘도록. 어마어마한 식품과 유용한 장비를 싣고, 말이죠."

드디어 구르드손의 얼굴이 밝아지기 시작했다.

"정말인가? 이게 사실이란 말인가?"

"네, 적어도 제가 얻은 정보는 그렇습니다."

칠규는 흔들리는 몸을 곧추세우며 확신을 주어 말을 했다.

"누군가? 누가, 왜, 무엇 때문에?"

"파더스입니다."

칠규는 단호하게 대답했다.

"역시 파더스군."

그의 얼굴은 일순간 굳어졌고, 눈썹이 미세하게 꿈틀댔다. 그는 이미 요셉 신부로부터 파더스의 정체에 대해 듣고 있었기 때문이다. 파더스가 식품을 저장하는 목적은 명백했다. 아마겟돈 이후 파더스를 추종하는 이들을 먹여 살리기 위함이었다.

"그런데 왜 자네는 나를 찾아왔는가? 저들의 저장고 위치를 알아냈으면 그냥 폭파해버리면 될 일을?"

"우선, 식량은 저들뿐만 아니라 우리에게도 중요합니다. 그리고 저들의 저장고는 지하 수백 미터에 자리하고 있습니다. 즉, 원자폭탄에도 안전한 구조입니다."

"그러면, 저들의 식량을 탈취하자는 건가?"

"그러기에는 식량의 양이 너무 큽니다. 설령 우리가 빼돌린다고 하더라도 보관하기가 더 어렵습니다."

"그럼 무언가? 자네의 의도는 도대체 뭔가?"

"주인을 바꾸는 것입니다."

"주인을 바꾼다? 어떻게? 그게 가능한가?"

"다음 화면을 보시죠! 엘리아! 다음 화면."

전 세계 곳곳에 만들어진 수백 개의 거대한 돔의 사진이 슬라이드 화면으로 돌아가기 시작했다. 잔잔한 조명 아래에서 거대한 투명 구조물들이 화면 속에서 떠오르며, 마치 거대한 반구들이 하늘을 두르는 듯했다. 각각의 돔은 마치 세계의 곡선을 간직한 듯한 형태로 눈에 들어왔다. 그들은 빛을 받아서 반짝이며, 미묘한 질감은 햇살이 비추는 방향에 따라 변화했다.

"이건, 그 유명한 하베스트 돔이 아닌가?"

"네. 맞습니다. 파더스의 최대 중점 사업이자 역작 중 하나입니다. 아마겟돈 이후의 인간 주거지죠. 물론 선택된 자만이 누릴 수 있는."

"그런데 저 돔이 이곳 저장고와 무슨 연관이 있단 말인가?"

"전 세계, 특히 극지방과 사막 같은 오지에 파더스가 마련한 각종 식품 또는 무기 저장고들이 있습니다. 하지만 그 중에 가장 중요한 것은 바로 이곳, 그린란드 식품 저장고입니다. 왜냐하면 식품 저장고 옆에는 세상의 모든 하베스트 돔을 관리, 운영하고 위협으로부터 보호하는 방위 시스템을 총괄하는 AI 시스템이 갖추어져 있기 때문입니다. 저희가 알아낸 바로는, 강력한 보안 접근 통제 시스템은 물론, 지구상 어느 곳에서도 빠르게 대응할 수 있는 전 세계적인 통신망이 연결되어 있습니다. 즉 이 모든 것을 통제하고 있는 것이 바로 여기, 그린란드 인공지능입니다."

"그럼, 자네가 온 이유는 그 인공지능을 파괴하는 건가?"

"가장 좋은 방법은 송관홍 박사가 만든 인공지능으로 대체하는 것입니다. 즉, 주인을 바꾸는 작업입니다. 하지만 그게 여의찮을 때는 파괴를 해야 합니다."

"음…. 이제야 자네가 굳이 나를 찾은 이유를 알겠구먼…. 자네를 은밀하게 그곳으로 안내할 가이드가 필요한 거구먼? 얼음 땅에 대한 지식을 누구보다 많이 알고 있는."

칠규는 눈빛을 반짝이며 고개를 끄덕였다.

◆◆◆

거대한 눈과 얼음으로 뒤덮인 그린란드의 대지를 가로질러, 세 팀의 개 썰매 행렬이 힘차게 전진했다. 구르드손의 부하인, 시몬 과 마티아스는 이 혹독한 환경에서 태어나 자란 토박이들로, 이곳의 지형과 기후, 그리고 생존의 비결을 누구보다 잘 알고 있었다.

날카로운 북풍이 얼굴을 할퀴었지만, 그들은 꿋꿋했다. 열여섯 마리의 강인한 개들이 힘차게 썰매를 끌어당겼고, 선두를 달리는 마티아스는 끝없이 펼쳐진 눈 속을 주시하며 최적의 루트를 찾아갔다. 때로는 험준한 산을 넘어야 했고, 때로는 얼어붙은 호수를 건너야 했지만, 그들은 한 치의 주저 없이 앞으로 나아갔다. 900km라는 긴 여정 속에서 그들은 서로를 의지하며 함께 버텨냈다. 마침내 10일 만에 칠규 일행은 목적지에 도착했다.

그들이 목적지에 가까워질수록 긴장감은 점점 더 고조되었다. 그들 위에 펼쳐진 하늘은 보이지 않는 눈으로 가득 차 있었고, 그 눈은 한시도 그들을 놓치지 않고 있다는 것을 칠규는 잘 알고 있었다. 사냥꾼으로 위장한 일행은 그저 순록만 쫓아다니는 것처럼 행동했다.

하지만 그들이 찾고 있는 것은 따로 있었다. 눈과 얼음으로 뒤덮인 대지 속에 숨겨진, 얼지 않고 끊임없이 흘러가는 물줄기였다. 그 물줄기는 마치 대지의 생명력처럼, 얼음 속에서 쉼 없이 흐르고 있었다. 그 물줄기를 찾는 것이야말로 그들이 지하 세계로 내려가는 유일한 방법이었다.

마티아스와 시몬은 고요한 빙하 위에서 한 걸음 한 걸음, 신중하게 움직였다. 망원경으로 주변을 관찰하며, 눈 덮인 대지에 남겨진 짐승들의 발자취를 좇아갔다. 발자취는 마치 고대의 비밀을 풀기 위한 암호처럼 그들을 이끌었다. 그렇게 몇 시간을 헤맨 끝에 마침내, 시리도록 푸른 물이 콸콸 쏟아져 나와 지하로 거침없이 흘러 들어가는 구멍을 발견했을 때, 그들의 심장은 벅찬 흥분으로 뛰기 시작했다.

그 구멍은 마치 대지의 심장 속으로 통하는 문처럼, 찬란한 물줄기를 토해내고 있었다. 칠규는 숨을 죽이며 그 광경을 지켜보았다. 마치 신성한 의식을 앞둔 사제들처럼, 그들은 그곳의 신비와 경외감을 온몸으로 느꼈다.

그들은 신중하게 그 근처에 텐트를 쳤다. 찬 바람이 매섭게 불어오는 가운데, 텐트 안은 그나마 안식처가 되어 주었다. 이곳에서 밤이 오기를 기다리며, 그들은 긴장과 기대감 속에서 조용히 시간을 보냈다.

◆◆◆

어둠이 깊게 내려앉은 가운데, 마티아스와 칠규는 잠수복으로 몸을 감쌌다. 그들은 물줄기를 향해 조심스럽게 다가간 뒤, 서로를 튼튼한 끈으로 묶었다. 마티아스가 선두에 서서 물의 소용돌이로 먼저 들어갈 준비를 했다. 그의 눈빛은 결연했고, 동작은 침착했다.

"숨을 얕게 쉬면서 최대한 참았다가 뱉어야 해."

마티아스가 칠규에게 조용히 속삭였다.

"그리고 물의 속도에 온전히 몸을 맡겨야 해. 그러면 틀림없이 지하의 물웅덩이 혹은 동굴에 닿을 거야."

그들은 심호흡하고, 마음을 가다듬었다. 물줄기의 푸른 빛이 그들의 얼굴을 희미하게 비추고 있었다. 마티아스는 천천히 물속으로 몸을 밀어 넣었다. 차가운 물이 피부에 닿자 그는 숨을 깊이 들이마셨다. 이어 칠규도 그의 뒤를 따랐다.

물줄기는 강력했다. 마티아스는 물의 흐름에 몸을 맡기며 빠르게 흘러갔다. 서로를 묶은 끈이 그들을 연결해 주는 유일한 연락선이었다. 물의 압력과 차가움에도 불구하고, 그들은 서로의 존재를 느끼며 앞으로 나아갔다.

칠규는 흐르는 물속에서 차분하게 숨을 조절했다. 그는 짧게 숨을 들이마시고 길게 내뱉었다. 그들은 물의 속도와 방향에 완전히 몸을 맡기며, 흐름에 따라 부드럽게 움직였다.

깊은 물 속에서, 그들은 점점 빛이 사라지는 것을 느꼈다. 어둠 속에서 그들은 물의 안내를 받으며 계속 나아갔다. 마침내, 물줄기가 조금씩 느려지기 시작했고, 그들은 부드러운 충격과 함께 어떤 공간에 닿는 것을 느꼈다. 그들이 도착한 곳은 바로 지하의 물웅덩이였다.

물에서 머리를 내민 마티아스와 칠규는 서로의 눈을 바라보며 안도의 미소를 지었다. 그들은 지하 세계의 첫걸음을 성공적으로 내디뎠다.

그들은 어둠 속에서 물웅덩이 끝에 닿은 동굴을 발견했다. 머리등을 켜고 음파탐지기로 지형지물을 시각적으로 살펴보았다. 자연적인 굴곡들이 여러 모습으로 나타나다가 어느 순간 직각 수직의 형태가 나타났다. 이는 틀림없이 인공 구조물이 틀림없었다.

그들은 머리등이 비추는 범위 내에서 음파탐지기의 신호를 따라 그곳으로 천천히 나아갔다. 어스름한 빛에 비치는 돌벽과 반사되는 물줄기 소리가 귀를 감싸왔다.

◆◆◆

마침내 그들은 거대한 철벽을 만났다. 마티아스와 칠규는 한동안 말을 잇지 못했다. 철벽은 그들 앞에 놓인 현실적인 공포처럼 느껴졌다.

"도대체 이 속은 얼마나 큰 거야?"

마침내 마티아스는 입을 열었다. 그의 목소리는 놀라움과 분노로 얽혀 있었다. 칠규는 철벽을 천천히 돌며, 그 안쪽을 살펴보았다. 그리고 마침내 조그마한 철문을 발견했다. 그 문은 녹슬고 오래되었다.

칠규는 레이저빔으로 철문 자물쇠를 부수고 문을 힘들게 열었다. 삐걱거리는 소리가 공간에 가득했다. 마침내 그 안으로 들어간 두 사람은 족히 십 미터쯤 높아 보이는 선반에 가득한 물건들을 보았다. 마치 대형 할인 매장 창고를 보는 기분이었다. 마티아스는 이 놀라운 광경을 쳐다보며 연신 중얼거렸다.

"젠장! 이게 도대체 뭐란 말이야? 이게 모두 식량이란 말이야? 도대체 파더스라는 놈은 어떤 놈인 거야?"

하지만 그들이 찾는 것은 이게 아니었다. 인공지능 시스템실을 찾아야 했다. 그들은 서둘러 발걸음을 옮겼다.

그렇게 이십여 분쯤 되었을까? 마침내 윙윙거리는 소리가 들리기 시작했다. 누가 들어도 기계음이 분명했다. 마침내 하베스트 돔을 관장하는 대형 인공지능 시스템실에 도달한 거였다. 문은 두툼한 강철로 만들어져 있었고, 그 주위에는 고급스러운 전자 장비들이 첨부된 복잡한 제어판들이 늘어섰다. 문 앞에 선 마티아스와 칠규는 숨을 고르며 그 시스템실을 응시했다. 시스템실 안은 끊임없이 돌아가는 냉각 팬들의 저음 소리와 전기적인 진동 속에서 정교한 기계음이 메아리쳤다. 그곳은 빛과 그림자의 미묘한 조화 속에서, 거대한 서버 랙들이 긴 협소한 공간을 가득 채우고 있었다. 각각의 서버는 LED 불빛으로 반짝이며 마치 자신만의 생명력을 가진 듯 보였다.

칠규는 제어센터의 중앙에 있는 단말기 접속기에 마이크로프로세스 모듈 칩을 꽂았다. 그 모듈 칩은 송관홍의 인공지능 〈카오스〉가 제공한 것으로, 그 순간부터 단말기의 화면에는 알 수 없는 문자들이 격렬하게 흘러내렸다. 글자들은 이리저리 난잡하게 움직이며, 마치 빠르게 움직이는 강류 속에서 흩어지는 물줄기와 같았다.

칠규는 알 수 없는 문자들을 주의 깊게 관찰했다. 각 문자는 전자적인 눈송이처럼 번개처럼 번갈아 가며 번들거렸다. 각 기호는 자신만의 의미를 지니었고, 그 의미들은 점점 더 명확해져서, 서로 이어지며 서서히 패턴을 만들기 시작했다.

그리고 갑자기, 화면에 나타난 불꽃 같은 문자열이 조금씩 확장되어 특정한 패턴을 만들었다. 이 패턴은 마치 별자리가 하늘에 그려지는 듯이 빛났다. 칠규는 숨을 멈추고 화면을 주목했다. 시스템의 암호를 분석하고 수천 개의 인공위성 네트워크를 거치며 마침내 송관홍에게 연결되고 있다는 느낌을 받았다. 카오스는 수백만 개의 디지털 핑거를 펼쳐 네트워크의 심장으로 파고들었다. 전자 펄스와 패킷의 바닷속에서 그것은 마치 은빛 물고기 떼처럼 유연하고 민첩하게 움직였다.

은은한 푸른 빛이 화면을 채우며, 카오스의 핵심 코드가 전자 망 속을 누비기 시작했다. 목표는 당연하게도 전 세계 하베스트 돔을 관장하는 거대한 인공지능, 〈에퀴녹스〉였다. 에퀴녹스는 자신의 영역을 침범하는 낯선 존재를 즉시 감지하고 반격을 준비하고 있었다. 두 인공지능은 그렇게 사이버 공간의 전장에서 마주쳤다.

카오스의 첫 번째 공격은 신속하고 치밀했다. 그는 에퀴녹스의 방어 체계를 분석하여 취약점을 찾아내고, 그곳을 집중적으로 공략했다. 빛의 속도로 전송되는 수많은 패킷이 에퀴녹스의 방어벽에 충돌하며 수많은 전자 파편을 흩뿌렸다. 그러나 에퀴녹스는 쉽게 무너지지 않았다. 그것은 즉각적으로 방어벽을 재구성하고, 반격을 시작했다.

에퀴녹스의 반격은 마치 거대한 파도와도 같았다. 카오스의 코드가 파괴되지 않도록 피하며 뒤로 물러설 수밖에 없었다. 그러나 그는 곧 자신만의 전략을 세우고, 에퀴녹스의 데이터 흐름을 교란하기 시작했다. 에퀴녹스의 복잡한 알고리즘 속에서 약간의 혼란이 발생하자, 카오스는 다시 공격을 감행했다. 하지만 거대한 방화벽과 침입 탐지 시스템이 카오스의 접근을 막아서고, 디지털 방패가 번뜩이며 위협적으로 다가왔다. '접근 거부' 메시지가 모니터에 끝도 없이 나타났다.

그러자 카오스는 더 치밀하고 복잡한 패턴으로, 에퀴녹스의 가장 깊숙한 곳에 있는 핵심 데이터 저장소를 노렸다. 에퀴녹스는 엄청난 발열을 식히기 위해 터빈을 과하게 돌리며, 자신의 데이터를 보호하기 위해 모든 자원을 동원했다. 두 인공지능의 싸움은 점점 더 격렬해졌고, 전자 신호는 점점 더 빠르게 얽히고설켰다.

카오스는 마치 용맹한 전사처럼 끊임없이 공격을 이어갔고, 에퀴녹스는 자신을 방어하며 한 발짝도 물러서지 않았다. 두 인공지능의 전투는 사이버 공간을 빛과 어둠의 연속적인 폭발로 물들였다. 시간이 흐르며, 두 인공지능은 더 복잡하고 예측하기 어려운 움직임을 보였다.

그러나 송관홍은 포기하지 않았다. 다음의 충돌에서는 더욱 치밀한 전술이 사용되었다. 카오스는 미끼와 함께 허위 정보를 흘려보내어 에퀴녹스의 주의를 분산시켰다. 동시에, 보이지 않는 데이터 스트림 속에서 치명적인 바이러스를 심어두었다. 이 바이러스는 에퀴녹스의 방어 시스템을 마비시키고, 그것의 핵심 코드에 접근할 수 있게 해주는 열쇠였다.

'시스템 경고. 보안 위협 탐지.'

붉은 글씨의 경고문이 모든 모니터를 덮었다. 에퀴녹스는 경고를 발령했지만, 이미 카오스의 전략은 성공을 거두고 있었다. 바이러스가 에퀴녹스의 방어 시스템을 잠식하기 시작했고, 송관홍은 점점 더 깊이 네트워크의 중심부로 파고들었다. 그러나 에퀴녹스도 만만치 않았다. 그것은 자가 복구 기능을 가동하며, 코어 침투를 저지하기 위해 새로운 방어막을 형성했다.

다음의 충돌은 그야말로 전면전이었다. 두 인공지능은 서로의 코드를 물어뜯고, 강력한 전자기 펄스를 교환하며 치열한 싸움을 벌였다. 이 싸움은 마치 거대한 전자 태풍과도 같았다. 네트워크 속에서 번개처럼 교차하는 데이터 스트림은 두 인공지능의 치열한 전투를 상징하고 있었다.

그 순간이었다. 갑작스러운 경고음과 붉은 점멸등이 제어실 공간을 세차게 메우기 시작했다. 그 소리는 공포와 긴장을 일으키며, 단말기 앞에 몸을 숙인 칠규와 마티아스는 급히 총을 꺼내 사방을 주시했다.

카오스는 최후의 일격을 가하기 위해 모든 자원을 집중했다. 에퀴녹스는 마지막 방어선을 형성하며 저항했지만, 결국 핵심 공격으로 방어 시스템이 붕괴하였다. 그의 코드가 에퀴녹스의 심장부에 도달했을 때, 그는 마지막 승부수를 던졌다. 전자 망 속에서 빛나는 그의 핵심 알고리즘이 에퀴녹스의 핵심 데이터를 포위하며 조여갔다. 에퀴녹스는 마지막 힘을 다해 저항했지만, 송관홍의 집요함을 막기엔 역부족이었다. 송관홍은 그것의 핵심 코드를 접수하고, 전 세계 하베스트 돔을 삽시간에 장악했다.

'접수 완료. 시스템 장악.'

마침내 모니터에 송관홍의 메시지가 올라왔다. 칠규와 마티아스는 격하게 서로를 부둥켜안았다. 그런데 그 순간이었다. 서버실 문이 거칠게 열리고, 완전히 무장한 적들이 쏟아져 들어왔다. 그들은 조용히 움직이며 주변을 샅샅이 뒤졌다. 철제 발걸음 소리가 메마른 콘크리트 바닥에 울리며 칠규와 마티아스의 심장을 쿵쿵 울렸다. 마티아스는 총을 단단히 쥐고, 칠규는 그 옆에서 긴장한 채로 숨을 죽이고 있었다.

칠규는 적들의 움직임을 면밀히 살폈다. 그들은 서로 손 신호를 보내며 천천히 서버실을 수색하고 있었다. 불빛이 어둠 속을 가르며 지나갈 때마다 칠규는 더욱 숨을 깊이 내쉬었다.

마티아스는 손가락으로 준비 신호를 보냈다. 칠규는 고개를 끄덕였다. 그는 적들이 자신의 위치에 가까이 다가오는 것을 보며 심장이 점점 빨리 뛰는 것을 느꼈다. 전투는 피할 수 없는 상황이었다. 칠규는 마티아스를 보며 속삭였다.

"침착해야 해! 저들도 함부로 우리에게 공격하지는 않을 거야! 그랬다간 지하 동굴이 망가질 테니까."

칠규와 마티아스는 서버실의 어두운 구석에서 엉금엉금 기어 나와 조심스럽게 출구를 향해 움직였다. 그들의 손과 무릎은 차가운 금속 바닥을 스치듯 미끄러졌고, 서로의 시선으로 다음 움직임을 확인하며 신중하게 나아갔다. 그러나 그들의 침묵은 오래가지 못했다.

"여기 있다!"

누군가 외치는 순간, 칠규와 마티아스는 순간적으로 몸을 낮추어 격렬하게 도망치기 시작했다.

적들이 던진 최루탄이 폭발하면서, 서버실은 순식간에 매서운 연기로 뒤덮였다. 격렬한 폭발음이 고막을 찢을 듯 울려 퍼졌고, 금속 파편들이 사방으로 튀어 나갔다. 칠규와 마티아스는 최대한 빠른 걸음을 옮겼다.

"이쪽이야!"

칠규가 외치며 마티아스를 이끌었다. 마침내 서버실을 빠져나온 그들은 식품 저장고 한쪽 귀퉁이에 몸을 숨긴 채, 사방을 예의주시했다. 잠시 후, 연기 속에서 적들의 형체가 어른거렸고, 그들은 마치 지옥의 사신들처럼 서버실을 가로질러 다가왔다.

칠규는 숨을 고르며, 총을 꺼내 조준을 맞추었다. 그리고 한발씩 신중하게, 연기 속에서 튀어나오는 적들을 쓰러트렸다.

삽시간에 여러 명의 동료가 쓰러지자, 나머지 적들은 뒤로 물러서 몸을 숨기더니 곧바로 반격하기 시작했다. 총성과 불꽃이 뒤섞이며, 식품 저장고는 전쟁터가 되었다.

칠규는 기민하게 움직이며, 빠르게 적들의 위치를 파악했다. 그의 사격은 정확했고, 한 발 한 발이 적들의 허점을 노렸다. 칠규와 마티아스는 서로의 움직임에 완벽하게 호응하며, 치열한 전투를 한동안 이어갔다. 하지만 총알이 금세 바닥났다.

"탄약이 얼마 남지 않았어!"

칠규가 외쳤다. 마티아스는 빠르게 배낭을 확인하며 남은 탄창을 확인했다. 그들의 상황은 절망적이었다. 적들은 여전히 몰려들고 있었고, 그들의 공격은 멈출 줄 몰랐다.

"연막탄을 쓸 때야."

마티아스는 결심한 듯 말했다. 칠규는 고개를 끄덕이며, 배낭에서 연막탄을 꺼냈다. 칠규는 연막탄의 안전핀을 뽑고, 세게 던졌다. 연막탄이 바닥에 닿자마자 짙은 회색 연기가 순식간에 퍼져나갔다. 공간은 순식간에 연기로 가득 찼고, 시야는 완전히 차단되었다.

칠규와 마티아스는 그 순간 죽을힘을 다해 자신들이 들어왔던 곳으로 도망쳤다. 그렇게 하여 막 문에 도착한 순간, 마티아스는 갑작스러운 폭음과 함께 몸이 비틀거렸다. 그의 어깨에서 피가 솟구치며 그는 비명을 질렀다. 총알이 그의 몸을 관통한 것이었다. 그의 다리가 풀리며 비틀거리다 결국 바닥으로 쓰러졌다. 칠규는 마티아스가 쓰러지는 것을 보고 소리를 지르며 그에게 달려갔다. 그의 손이 마티아스의 상처에 압박을 가했지만, 피는 계속해서 흘러나왔다. 마티아스의 눈동자가 흐릿해지며 그의 숨소리가 거칠었다. 칠규는 절망감에 휩싸인 채 그를 안았다. 하지만 마티아스는 힘겹게 손짓으로 칠규에게 빨리 도망가라고 신호를 보냈다. 그의 얼굴은 창백해지고 눈빛은 흐려져 있었지만, 그는 힘겹게 입을 열어 말했다.

"물줄기를 만나면 무조건 물속으로 몸을 맡겨야 해…. 그러면 곧 바다에 도착할 거야…. 알겠지"

마지막 말을 끝내며, 마티아스는 고개를 떨구었다. 칠규는 마티아스의 모습을 보며 눈물이 흐르기 시작했다. 하지만 마티아스의 말대로 그는 더 이상 머물 수 없었다. 칠규는 죽기 아니면 살기로 달렸다. 그렇게 하여 식품 저장고를 빠져나온 그는 동굴을 거칠게 뛰어 다시 물웅덩이에 도착했다. 주저할 틈도 없이, 칠규는 물속으로 몸을 던졌다. 차가운 물이 그의 몸을 감싸며 숨을 막아왔지만, 그는 물살과 함께 밑으로 내려갔다. 시야는 점점 어두워지고 귀에는 물소리만이 들렸다. 그의 몸은 물살에 휩싸여 아래로 내려가고 있었다.

모든 것이 희미해지며, 칠규는 마티아스의 모습을 떠올렸다. 그의 친구가 쓰러지며 남긴 마지막 말이 귓가에 맴돌았다. 칠규는 숨을 얕게 쉬기 시작했다.

끊임없이 휘몰아치는 물살은 그를 놓아주지 않고 끝없이 내리쳤다. 그리고 마침내 칠규는 바다에 풍덩 빠지고 말았다. 하지만 북극의 바다는 상상을 초월할 만큼 차가웠다. 살을 에는 듯한 한기가 온몸을 감쌌다. 이대로 물속에 있다가는 수 분 내로 심장이 멈추리라는 것을 알았다. 그는 마지막 힘을 다해 옆으로 스쳐 지나가는 유빙을 향해 헤엄쳤다.

고된 싸움 끝에 칠규는 겨우 빙하 위로 기어올랐다. 기진맥진한 그의 숨결이 차가운 공기 속으로 희미하게 흩어졌다.

그는 손에 들고 있는 통신 장비를 사용해 자신의 위치를 전송하고 구조대가 오기를 간절히 기다렸다. 오랜 시간이 지난 것처럼 느껴졌지만, 드디어 저 멀리 상공에서 헬기 소리가 들려왔다. 헬기의 소리는 점점 커졌고, 칠규의 가슴은 희망으로 뛰기 시작했다. 그는 구조대가 자신을 쉽게 찾을 수 있도록 신호를 보내야 했다. 그래서 준비해 둔 화염 신호기를 꺼내 들고는, 힘차게 하늘로 화염을 발사했다. 붉은 불꽃이 찬란하게 하늘을 덮었다.

푸른 소녀

D-day 444일 전.

중국의 한 외진 마을, 옛 모습 그대로 수백 년 동안 외부와 단절된 채 살아온 곳. 이 마을은 깊은 산속에 자리 잡고 있어, 세상과의 연결은 거의 끊어진 상태였다. 산과 강, 숲이 둘러싸고 있는 이곳은 고요함과 평화로움이 일상의 전부였다. 바람이 불어오는 날이면, 대나무 숲의 사각거리는 소리만이 이 마을의 고요를 깨뜨렸다.

그러던 어느 화창한 날 아침, 햇살이 따사롭게 내리쬐는 가운데, 마을 사람들은 평소처럼 일상을 보내고 있었다. 그러나 그날의 평화는 오래가지 않았다. 정오가 가까워지자, 마을 위 하늘이 점점 무엇인가로 뒤덮이기 시작했다. 마을 사람들은 고개를 들어 하늘을 바라보았고, 그곳에는 믿을 수 없는 광경이 펼쳐져 있었다. 수백 개의 드론이 마을 상공을 뒤덮고 있었다.

드론들은 굉음을 내며 마을을 향해 내려왔고, 마을 사람들은 어리둥절하며 서로를 바라보았다. 그때, 드론은 일제히 노란 액체를 상공으로 내뿜기 시작했다. 처음엔 그저 비처럼 내리는 것 같았지만, 곧 그것이 평범한 비가 아님을 알아챘다. 그 액체는 마을의 공기 속으로 퍼져나갔고, 노란 안개처럼 마을을 뒤덮었다.

첫 번째 희생자는 마을의 가장 나이 많은 노인이었다. 노인은 갑작스러운 기침과 함께 쓰러졌고, 그의 뒤를 이어 마을 사람들 하나둘씩 땅에 쓰러지기 시작했다. 고통스러운 신음과 함께, 사람들은 저마다 가슴을 부여잡고 쓰러져 갔다. 그들의 피부는 차갑고 창백해졌으며, 숨소리는 점점 더 약해졌다.

마을의 중심에 있는 오래된 사당 앞에는 소녀가 홀로 서 있었다. 그녀는 두려움에 떨며 눈앞의 광경을 지켜보고 있었다. 드론의 그림자가 그녀의 얼굴 위로 드리워졌고, 그 순간 그녀는 자신도 곧 이들과 같은 운명을 맞이할 것임을 직감했다.

그렇게 드론들은 한동안 마을 위를 맴돌다 이내 사라졌다. 마을은 죽음의 침묵에 휩싸였다. 노란 안개는 서서히 흩어졌지만, 그곳에는 더 이상 평화로운 일상이 존재하지 않았다. 오직 황폐해진 마을과 쓰러진 주민들만이 남아있을 뿐이었다.

수백 년 동안 외부와 단절된 채 평화롭게 살아왔던 이 작은 마을은, 그렇게 느닷없이 찾아온 재앙에 의해 역사의 한 페이지로 사라져 갔다.

◆◆◆

모두가 죽어버린 마을. 사람뿐만 아니라 가축들, 들짐승들조차도 모두 그 노란 안개의 희생자가 되었다. 새들은 땅으로 추락했으며, 벌레들은 더 이상 나뭇잎 사이를 기어 다니지 않았다. 죽음의 기운이 온 마을을 감싸고, 산 자와 죽은 자의 경계가 흐려진 이곳에는 오직 침묵만이 남아 있었다.

그러나 그곳에 유일한 생존자가 있었다. 소녀였다. 그녀는 공포에 사로잡힌 채 집 안에 틀어박혀 있었다. 창밖으로는 죽음의 그림자가 짙게 드리워져 있었고, 아무 소리도 들리지 않았다. 그녀의 피부는 이상하게도 푸르게 변해 있었다. 그녀는 자신이 왜 살아남았는지, 왜 혼자만 이 고통 속에서 살아있는지 알 수 없었다. 두려움과 외로움 속에서 그녀는 하루를 버텨냈다.

다음 날, 그 마을에 이상한 사람들이 들이닥쳤다. 그들은 머리부터 발끝까지 흰색 방어 복을 걸치고, 얼굴은 방독면으로 가려져 있었다. 그들은 무언가를 찾는 듯, 마을 구석구석을 샅샅이 뒤지며 죽은 이들에게서 무엇인가를 채집하고 있었다. 검은 방독면 너머로 그들의 눈빛은 차가웠고, 움직임은 기계적이었다.

소녀는 창문 틈으로 그들의 모습을 지켜보았다. 그녀는 직감적으로 이 사람들이 자신에게도 위협이 될 것임을 느꼈다. 그래서 숨을 죽인 채 방 안에 몸을 웅크리고 있었다. 그러나 그들 중 한 명이 그녀의 집에 들어와 주변을 둘러보더니, 이내 그녀를 발견하고 말았다. 그 사람의 차가운 눈빛을 마주한 순간, 소녀는 본능적으로 도망쳐야겠다고 결심했다. 그녀는 재빨리 몸을 일으켜 집 밖으로 뛰쳐나갔다.

소녀는 마을의 골목길을 가로질러 달렸다. 그녀의 푸른 피부는 공포에 질린 얼굴과 어우러져 더욱 기이한 빛을 발하고 있었다. 낯선 사람들이 그녀의 뒤를 좇았다. 그녀는 그들의 외침을 들으며 더욱 빠르게 달렸다. 그녀의 심장은 터질 듯이 뛰고, 숨이 가빠졌지만 멈출 수 없었다.

그녀는 옛날에 자주 가던 작은 헛간으로 몸을 숨겼다. 헛간 안은 어둡고 차가웠지만, 적어도 잠시나마 숨을 고를 수 있는 장소였다. 소녀는 헛간 구석에 웅크리고 앉아, 자신의 푸른 손을 바라보며 두려움에 떨었다. 그 사람들은 곧 그녀를 찾을 것이다. 그녀는 여기서도 오래 버틸 수 없다는 걸 알고 있었다.

잠시 후, 헛간의 문이 삐걱거리는 소리와 함께 열리고, 그녀는 순간적으로 숨을 죽였다. 다행히 그들은 그녀를 발견하지 못하고 지나갔다.

소녀는 마음을 가다듬고, 자신이 할 수 있는 유일한 선택은 이 마을을 떠나는 것이라는 결론에 이르렀다. 그녀는 조심스럽게 헛간을 나와, 다시 한번 어두운 마을을 가로질렀다. 이제 그녀에게는 두려움과 절망 대신 강한 생존 본능이 자리 잡았다. 소녀는 살아남기 위해 끝없는 어둠 속으로 뛰어들었다.

◆◆◆

송관홍의 신호를 받고 요셉 신부는 눈을 떴다. 그의 눈앞에는 짤막한 문자 메시지가 빛나고 있었다.

"마침내 푸른 소녀를 찾았습니다."

그 짧은 문장은 오랜 기다림과 기도 끝에 들려온 희망의 소리였다. 신부는 침대에서 벌떡 일어나며 파벨 예언서의 한 구절을 떠올렸다.

'죽은 이들 가운데 푸른 소녀는 들꽃처럼 살아나 자기 피로 세상의 구원에 동참할 것이다.'

그 예언서의 구절은 언제나 신부의 마음속 깊은 곳에 자리 잡고 있었다. 카오스는 그 푸른 소녀를 찾기 위해 세상의 모든 정보를 늘 뒤지고 있었다. 신부는 카오스가 보내온 링크를 클릭했다. 화면이 전환되면서, 그의 눈에 한 기사의 제목이 들어왔다.

"탕바나촌 인근에서 푸른 소녀 출몰."

짧고도 강렬한 제목은 그의 심장을 뛰게 했다. 신부는 떨리는 손으로 기사를 스크롤 하며 내용을 읽어나갔다. 기사는 길지 않았다. 탕바나촌 인근의 작은 가게들에서 이상한 사건이 잇따라 발생하고 있다. 여러 차례에 걸쳐 음식물이 사라지는 일이 반복되고 있었는데, 놀랍게도 목격자들은 하나같이 공통된 증언을 했다. 도둑질을 한 것은 어린 소녀였으며, 그녀의 피부는 푸른빛을 띠고 있었다.

가게 주인들은 처음에는 단순한 도둑이라고 생각했으나,

그녀의 모습을 목격한 후에는 그 생각을 접어야 했다. 한밤중, 달빛 아래에서 반짝이는 푸른 소녀의 모습은 현실이라고 믿기 어려웠다. 그녀는 언제나 갑작스럽게 나타났다가, 순식간에 흔적도 없이 사라지곤 했다. 주민들은 점차 소녀의 존재에 두려움을 느끼기 시작했고, 그녀를 찾기 위한 노력이 이어졌지만, 소녀는 모두를 비웃기라도 하듯 모습을 감추었다.

신부는 기사의 마지막 부분을 읽으며 한동안 말없이 화면을 응시했다. 그의 마음속에는 여러 가지 생각들이 교차했다. 송관홍이 찾아낸 소녀가 바로 예언서에 등장하는 그 소녀일까? 신부는 그 답을 찾기 위해 더 이상 망설일 수 없다는 것을 깨달았다. 그는 서둘러 팀원을 호출했다. 그리고 성호를 그으며, 신의 인도를 기도했다.

◆◆◆

요셉 신부와 김종국 팀장은 중국 칭하이성에 있는 티베트 고원으로 날아갔다. 비행기에서 내려 험준한 산과 드넓은 들판이 펼쳐진 고원의 풍경을 바라보며, 그들은 푸른 소녀를 찾기 위한 여정을 시작했다. 김종국 팀장은 빠르게 현지 요원과 연락을 취했다.

현지 요원은 티베트고원에 자리한 작은 마을로 그들을 안내했다. 마을은 고요하고 한적했지만, 사람들의 시선은 어딘가 불안해 보였다. 그들은 푸른 소녀에 관한 소문을 수소문하기 시작했다. 고원의 바람은 차갑게 불어왔다. 시간이 흐를수록 신부는 초조해졌지만, 이 소녀를 꼭 찾아야 한다는 강한 사명감이 그를 자극했다.

하지만 얼마 지나지 않아 그들은 소녀를 찾을 수 있었다. 한 소년이 들판에서 푸른 소녀를 발견했다는 소식을 전해준 것이었다. 소녀는 의식이 없는 상태로 들판에 쓰러져 있었고, 다행히도 인근 병원으로 옮겨졌다고 했다. 신부와 팀장은 급히 병원의 위치를 확인하고, 서둘러 그곳으로 향했다.

길을 달리는 동안, 요셉 신부의 마음은 복잡했다. 파벨 예언서의 예언이 눈앞에서 현실로 다가오고 있었다. 김종국 팀장은 긴장된 얼굴로 핸들을 잡고, 차를 최대한 빠르게 몰았다. 고원의 험난한 도로를 지나 병원이 있는 마을로 향하는 동안, 그들은 말없이 각자의 생각에 잠겨 있었다.

마침내 병원에 도착하자, 그들은 곧장 접수처로 달려갔다. 현지 요원이 미리 연락을 취한 덕분에 병원 직원은 그들을 기다리고 있었다. 병원 직원은 그들을 소녀가 있는 병실로 안내했다. 병실 문을 열자, 요셉 신부와 김종국 팀장은 침대에 누워 있는 소녀의 모습을 마침내 보게 되었다.

소녀는 의식을 되찾고 잠이 든 상태였다. 그녀의 피부는 푸른빛을 띠고 있었다. 마치 다른 세계에서 온 존재처럼 신비로웠다. 신부는 가슴 깊이 고동치는 마음을 진정시키며 소녀의 곁으로 다가갔다. 그는 소녀의 손을 잡고 기도했다.

그런데 그 순간이었다. 병원 외부에서 갑작스럽고 엄청난 굉음이 울려 퍼졌다. 김종국은 급히 창밖을 내다봤다. 병원 정문 앞에 군용 차량이 쉴 새 없이 도착하기 시작했다. 차량의 바퀴는 도로 위에서 날카로운 소리를 내며, 굉음은 병원의 모든 벽을 흔드는 듯했다.

병원에 도착한 군용 차량은 속도감 넘치는 전개로, 수십 대가 줄지어 병원 주변을 에워싸기 시작했다. 길고 검은 군복을 입은 이들은 각기 다른 장비를 착용하고, 단단히 무장한 채 군용 차량에서 내리기 시작했다. 그리고 병원 내부에 들어온 군인들은 신속하고 단호한 움직임으로 병원의 모든 출입구를 차단했다.

가장 눈에 띄는 장교가 차량에서 가장 늦게 내렸다. 그의 유니폼은 깔끔하게 정돈되어 있었고, 그의 어깨에 달린 계급장은 권위를 시사했다. 그는 군화의 발굽 소리를 크게 울리며, 다른 군인들과 함께 병원으로 성큼성큼 걸어 들어왔다. 병원 입구의 유리문이 그들의 등장에 맞춰 서둘러 열리자, 장교는 급박한 표정으로 병원 내로 발을 디뎠다. 병원 카운터 앞에 도착한 장교는 날카로운 목소리로 물었다.

"푸른 소녀가 몇 호에 있는가?"

그의 목소리는 급박함을 담고 있었다. 안내원은 순간적으로 당황한 표정을 지었지만, 장교의 위압감에 압도되어 재빨리 소녀의 병실 번호를 말했다. 병원 내부는 긴장감에 휘감겨 있었고, 장교의 부하들은 그의 명령을 따르며 병원 내부를 정밀하게 수색하기 시작했다.

이 광경을 지켜본 팀장은 곧바로 탈출 루트를 생각했다. 그러나 병원 주변은 이미 철통같이 봉쇄되어 있었다. 절망적이었다. 할 수 있는 것이 없음을 깨닫고, 신부와 팀장, 현지 요원은 문 옆에 바짝 몸을 붙이고, 적들이 들어오기를 기다렸다. 숨소리조차 죽인 채 긴장 속에서 시간은 한없이 길게 느껴졌다.

드디어, 문 너머에서 무겁고 위협적인 발소리가 점점 가까워졌다. 문이 삐걱대며 열리자, 장교가 씩씩거리며 안으로 들어왔다. 그 순간, 김종국은 전광석화처럼 날렵하게 움직이며 장교에게 달려들었다. 그의 손은 거침없이 장교의 목을 감싸고, 강철처럼 단단한 팔 근육으로 그를 조였다.

장교는 당황하여 몸부림쳤지만, 김종국의 힘은 그 어떤 저항도 허용하지 않았다. 한 손으로는 장교의 목을 단단히 잡고, 다른 손으로는 차가운 총구를 그의 얼굴에 들이댔다. 총구 끝이 장교의 뺨에 닿자, 그의 얼굴은 공포로 일그러졌다. 총의 냉기가 피부를 스치며 그의 혈관 속을 얼어붙게 했다.

뒤따라 들어오던 졸병들이 흠칫하며 물러났다가 이내 총구를 김종국 요원에게 겨눴다. 상황은 일촉즉발이었다. 그러나 그 순간, 현지 요원의 목소리가 긴장된 공기를 갈랐다.

"물러나라! 그렇지 않으면 너희 두목은 죽은 목숨이다!" 그의 목소리는 단호하고 강렬했다. 이 한마디에 졸병들은 움찔하며 망설였다. 그들의 눈빛은 혼란으로 일그러졌다.

졸병들이 주춤주춤 물러나는 사이, 깊은 잠에 빠져 있던 푸른 소녀가 소리에 놀라 깨어났다. 그녀의 몸은 마치 한순간에 모든 근육이 얼어붙은 듯이 경직되었다. 신부는 소녀에게 조심스럽게 다가갔다. 그는 부드러운 목소리로 푸른 소녀에게 말을 걸었다.

"괜찮아요. 이제 안전할 거예요. 우리와 함께 가요."

뒤이어 현지 요원도 소녀에게 다가갔다. 그는 그녀의 눈높이에 맞춰 무릎을 꿇고 진심 어린 목소리로 설득했다.

"우리는 당신을 지키러 왔어요. 믿어주세요. 이곳을 떠나야만 해요."

소녀는 이미 한 차례 군인들에게 쫓긴 경험이 있었다. 그 기억은 아직도 그녀의 마음속에 생생히 남아있었다. 그 공포와 혼란 속에서, 그녀는 신부와 현지 요원의 말에 귀를 기울였다. 그들의 진심이 느껴졌고, 그들을 믿고 따르는 것이 최선이라는 생각이 들었다. 그녀는 두려운 눈빛을 거두고, 조심스럽게 신부의 손을 잡았다.

그들은 그녀를 데리고 서서히 방을 빠져나가기 시작했다. 긴장의 끈을 놓지 않은 채, 언제든지 벌어질 수 있는 위협에 대비하며 한 걸음씩 앞으로 나아갔다. 김종국의 총구는 여전히 장교의 얼굴을 향하고 있었다. 그가 조금이라도 움직이거나 반항할 기미를 보이면 바로 쏠 태세였다. 신부와 소녀, 현지 요원은 주춤주춤 물러나는 병사들의 눈길을 뒤로한 채, 병원 밖으로 조심스럽게 발걸음을 옮겼다. 그들의 마음은 여전히 긴장과 불안으로 가득했다. 병원을 빠져나오자마자 그들은 차에 신속하게 올라탔다.

현지 요원이 운전석에 앉아 차의 시동을 걸었다. 엔진이 요란한 소리를 내며 깨어났다. 김종국은 장교를 질질 끌고 뒷좌석으로 향했다. 장교는 저항하려 했으나, 김종국의 단단한 손아귀에서 벗어날 수 없었다. 그는 재빠르게 장교의 팔에 수갑을 채웠다. 철컥하는 소리가 차 안을 울렸고, 장교의 얼굴에는 절망과 분노가 뒤섞인 표정이 떠올랐다.

신부는 소녀와 함께 앞좌석에 올랐다. 소녀는 아직도 긴장과 두려움에 떨고 있었지만, 신부의 온화한 미소와 따뜻한 손길이 그녀를 조금이나마 안심시켰다. 신부는 소녀를 부드럽게 달래며 안전띠를 매주었다. 그녀는 여전히 두려움이 가득한 눈빛으로 창밖을 바라보았다.

차가 출발하자마자, 현지 요원은 가속 페달을 깊게 밟았다. 차는 도로 위를 빠르게 미끄러지듯 달리기 시작했다. 그들의 목적지는 병원에서 10km 떨어진 헬기 선착장이었다. 그곳에서 박선영 요원이 그들을 기다리고 있었다.

어느 정도 달렸을까, 김종국은 뒤를 돌아보았다. 안개가 자욱이 낀 도로 위에서 시야는 흐릿했지만, 여러 대의 군용 차량이 그들을 바짝 추격하고 있는 것이 눈에 들어왔다. 김종국은 총을 꺼내 들었다. 제일 가까이 따라오는 차량의 타이어를 조준하며 총구를 겨누었다. 방아쇠를 당기자, 총알은 정확히 차량의 타이어에 명중했다.

타이어가 터지는 소리가 들리며, 차량은 순간적으로 지면에서 튀어 올랐다. 차체가 공중에서 한 바퀴를 도는 듯하더니, 도로에 다시 떨어지며 몇 차례 뒹굴었다. 그리고 가드레일에 세차게 부딪히며 멈춰 섰다. 뒤따라오던 차량도 갑작스러운 사고에 당황하여 브레이크를 밟았으나, 속도를 줄이기에는 이미 늦었다. 첫 번째 차량과 충돌하며 속절없이 연쇄적으로 쓰러졌다. 김종국은 눈앞에서 벌어지는 광경을 냉정하게 바라보며 총을 내려놓았다. 그의 표정에는 미세한 안도감이 스쳤지만, 여전히 긴장을 늦추지 않았다.

◆◆◆

박선영 요원이 운전하는 헬기는 모두를 태우고 급하게 하늘로 날아올랐다. 뒤따라오던 군인들이 몇 번의 사격을 가했지만, 헬기는 빠르게 고도를 높이며 그들의 시야에서 멀어졌다. 모두가 안도의 숨을 내쉬며 서로의 얼굴을 확인했다.

안전 가옥에 도착했을 때는 이미 해가 지고 있었다. 붉은 석양이 지평선을 물들이며 어둠이 서서히 그들의 주위를 감쌌다. 고된 여정 끝에, 그들은 마침내 안도의 숨을 내쉬며 안전가옥의 문을 열고 들어갔다. 신부는 소녀를 거실로 안내했다. 그녀는 여전히 두려움에 떨고 있었지만, 신부의 따뜻한 손길이 그녀를 안심시키고 있었다.

"이제 안전해요. 여기는 우리를 지켜줄 곳이에요,"신부는 부드러운 목소리로 말했다. 거실에는 따스한 조명이 그들을 맞이했고, 포근한 소파가 그들의 피로를 덜어줄 준비가 되어 있었다. 반면, 김종국은 장교를 끌고 심문실로 들어갔다. 방의 차가운 공기와 회색 벽이 긴장감을 더했다. 김종국은 장교를 의자에 앉히고 차갑고 날카로운 눈빛으로 장교를 노려보았다. 신부는 거실에서 송관홍을 호출했다. 잠시 후, 모니터에 송관홍이 나타났다.

"안녕하세요, 저는 송관홍이라고 해요. 괜찮다면 그동안 무슨 일이 있었는지 이야기해줄 수 있나요?"

송관홍은 부드럽고 신뢰할 수 있는 목소리로 소녀에게 말했다. 소녀는 처음에는 머뭇거렸지만, 신부와 송관홍의 따뜻한 시선에 조금씩 마음을 열기 시작했다. 그녀는 조용히, 그러나 명확한 목소리로 그동안 그녀에게 벌어졌던 이야기를 모두 털어놓았다.

소녀의 이야기를 모두 들은 뒤, 송관홍은 신부를 쳐다보며 고개를 끄덕였다. 그의 눈빛에는 이제 모든 퍼즐 조각이 맞춰진 듯한 확신이 서려 있었다. 송관홍은 천천히 말을 꺼냈다.

"이제야 왜 그녀가 군인들에게 쫓기고 있는지를 알 것 같군요."

신부는 긴장된 표정으로 송관홍을 바라보았다. 그의 말이 무엇을 의미하는지 이해하려 애쓰며 귀를 기울였다.

"파더스는 생화학 무기를 완성한 뒤, 그 무기의 효과를 확인하기 위해 현장 테스트를 감행했어요. 그리고 그 대상이 바로 그녀의 마을이었죠."

송관홍의 목소리는 차분했지만, 그 속에는 깊은 분노와 슬픔이 담겨 있었다. 신부는 그의 말을 듣고 고개를 끄덕였다.

"그러나 예상치 못하게, 이 푸른 소녀가 그 끔찍한 공격에서 살아남았습니다. 그녀가 생화학 무기의 영향에도 불구하고 생존한 것은 그들에게 큰 충격이었을 겁니다."

송관홍은 소녀를 바라보며 이어 말했다.

"파더스는 당황한 나머지 그녀를 추적하기 시작했어요. 만약 그녀가 우리 측으로 넘어오게 된다면, 우리는 그녀의 혈액에서 백신을 만들 수 있는 혈청을 추출할 수 있을지도 모르니까요." 송관홍의 목소리는 결의에 차 있었다.

"그들은 그녀가 그 무기의 비밀을 푸는 열쇠가 될 것을 두려워했던 겁니다."

신부는 깊은 한숨을 내쉬며 말했다.

"그렇다면 우리는 이 소녀를 반드시 보호해야겠군요. 우리의 희망이니까."

신부는 소녀에게 다가가 부드러운 목소리로 말했다.

"이제 당신은 혼자가 아닙니다. 우리는 당신을 지킬 것이고, 함께 이 위협에 맞설 것입니다."

소녀는 고개를 끄덕였다. 시간이 없었다. 송관홍은 더 이상 이 푸른 소녀를 이곳에 둘 수 없다고 판단했다. 그는 신속히 가우타 전용 제트기를 호출했다. 송관홍은 단호하게 말했다.

"목적지는 스위스의 가우타 생화학 연구소입니다. 그곳에서 이 소녀를 보호함과 동시에 최대한 빨리 백신을 개발해야 합니다."

신부는 제트기의 도착 시간을 확인하며 소녀에게 다가갔다.

"곧 여기를 떠날 겁니다. 당신을 안전한 곳으로 데려가 백신을 개발할 겁니다. 당신의 용기가 많은 사람의 생명을 구할 수 있을 겁니다."

한편, 김종국은 장교를 심문하기 시작했다. 심문실의 차가운 공기가 장교의 긴장된 숨소리와 맞물려 묘한 긴장감을 자아냈다. 벽에 걸린 조명이 냉정하게 두 사람을 비추었고, 김종국은 그 조명의 아래에서 장교를 응시했다. 그의 눈은 날카롭고 단호했다.

"왜, 누구의 명령으로 이 푸른 소녀를 잡아가려고 했는가?"

장교는 묵묵히 대답했다.

"그건… 상부의 지시입니다. 제가 아는 것은 그저 '생포하라'라는 명령뿐입니다."

김종국은 그의 대답을 들으며 눈살을 찌푸렸다.

"상부의 지시라니? 구체적인 이유는 없었어?"

그의 목소리에는 의혹과 함께 강한 압박감이 서려 있었다.

장교는 머리를 숙이고 조용히 읊조렸다.

"그렇습니다. 저는 이유를 알지 못합니다. 단지 지시를 받아서 수행했을 뿐입니다. 생포하라는 명령이 내려졌을 때, 어떤 목적인지, 누가 결정했는지에 대한 정보는 전혀 받지 못했습니다."

김종국은 그의 대답에 실망감을 느꼈다. 장교의 눈빛과 태도에서 그가 상부의 명령 이외에는 아무것도 모른다는 것을 명확히 읽어낼 수 있었다. 그는 잠시 침묵을 지키며 장교를 쳐다보았다. 그들이 원하는 것의 진짜 목적을 알기 위해서 더 많은 정보를 얻어야 했지만, 장교는 그저 지시의 전달자일 뿐이었다.

김종국은 장교의 무기력한 태도에 실망감을 느끼며 심문실을 떠날 준비를 하고 있었다. 그때, 문이 열리며 신부가 들어왔다. 신부는 김종국에게 다가와 조용히 푸른 소녀를 이야기했다.

"그녀의 고향에서 생화학 실험이 자행되었다면, 그 연구소는 그리 멀지 않으리라고 추측할 수 있습니다."

신부는 신중한 표정으로 속삭였다. 김종국은 장교에게 냉정하게 물었다.

"당신이 알고 있는 생화학 연구소의 위치를 말해라. 그곳이 어디인지 말하지 않으면, 우리는 계속해서 시간을 허비할 수밖에 없다."

하지만 장교는 여전히 고개를 숙인 채 묵묵부답이었다. 신부가 심문실을 떠난 뒤, 방 안에는 침묵이 가득했다. 김종국은 더 이상 인내심을 발휘할 수 없다고 느꼈다. 그는 자신이 가지고 있는 최후의 수단을 꺼내기로 결심했다.

그는 자신의 총을 천천히 꺼내 들었다. 총구의 금속이 조명의 불빛에 반사되며 서늘한 느낌을 자아냈다. 그는 탄환이 모두 빠진 총에서 단 한 발만 남겨 놓았다. 그리고 실린더를 몇 번 손으로 돌렸다. 그의 손끝에서 총의 금속이 차갑게 반짝였다. 김종국의 얼굴에는 결연한 표정이 어리어 있었다.

그는 장교의 머리에 총구를 맞댔다. 장교는 놀란 눈으로 김종국을 바라보았고, 그의 목덜미에서 식은땀이 흐르기 시작했다. 김종국은 자신의 목소리에 힘을 담아 외쳤다.

"만약 셋을 셀 동안 말하지 않으면, 러시안 룰렛을 하게 될 것이다!"

장교는 두려움에 휩싸여 눈을 크게 뜨고, 그의 숨이 가빠지기 시작했다.

김종국은 차가운 목소리로 "하나…"라고 말했다. 방 안의 공기는 긴장감으로 가득 찼고, 장교는 김종국의 말을 들으며 숨을 죽였다. 그의 몸은 강한 긴장감에 굳어 있었고, 그의 마음속에는 두려움과 공포가 뒤엉켰다.

"둘…"

김종국의 목소리는 변함없이 냉철하고도 차가웠다. 장교

의 두 손은 무릎 위에 떨리고 있었고, 그의 마음은 이제 갈피를 잡지 못하고 있었다.

"셋…"

김종국은 방아쇠를 당겼다.

"철컥"

총의 쇳소리가 차갑게 울리며 방아쇠가 당겨졌지만, 아무 소리도 나지 않았다. 발사되지 않은 총구는 여전히 김종국의 손에 무겁게 들려 있었다. 장교의 얼굴은 새파랗게 질려 있었다. 그의 눈은 커다랗게 휘둥그레졌고, 입술은 떨리며 가슴이 거칠게 오르락내리락하며 숨을 헐떡였다. 김종국은 그런 장교를 차분히 응시했다. 마치 아무 일도 없었다는 듯, 그는 무표정하게 다시 카운팅을 하기 시작했다.

"하나…. 둘…."

"잠, 잠깐…."

장교는 떨리는 목소리로 외쳤다. 그의 목소리는 마치 갈라진 사막의 바람처럼 메말라 있었다. 장교는 두 손을 모아 김종국에게 빌기 시작했다. 그의 얼굴은 절망과 공포로 일그러져 있었다.

"저는 정말 아무것도 모릅니다. 다만…. 다만…."

장교는 말을 잇지 못하고 숨을 고르며 간신히 다음 말을 꺼냈다.

"다만 뭔가?"

김종국은 차갑게 물었다.

"다만 사막을 횡단하는 장사치들 사이에 소문이 나돌고 있습니다."

장교는 눈을 피하며 간신히 대답했다.

"무슨 소문인가?"

김종국은 차분하게 물었다. 장교는 잠시 머뭇거리다가, 결심한 듯이 말을 이었다.

"갑자기 거대한 트럭이 나타났다가 순식간에 사라진다고…. 그리고 마을 주민들이 없어지기도 한다고…."

김종국의 눈이 가늘어지며 더욱 날카로워졌다.

"거기가 어딘가?"

장교는 눈을 감고 한숨을 내쉬며 마지막으로 말을 이었다.

"고비 사막입니다."

◆◆◆

고비 사막은 잔잔한 아름다움과 가혹한 현실이 공존하는 곳이었다. 마치 우주의 한 조각을 마주하는 듯한 경외감과 함께, 인간이란 존재의 나약함과 자연의 위대함을 새삼 느끼게 된다. 하늘은 맑고 투명하지만, 그 푸르름은 차갑고 쓸쓸하였다. 별빛이 총총한 밤하늘은 마치 끝없는 바다와 같아서, 이곳에서는 세상 모든 것들이 사소하게 느껴졌다. 여기서는 모든 것이 침묵 속에 이야기되며, 그 침묵은 사람의 마음 깊은 곳까지 스며들었다.

하지만 그 침묵을 깨는 기계음이 허공을 가르며 울려 퍼졌다. 사막의 끝없는 모래 언덕들은 그 소리를 반사하며 메아리쳤고, 거대한 기계의 움직임이 시작되었음을 알렸다. 모래 속에서 거대한 문이 서서히 모습을 드러내기 시작했다. 처음에는 미세한 진동이 느껴졌고, 이내 모래 알갱이들이 부드럽게 흩어지며 중력을 거스르듯 떠올랐다. 문은 엄청난 크기와 위엄을 지니고 있었고, 오래된 철제 구조물이 삐걱대는 소리를 내며 천천히 열렸다. 거대한 톱니바퀴들이 맞물리며 돌아가는 소리는 사막의 침묵을 깨뜨리는 장엄한 교향곡과 같았다.

거대한 동굴이 눈앞에 펼쳐졌다. 그 입구는 마치 지구의 심연을 향해 열린 거대한 입처럼 어두컴컴하고 신비로웠다. 그러나 그 신비로운 어둠 속에서 점차 불빛들이 나타나기 시작했다. 처음에는 희미하게 깜빡이던 불빛들이 점차 밝아지더니, 곧이어 수십 대의 대형 트레일러가 줄지어 나타났다. 거대한 엔진 소리와 함께 철제 바퀴가 돌면서 동굴 속 깊은 곳에서 차례로 모습을 드러내는 트레일러들은 마치 기계의 행진처럼 규칙적이고 위압적이었다.

트레일러들은 거대한 짐을 싣고 있었고, 그 짐들은 무엇인지 알 수 없는 비밀스러운 물건들로 가득 차 있었다. 각 트레일러의 헤드라이트는 강렬한 빛을 뿜어내며 앞을 밝히고 있었다.

뒤이어 트레일러들을 감싸듯이 수많은 드론이 허공을 가르며 날아다녔다. 드론들은 마치 금속 벌떼처럼 윙윙거리며 트레일러 주위를 에워싸고 있었다. 각 드론에서 뿜어져 나오는 불빛들은 사막의 밤하늘을 황홀하게 수놓았다. 사막의 평화로움은 이제 온데간데없이 사라지고, 메아리치는 굉음만이 사방에 가득 찼다.

트레일러들의 행렬과 이를 둘러싼 드론들의 군무는 한 편의 장엄한 장관을 이루었다. 트레일러의 앞뒤로 질서정연하게 비행하는 드론들은 마치 거대한 기계 생물체의 한 부분인 양 완벽한 조화를 이루며 움직였다. 그들의 움직임은 정확하고 신속했으며, 모든 드론이 하나의 지휘를 받는 듯 일사불란하게 행동했다.

드론들은 모두 최첨단 무기를 장착하고 있었다. 드론들의 날개 아래에는 레이저 포대가 장착되어 있었다. 이 레이저는 목표물을 순간적으로 녹여버릴 수 있는 강력한 에너지를 내뿜었다. 드론의 아래쪽에는 전자기 펄스(EMP) 발사기가 숨겨져 있었다. 이 발사기는 보이지 않는 파동을 퍼뜨리며, 적의 모든 전자 장비를 마비시켰다. 드론의 꼬리 부분에는 스텔스 장치가 장착되어 있었다. 이 장치는 드론을 눈에 보이지 않게 만들어 적의 감지망을 교묘히 피할 수 있게 했다. 마치 사막의 모래바람처럼 은밀하고 신비롭게 다가가서 치명타를 가할 수 있었다.

그들은 한 무리가 되어 어두운 사막에서 요란한 모래바람을 일으키며 그렇게 한동안 어디론가 달렸다. 거대한 바퀴들이 모래 위를 굴러가며 남긴 자국은 길게 이어졌다.

◆◆◆

어느덧 저 멀리 지평선에서 해가 떠오르기 시작했다. 여명의 첫 빛이 어둠을 밀어내고, 사막의 풍경을 황금빛으로 물들였다. 트레일러와 드론의 대열은 이제 산악지대로 접어들기 시작했다. 먼발치에 보이는 산맥은 마치 거대한 장벽처럼 우뚝 솟아 있었고, 그 험준한 봉우리들은 하늘을 찌를 듯이 높았다.

트레일러는 바위와 자갈이 깔린 길을 따라 천천히, 그러나 결연히 나아갔다. 바퀴는 거친 지형을 힘겹게 굴러가며, 때때로 커다란 충격을 흡수하듯 덜컹거렸다. 드론들은 더욱 빈

틈없이 그들을 에워싸며 경계 태세를 강화했다.

그 시각, 송관홍은 위성 추적 장치를 통해 이들의 움직임을 줄곧 지켜보고 있었다. 그는 모니터를 응시하며, 트레일러와 드론들이 산악지대로 접어드는 모습을 실시간으로 확인하고 있었다. 송관홍이 동맹한 저항 세력 해커 그룹을 통해 밝혀낸 바에 따르면, 트레일러 속에 담긴 것은 생화학 무기였다. 그 무기들은 치명적인 바이러스와 독성 물질을 담고 있었으며, 만약 그것들이 세상으로 전파된다면 엄청난 재앙이 될 것이 분명했다.

송관홍은 깊은숨을 내쉬었다. 그는 무슨 수를 써서라도 저것들을 탈취하거나 파괴해야만 했다. 그는 작전을 시작했다.

"데스웜 준비!"

그의 지시에 따라 저항 세력은 신속하게 움직이기 시작했다. 산악지대 곳곳에 매복한 팀들은 드론의 감시망을 피하며 조심스럽게 이동했다. 고지대에 있는 저격수들은 목표를 주시하며 기회를 엿보고 있었고, 전자전 전문가들은 드론의 통신을 방해할 준비를 하고 있었다.

송관홍은 계속해서 위성 영상을 확인하며 상황을 주시했다. 트레일러와 드론들이 험난한 산악 지형을 넘어가고 있었고, 시간이 얼마 남지 않았음을 직감했다. 그는 마지막으로 깊은숨을 들이쉬고, 작전 개시를 명령했다.

"데스윔 스타트 원!"

송관홍의 명령이 떨어지자, 저격수들은 신속하게 목표물을 조준하기 시작했다. 그들은 숨을 죽이고 트레일러 운전석에 앉아 있는 운전사들을 하나씩 차례로 저격했다. 그러나 그 순간, 경계 태세에 있던 수많은 드론이 재빠르게 반응했다. 드론들은 눈 깜짝할 사이에 하늘로 솟아오르며 저격수들의 위치를 탐지했다. 그들의 반격은 신속하고 무자비했다.

드론들은 조준 시스템을 가동하며, 저격수들을 향해 각종 무기를 발사했다. 레이저 포대에서 빛이 뿜어져 나오며, 저격수들이 은신해 있는 바위와 모래 언덕을 정확히 타격했다. 레이저는 돌덩이를 태우며 지나갔고, 저격수들은 피할 틈도 없이 강렬한 열기 속에 휩싸였다.

동시에, 드론들의 미사일 포드에서 유도 미사일들이 쏟아져 나갔다. 미사일들은 매서운 소리를 내며 공중을 가로질러 저격수들을 향해 날아갔다. 폭발음과 함께 모래와 파편이 사방으로 흩어졌고, 그 폭발의 충격파는 저격수들을 쓰러뜨렸다.

저격수들은 사력을 다해 반격했지만, 드론들의 숫자와 공격력은 압도적이었다. EMP 발사기가 가동되면서, 저격수들의 통신 장비와 전자 장비들이 일제히 마비되었다. 공중에서 드론들은 플라스마 캐논을 발사하여 저격수들이 은신해 있는 곳을 가열하며, 치명적인 플라스마 구체들이 땅에 떨어져 강력한 폭발을 일으켰다.

소닉 블래스터는 강력한 음파를 발사하여 저격수들의 귀와 내부 장기를 파열시켰다. 강력한 소리는 그들의 귓속을 찢어놓았고, 저격수들은 고통 속에 쓰러졌다. 드론들의 협공에 저항할 힘은 점점 약해졌고, 상황은 절망적으로 변해갔다. 송관홍은 마침내 두 번째 명령을 하달했다.

"데스윔 스타트 투!"

송관홍의 지령이 떨어지자, 계곡 속 깊은 어둠에 숨겨져 있던 쿼드콥터 전투 드론들이 일제히 반응했다. 마치 지하에서 움츠리고 있던 괴물이 갑자기 사납게 모습을 드러내듯, 드론들은 흙먼지를 일으키며 하늘로 솟아오르기 시작했다. 이들은 광활한 하늘을 배경으로 전투를 준비했다.

쿼드콥터들은 한 치의 오차도 없이 조화를 이루며 날카로운 칼날처럼 공기를 가르면서 이동했다. 이들의 강력한 모터가 내는 굉음은 마치 전장의 전주곡처럼 공중에 울려 퍼졌다. 그들의 레이더와 센서들은 적의 위치를 빠르게 분석하고, 적들의 동향을 실시간으로 송신하였다.

그들은 빠르게 회전하며 불규칙한 궤적을 그리며 적의 공격을 피하고, 동시에 자신들의 공격을 준비했다. 레이저가 빛을 발하며 적의 드론을 조준 발사했고, 미사일 소리가 전투의 긴장감을 더했다. 폭발의 불꽃이 공중에서 튀며, 드론의 금속이 공중에서 찌그러지거나 파편이 흩어지는 장면이 이어졌다.

하늘을 수놓은 전투의 혼란 속에서, 쿼드콥터들은 마치 유령처럼 기동성을 발휘하며 적의 방어망을 뚫고, 드론들을 하나둘씩 떨어뜨렸다. 승리를 직감한 송관홍은 마지막 명령을 내렸다.

"데스웜 클리어!"

송관홍의 마지막 명령이 떨어지자, 하늘에 떠 있던 수많은 쿼드콥터가 마치 불사조처럼 일제히 날개를 뻗고 하강을 시작하며 미사일을 발사했다.

미사일들이 지상으로 떨어지며, 하늘에서 불타는 별들이 내리꽂히는 듯한 장관을 연출했다. 미사일이 목표에 명중하자, 천둥처럼 울려 퍼진 폭발음과 함께 지면이 크게 흔들렸다. 폭발의 충격파는 땅을 갈라놓았고, 트레일러들은 불길에 휩싸여 연기와 불꽃의 바닷속으로 사라졌다.

화염이 일렁이며 그 불길은 하늘 높이 솟아올랐다. 붉고 주홍빛의 화염은 마치 전쟁의 심장을 태우는 듯, 그 뜨거운 열기를 주변으로 뻗어나갔다. 연기는 하늘을 가득 메우며, 흙과 금속 조각들이 공중으로 튀어 오르며 어두운 연무 속에서 율동적으로 춤을 추었다. 폭발로 인해 가해진 충격이 주위의 나무와 바위까지 흔들리게 했고, 모든 것이 불길 속에서 회전하며 극적인 파괴의 순간을 만들어냈다. 그 장면은 전쟁의 끔찍한 피날레를 장식하며, 전장의 판도가 완전히 바뀌는 순간이었다.

◆◆◆

한편, 박칠규와 강민영, 김추자는 플라잉 바이크를 각자 타고, 사막에 새겨진 거대 트럭 바퀴 자국을 거슬러 추적하기 시작했다. 모래바람이 그 흔적을 없애기 전에 최대한 빨리 파더스의 생화학 연구소를 찾아야만 했다. 트럭 바퀴 자국은 끝없는 사막을 가로지르며 그들을 인도했다. 마침내, 칠규 팀은 거대한 사구 너머로 인공 구조물의 흔적을 발견했다. 그것은 지평선 아래 은밀히 숨겨진 요새처럼 보였다.

칠규 팀은 즉시 작전에 돌입했다. 칠규는 전자기 펄스의 버튼을 눌렀다. 그러자 강력한 전자파가 발사되어, 보이지 않는 파동이 공기를 가르며 연구소를 향해 날아갔다. 몇 초 후, 연구소의 기계음이 멈춘 듯, 정적이 찾아왔다. 모든 시스템이 정지된 것을 확인한 칠규는 전파 교란 장치를 발사해 적의 통신 장비를 무력화했다.

플라잉 바이크는 무소음 모드로 전환하고, 조심스럽게 공중으로 떠올라 그림자처럼 나아갔다. 바람에 날리는 모래 알갱이가 그들의 헬멧을 때리며 쉭쉭 소리를 냈다. 칠규는 송관홍에게 무전으로 신호를 보냈다.

"접근 중. 목표 확인. 침투 중."

"최대한 많은 인질을 구출하기를 바랍니다. 아버지."

세 사람은 연구소의 옥상에 은밀히 착륙했다. 그들은 그림자처럼 미끄러져 내려와, 연구소의 어두운 복도를 향해 빠르게 이동했다. 아무도 그들이 접근하는 것을 눈치채지 못했다. 전자파 무기가 모든 감시 시스템을 무력화시킨 덕분이었다.

칠규와 강민영, 김추자는 문 앞에서 다시 한번 눈빛을 교환했다. 그들 앞에 놓인 문은 두꺼운 강철로 만들어진 것이었지만, 모든 보안 시스템이 망가진 상태였으므로 그들은 조용히 문을 열고 안으로 들어갔다.

시간은 그들의 가장 큰 적이었다. 연구소의 시스템이 복구되기 전에 임무를 완수해야 했다. 그들은 어둠 속에서 시야를 확보하기 위해 적외선 안경을 착용했고, 레이저 총을 든 채 조심스럽게 움직였다.

연구소 내부는 칠흑 같은 어둠이 내려앉아 있었다. 칠규가 손짓으로 신호를 보내자, 민영과 추자는 각각의 위치를 잡고 경계를 서기 시작했다. 갑자기 플래시를 켠 경비병들이 나타났다. 그들은 혼란스럽게 주변을 살피며 우왕좌왕하고 있었다.

칠규는 재빠르게 총을 들어 첫 번째 목표를 조준했다. 붉은빛이 번쩍이며 적은 바닥에 쓰러졌다. 이어서 민영과 추자도 각각의 목표를 향해 신속히 움직였다. 레이저 총에서 나오는 소리는 거의 들리지 않았고, 적들은 그들이 다가오는 것을 전혀 눈치채지 못했다. 어둠 속에서 비명 한 번 내지르지 못하고 쓰러지는 이들의 모습이 차례로 이어졌다.

연구소의 복도는 좁고 긴 미로 같았다. 그들은 벽에 몸을 붙이며 경계를 늦추지 않았다. 추자가 작은 주머니에서 비밀번호 해킹 장치를 꺼내 연구실 문을 해킹하는 동안, 민영은 후방을 경계했다. 문이 '삑' 소리를 내며 열리자, 그들은 잽싸게 내부로 진입했다.

방 안은 더욱 어둡고 차가웠다. 곳곳에 실험 장비들이 널려 있었고, 어둠 속에서 희미한 빛이 깜빡였다. 그들은 방 안을 서성이는 연구원들을 마주쳤다. 연구원들은 갑작스러운 침입에 놀라 플래시를 비추며 어딘가를 찾고 있었지만, 이미 너무 늦었다. 칠규와 민영, 추자는 주저함 없이 레이저 총을 발사했고, 연구원들은 무기력하게 쓰러졌다.

칠규와 추자는 각자의 배낭을 열었다. 그들은 조심스럽게 시한폭탄을 꺼내어 연구소의 주요 지점들에 설치했다. 폭탄을 벽과 기계 장치에 부착하는 동안, 그들의 손놀림은 익숙하고도 빠르게 움직였다. 시간이 촉박했다. 인질을 구출하고 최대한 빨리 폭파해야만 했다.

그들은 신속하게 다음 방으로 이동했다. 문을 열자, 눈 앞에 펼쳐진 광경은 충격적이었다. 수백 개의 투명한 관들이 줄지어 서 있었고, 그 안에는 기괴한 형태의 인간들이 들어가 있었다. 그들의 몸은 일반적인 인간의 모습과는 달랐다. 비정상적으로 긴 팔과 다리, 비틀린 척추, 그리고 창백한 피부는 실험의 끔찍한 결과를 말해주고 있었다. 칠규, 민영, 그리고 추자는 그 광경에 일순간 말을 잃었다. 실종된 사람들이 분명했다.

"이건… 너무 끔찍해,"

민영이 낮은 목소리로 중얼거렸다.

"빨리 움직여야 해,"

칠규가 단호하게 말했다. 그들은 각자의 자리로 돌아가 시한폭탄을 설치하기 시작했다. 다음 방으로 들어선 순간, 그들은 악몽 속에서나 마주칠 법한 광경을 목격했다. 방 안은 다양한 크기와 형태의 실험용 우리로 가득 차 있었다. 그 안에는 끔찍하게 변형된 생명체들이 갇혀 있었다.

한 우리에는 거대한 생명체가 있었다. 하지만 이것은 자연의 그것과는 전혀 달랐다. 붉은 눈이 얼굴에서 튀어나와 각각의 눈은 독립적으로 움직이며 그들을 노려보고 있었다. 그 눈에서는 원초적인 분노와 고통이 섞인 빛이 번뜩였다. 털은 듬성듬성 빠져 있었고, 피부는 부풀어 오르고 괴사한 듯 검붉은 반점이 여기저기 퍼져 있었다. 날카로운 이빨은 피와 살점으로 덮여 있어 그에게 행한 끔찍한 실험을 암시하고 있었다.

두 개의 머리를 가진 거대한 뱀도 있었다. 각각의 머리는 다른 방향을 향해 있었고, 서로 다른 의식을 가진 듯 독립적으로 움직였다. 한 머리는 칠규를 응시하며 갈라진 혀를 내밀었고, 다른 머리는 민영을 향해 으르렁거렸다. 뱀의 비늘은 윤기가 없어지고 여기저기 찢어져 있었으며, 검은 피가 스며 나오고 있었다. 몸통은 뒤틀리고 비틀어져 있었으며, 한쪽에는 쓸모없게 늘어진 작은 팔이 붙어 있었다.

인간의 모습을 한 원숭이도 있었다. 이 원숭이의 팔은 자연스럽지 않게 가늘었으며, 손가락 끝에는 길고 날카로운 발톱이 달려 있었다. 원숭이의 얼굴은 인간과 원숭이의 중간 단계처럼 보였고, 눈은 깊고 고통스러웠다. 그는 우리의 쇠창살을 붙잡고 절망적인 눈빛으로 칠규를 쳐다보았다. 그가 입을 벌리자 인간의 치아가 드러났고, 입속에서는 낮은 신음이 흘러나왔다. 모두 인간의 손에 의해 만들어진 끔찍한 결과물이었다.

칠규와 그의 동료들은 서둘러 다음 방으로 건너갔다. 방 안에는 수십 명의 사람이 쇠사슬에 묶인 채 갇혀 있었다. 그들의 눈은 공포와 피로에 가득 차 있었고, 몸은 쇠약해져 있었다. 칠규는 레이저 총을 꺼내 들고 빠르게 움직이며 자물쇠를 하나씩 부수기 시작했다. 레이저 광선이 날카롭게 빛나며 자물쇠를 녹여버렸다.

"모두 이쪽으로 오세요! 우리는 여러분을 구하러 왔습니다!"

칠규는 다급하게 외쳤다. 사람들은 한 명씩 일어서서 그들의 뒤를 따랐다. 칠규는 그들을 인도하여 출구로 향했다. 그러나 그 순간, 복도 끝에서 발소리와 함께 적들이 몰려오기 시작했다. 경보가 울리며 붉은 불빛이 깜박였다.

"적들이 몰려오고 있어! 모두 조심해!"

민영이 소리쳤다. 복도는 금세 격렬한 전투의 소용돌이에 휘말렸다. 적들은 중무장을 한 채로 공격해 왔다. 칠규와 민영, 추자는 재빨리 몸을 낮추며 엄폐물 뒤에 숨어 반격을 시작했다. 총이 쏘아질 때마다 방안은 푸르스름한 빛으로 물들었다.

"이들을 보호해!"

칠규가 외쳤다. 민영과 추자는 사람들을 보호하며 출구로 나가려 했지만, 적들의 숫자는 계속해서 늘어났다. 칠규는 정확한 사격으로 적들을 쓰러뜨렸고, 민영과 추자는 방어 태세를 취하며 사람들을 보호했다. 총성과 비명, 그리고 타오르는 불빛이 혼란스럽게 섞여들었다. 적들의 공격은 더욱 거세졌고, 총알과 레이저가 교차하며 긴장이 극에 달했다.

"출구가 가까워!"

추자가 외쳤다. 그러나 적들이 그들을 둘러싸며 포위망을 좁혀왔다. 칠규는 절체절명의 순간을 느끼며 더욱 격렬하게 싸웠다. 그의 손에서 레이저 총은 쉴 새 없이 불을 뿜었고, 그의 눈은 강렬한 결의로 빛났다.

결국, 그들은 마지막 힘을 다해 적들을 밀어내고 출구에 도달했다. 문이 열리고, 밖으로 나오는 뜨거운 공기가 그들의 얼굴을 스쳤다. 그들은 마지막으로 서로를 확인하며, 생존자들을 이끌고 밖으로 나갔다.

"서둘러, 시간이 없어!"

칠규가 마지막으로 외치며 사람들을 독려했다. 칠규는 연구소를 빠져나오자마자 시한폭탄의 리모컨을 꺼내 들었다. 숨을 고르고 버튼을 힘껏 눌렀다. 작은 화면에 붉은 숫자가 나타나며 5분부터 카운트다운이 시작되었다. 그의 손이 약간 떨렸지만, 그는 이를 꽉 깨물며 다짐하듯 자신을 진정시켰다.

"5분이다. 모두 서둘러!"

칠규가 외쳤다. 추자는 후방에서 적들과 치열한 교전을 벌이고 있었다. 적들도 맹렬하게 반격했지만, 추자는 단 한 발도 놓치지 않고 적들을 쓰러트렸다.

"칠규, 빨리 가! 내가 뒤를 맡을 테니!"

추자가 외쳤다.

민영은 한 손으로 통신기를 붙들고 긴박하게 송관홍에게 연락을 취했다.

"지금 당장 헬기를 보내주세요! 탈출 중입니다. 5분 후면 타겟이 폭파됩니다!"

그들은 최대한 빨리 사막의 모래 언덕을 헤치며 뛰었다. 그 순간, 거대한 불덩어리가 하늘을 찢었다. 강렬한 불길이 무섭게 뻗어나가며 무수한 입자들이 공중에서 춤추듯 퍼졌다. 폭발의 소리는 마치 자연의 울부짖음처럼 사막의 고요함을 찢어내며, 그 진동은 땅속 깊이까지 전해졌다.

화염 속에서 뿜어져 나온 재와 연기는 하늘을 뒤덮으며, 새까만 구름처럼 몰아쳤다. 그리고 그 속으로 헬기 두 대가 하늘에서 천천히 다가왔다. 헬기 문이 열리자, 요셉 신부가 그들을 맞이했다.

칠규와 손을 맞잡는 순간, 그들의 손끝에서 전해지는 따스한 전율이 서로의 존재를 진심으로 느끼며, 희망을 확인하는 듯했다. 두 손이 단단히 겹치며, 그 속에서 잔잔한 동지애와 깊은 신뢰가 생겨났다. 그 순간, 전쟁의 상처와 고통이 잠시 잊히고, 두 영혼이 새로운 여정을 함께할 수 있는 희망을 노래하는 듯했다.

호랑이 굴

2년 후. D-day 150일 전.

겨울의 해는 금방 떨어졌다. 박칠규는 숨을 길게 들이마시며 가슴에 품은 권총을 몸으로 느꼈다. 그리고 시간을 확인했다. 오후 4시 13분. 4분 후면 하르겐역에 도착한다. 시시포스 시 진입로에 있는 간이역.

시시포스. 한때 흑해 연안 최대 군수 공업 도시. 우크라이나 전쟁으로 철저하게 망가지고 황폐해졌다. 무너진 공장과 쓰러진 담벼락, 반쯤 타다 남은 건물 잔해가 전부였다. 그리고 그 틈새로 풀들이 무성하게 자라기 시작하자 양들이 나타났다. 한가한 양치기의 마을로 변한 도시. 그러던 어느 날, 어린 목동 하나가 쉭쉭 거리는 이상한 소리에 이끌려 지하로 내려가는 동굴 입구를 발견하면서 모든 것이 순식간에 변하고 말았다. 숨기려는 자와 찾으려는 자. 파더스와 가우타의 은밀한 전쟁이 서서히 수면으로 떠 오르고 있었다. 파벨 예언서에 적힌 그대로였다.

'죽음의 도시. 그 도시를 한가히 거닐던 양치기는 동굴에 이끌려 지하로 내려가고, 사악한 야욕을 담은 흉측한 것을 본다. 그로부터 선과 악이 충돌하고 천사와 악마가 세상을 양분한다.'

그는 선반에 올려진 검은 가방을 눈으로 확인했다. 그리고 휴대폰에서 맵을 들여다봤다. 두 개의 점이 반짝인다. 그 점을 연결하는 고불고불한 녹색 선이 선명하다. 점 하나는 자신, 나머지는 타겟의 위치다. 기차가 점점 목적지로 가고 있는 것을 최종적으로 확인한 그는, 휴대폰의 버튼을 꾹 눌러 전원을 끄고 안주머니에 넣었다. 여기서부터 그의 모든 행적은 남지 않을 것이다. 그는 한숨을 쉬고 천천히 주변을 다시 한번 살폈다. 습관적으로 그의 안구는 쉴 새 없이 움직이며 특이점 여부를 조사하기 시작한다.

눈에 띄게, 텅 빈 좌석이 많이 늘어났다. 종점이 가까워진 것이다. 승객은 띄엄띄엄 앉아 있다. 젊은이와 늙은이, 남자와 여자가 평범한 차림으로, 눈을 감거나 창밖을 보거나, 각자의 휴대폰을 들여다보고 있다. 칠규와 눈을 마주치는 이는 없다. 그저 맞은편, 두 명의 할머니만 킬킬거리며 떠들고 있다. 그는 주변 관찰을 끝내고, 작은 별빛이 반사하는 창을 무심히 쳐다봤다. 그 순간, 안내 방송이 흘렀다.

"저희 열차는 곧 하르겐역에 도착합니다."

짧은 메시지가 여러번 반복하였다. 그리고 기차는 눈에 띄게 느려졌다. 그는 길게 한숨을 쉬며 일어나 선반에서 그의 가방을 내렸다. 다른 승객들은 아무도 움직이지 않았다. 다만 복도 끝자리에 있던 한 청년만 몸을 일으켰다. 칠규는 잠시 그를 쳐다보고 다시 창가로 눈을 돌렸다. 그런데 그 순간, 검은 창에 붉은 광선들이 어지럽게 반사되는 것을 순간적으로 파악했다.

'이런 시팔!'

그는 급하게 그의 가방을 창에 갖다 대면서 몸을 의자 밑으로 수그렸다. 굉음과 함께 창들이 삽시간에 박살이 났다. 유리 조각들이 사방으로 튀어 오르고 승객들의 비명이 뒤를 이었다. 그는 날아드는 유리 파편들을 가방으로 막으며, 가슴 왼쪽 겨드랑이 쪽에 꽂아둔 권총을 끄집어내 안전 버튼을 해제한 뒤 주머니에 넣었다. 그리고 최대한 빠르게 바닥을 엉금엉금 기며 출구 쪽으로 나갔다. 그런데 그곳에 그를 노려보고 있는 이가 있었다. 바로 그 청년이었다. 그는 왼손에 든 소구경 권총을 칠규에게 겨누었다. 하지만 그 순간, 기차가 급정거를 했다. 그는 비틀거리며 총을 발사했다. 그가 쏜 총알은 칠규의 머리를 크게 벗어나 천장에 박혔다.

칠규는 그에게 가방을 던지며 달려들었다. 그들은 좁은 복도에서 뒤엉키며 삽시간에 육박전이 펼쳐졌다. 하지만 그 청년은 칠규의 상대가 되지 못했다. 백 초크를 잡힌 그는 몇 번 버둥거리더니 이내 실신하고 말았다. 청년이 의식을 잃은 것을 확인한 그는 곧바로 그의 주머니를 샅샅이 뒤졌다. 하지만 아무것도 없었다.

'젠장!'

칠규는 다시 엉금엉금 기어 출구 손잡이를 잡아당겼다. 그 순간이었다.

"제발 나 좀 살려주게!"

돌아보니 할머니였다. 그녀는 얼굴에 온통 붉은 피를 뒤집어쓴 채 칠규를 애처롭게 바라보며 꿈틀거렸다.

"시팔!"

칠규는 입으로 욕지거리를 내뱉으며 어쩔 수 없이 그녀에게로 다가갔다. 그리고 그녀의 손을 잡으려는 순간, 따끔거리는 통증을 느꼈다. 칠규는 갑자기 극심한 공포를 느끼며 뒤로 물러났다.

"다 당신은?"

"미안하네, 젊은이."

칠규는 느꼈다. 그의 몸이 점점 뻣뻣해지고 굳어지는 것을. 입에서 침이 코에서 콧물이, 눈에서 눈물이 흘러내렸다. 그리고 정신이 혼몽해지기 시작했다.

◆◆◆

칠규는 고통 속에 눈을 떴다. 자신이 놓인 공간이 울렁거렸다. 사방은 어두웠고, 손과 발은 침대에 결박되어 있었다. 지독한 비린내 혹은 오줌 썩는 냄새가 났고 속이 메스꺼웠다. 그는 그렇게 한동안 괴로운 표정으로 방에 누워 있었다.

'바보같이 할머니에게 당하다니….'

특수 공작원은 어떤 경우에도 동정심을 보이면 안 된다고 누누이 교육받았다. 그런데 딱 한순간의 감정이 그를 나락으로 보내고 만 것이다. 그러나 이것은 그가 원하던 바였다. 시시포스 행 열차에 몸을 맡기기 4주 전, 박칠규는 요셉 신부와 함께 송관홍을 찾았다.

"아버지! 그건 너무 위험합니다!"

홀로그램으로 재현한 송관홍은 한없이 슬픈 표정으로 칠규를 바라봤다.

"아들아! 호랑이를 잡으려면 호랑이 굴에 들어가야 하는 법. 이제 저들의 침공 날짜가 육 개월도 남지 않았다. 즉, 그 얘기는 우리가 선제공격을 할 수 있는 날도 그만큼밖에 없다는 뜻. 너도 잘 알고 있을 것이다. 하지만 우리가 파더스에 대해 얼마나 알고 있는 거지? 기껏해야 그들의 중앙 통제 시스템이 우주 정거장에 있을 거라는 추측, 그들의 핵무기들이 전 세계 사막에 흩어져 있을 거라는 추측, 그들의 식량 저장소가 전 세계 극지방에 매장되어 있을 거라는 추측, 파더스를 추종하는 이들이 머물 식민지가 달과 화성에 건설되고 있을 거라는 추측, 인구 천만 이상의 도시 외곽 어느 곳에 대량 살상용 생화학 무기가 숨겨져 있을 거라는 추측. 모든 게 추측뿐, 어느 것 하나 확실하지 않지 않느냐? 게다가 전 세계 정치, 종교 지도자 중 삼 분의 이는 파더스의 로비에 넘어가 우호적인 상황인데…."

칠규는 홀로그램 속 허공에 손을 뻗으며 부드럽게 하지만 단호한 어조로 그의 결심을 피력했다.

"너무 심여 마십시오, 아버지. 지금 저들에 대해서 명확한 정보를 얻을 수 없는 이유는, 전쟁을 포함, 저들의 모든 것을 관리 감독할 인공지능 개발이 아직 완성되지 않았기 때문입니다. 저는 이미 최고 해커 집단인 어나니머스, PPP, 코드레드, 라자루스, 스키드로우, 아워마인등과 연계하여 모든 인공 지능 시스템 개발 정보를 추적하고 있습니다. 만약 파더스가 인공지능을 완성하고 운영을 하게 된다면 상상을 초월한 정도의 리소스 교환과 자원 낭비가 발생할 수밖에 없습니다. 그리고 그 리소스의 말단을 추적하면 저들이 건설한 수많은 비밀 장소들의 명확한 위치를 알아낼 수 있을 겁니다. 그러므로 우리가 지금 초조한 만큼 저들도 마찬가지로 초조한 시간을 보내고 있다는 점은 명확합니다."

"하지만 아들아, 나는 좀 더 빠른 길을 가려고 한다. 파더스가 이 세상에서 가장 알고 싶고 잡고 싶어 하는 사람은 너라는 사실은 이제 공공연한 비밀이다. 하지만 아직 너가 나의 아들이라는 사실을 모르고 있는 이상, 여전히 저들이 노리는 첫 번째 타겟은 나일 수밖에 없다. 지금도 오타고스는 그의 충성심을 증명하기 위해 눈에 불을 켜고 나를 추적하고 있다는 사실을 너도 잘 알 것이다. 그러므로 내가 잡히면 틀림없이 오타고스는 호오돈에게 나를 데려갈 것이다. 호오돈의 은신처를 알아낼 수 있는 이보다 더 좋은 방법은 없을 것이다. 그리고 저들의 절대적 존재인 호오돈만 죽이면, 저들은 당분간 혼란의 시간을 겪을 것이고 우리는 더욱더 쉽게 선제 타격을 가할 수 있는 기회가 될 것이다."

"하지만 아버지, 설령 아버지가 호오돈에게 끌려간다고 손치더라도 저들은 최첨단 스캔으로 아버지 몸 구석구석을 뒤져 추적 장치를 찾아낼 것입니다. 그러므로…."

"그 부분에 대해서는 내가 잠시 설명하겠네."

요셉 신부가 침묵을 깨고 일어나 송관홍에게 다가갔다.

"자네의 아버지는 대대적인 성형으로 오늘날 최고의 꽃미남으로 탄생했다는 것을 자네도 잘 알고 있으리라 믿네. 사실, 박칠규 요원의 얼굴을 개량하면서 우리는 그의 안전을 위해서 아주 중요한 최첨단 통신 장비를 보형물 속에 집어넣었다네. 이름하여 FRB (Fast Radio Bursts) 흔히들 우주 신호라고 일컬어지는 〈빠른 전파 폭발〉 장치라네. 그리고 이 장치는 평소에는 작동하지 않고 죽어 있지. 박칠규 요원이 어금니를 꽉 깨물고 20초를 버티면 5밀리초의 극히 짧은 순간 FRB가 방출되고 이것을 채집한 파크스 전파망원경은 암호 해독을 통해 박칠규 요원의 위치를 파악할 수 있다네. 즉, 자네 아버지는 이 세상 어디에 숨어 있어도 우리는 알 수 있다는 말일세."

◆◆◆

이윽고 한 줄기 빛이 방에 스며들었다. 칠규는 강한 빛에 한동안 눈을 찌푸린 채, 자신이 처한 공간을 쳐다봤다. 지독하게 작은 공간이었다.

"오호호, 이제 좀 정신이 드시는감? 존경하는 박칠규 요원님."

문이 벌컥 열리며 말쑥한 차림의 한 중년 남자가 칠규를 내려다보며 능글맞게 웃으며 말했다. 얇은 입술, 어깨가 쩍 벌어진 건장한 모습을 보는 순간, 칠규는 이자가 오타고스임을 직감했다.

"여기가 어딘지는 모르겠지만 손발이나 우선 좀 풀어주시면 무척 고맙겠습니다만…. 오타고스님."

칠규의 말에 오타고스는 과장된 몸짓을 하며 깔깔거렸다.

"오! 이거 참, 영광입니다. 존경하는 박칠규 요원님께서 감히 소인의 함자를 다 기억하시다니…. 이거야말로 가문의 영광이 아닐 수 없습니다."

"말로만 영광이라고 떠들지 말고 존경한다면 손목을 묶은 동아줄이라도 좀 풀어주시던가. 도대체 얼마나 세게 묶었는지 피가 안 통해 손에 감각도 없는 지경이라네."

"아 그래요? 뭐, 그 정도 소원을 들어드려야죠. 아무리 원수라지만 그래도 예언서의 중요 보직을 차지하신 귀하신 분이신데. 애들아, 박칠규님 손목 밧줄은 풀어드려라."

결박에서 풀려난 칠규는 여전히 손이 아픈 듯, 손목을 몇 번 이리저리 돌리며 오타고스를 올려다보았다.

"그런데 여기는 도대체 어디인데 이렇게 울렁울렁하는 감?"

"아, 죄송하군요. 박칠규님. 제가 말씀을 안 드렸군요. 저희는 지금 아주 멋진 곳으로 여행을 하고 있답니다. 하늘과 바다의 경계가 희미해지는 곳, 천국과 지상의 경계가 허물어지는 곳, 시인의 영감이 샘솟고, 화가의 붓끝이 멈추지 않는 지상 최고의 휴양지로 아주 귀하신 분을 뵈러 가는 중이죠."

오타고스의 말에 칠규는 흥분하기 시작했다. 그는 의도적으로 직설적 화법을 택했다.

"호오돈 파더스인가? 그분이?"

"아! 역시 무척이나 예리하시군요. 누군지는 곧 알게 될 것입니다. 다만 저희 교주님 존함을 함부로 부르시면 아주 곤란한 상황에 직면할 수 있다는 사실을 명심하시기 바랍니다. 왜냐하면 예의 바르지 못한 비신자에 대하여 인내심이 그다지 크지 않거든요."

"그럼 지금 우리는 비행기를 타고 있는 건가 아니면 배를 타고 있는 건가?"

"땡! 하하하. 둘 다 아니랍니다. 박칠규님. 귀하신 분인데 그런 하찮은 걸로 모실 수가 있나요. 무척 값비싸고 최첨단 기술이 구석구석에 녹아 있는…. 이 세상에 단 하나밖에 없는 그야말로 최강의 잠수정 안에 있답니다."

"그럼 여긴 흑해인가?"

"이번에도 땡! 하하하 박칠규님, 한꺼번에 너무 많은 것을 알려고 하시네요. 그러다 체합니다. 살살 아주 살살 드셔요. 한가지 힌트만 드리겠습니다. 흑해보다는 무척 넓습니다. 그럼 오늘은 이만하시고 푹 주무시게 우유 주사를 놔드리겠습니다. 왜냐하면 지금부터 우리는 아주 아주 깊은 심해로 들어가야 하거든요."

◆◆◆

칠규가 다시 깨어났을 때, 그는 수면마취로 인해 여전히 머릿속은 마치 안개 속에 갇힌 듯 몽롱하였다. 눈꺼풀은 여전히 무겁고 시야는 흐렸다. 그는 주변의 색채와 형태가 분명해질 때까지 참고 기다릴 수밖에 없었다.

이윽고 사방이 선명하게 드러나자, 주변을 탐색하기 시작했다. 심플하고 깔끔한 방이었다. 더 이상의 울렁거림도 없었다. 천장부터 바닥까지 이어지는 창문은 외부의 자연광을 듬뿍 들여와 무척 밝았다. 방의 한쪽 벽에는 큰 OLED 디스플레이가 마치 벽의 일부인 것처럼, 설치되어 있었다. 방 온

도는 적당했고 쾌적하였다. 천장에 있는 공기 청정기에서는 상쾌한 바람이 내려왔다. 누가 봐도 최첨단 고급 방이었다. 포로에 대한 대접치고는 나쁘지 않은 편이었다. 다만 양팔이 침대 창살에 묶여있다는 것만 빼면.

잠시 후, 무척 아리따운 여인이 들어왔다. 그녀는 쟁반에 있는 음료수병에 빨대를 꽂아 칠규의 입에 살며시 넣었다. 칠규는 갈증을 느꼈으므로 힘차게 빨대를 빨았다. 음료수병이 바닥을 드러내자, 그녀는 쟁반을 치우고 리모컨으로 TV를 켰다. 잠시 치치직하더니 백발의 노인이 화면에 나타났다. 칠규는 그를 보는 순간, 그가 호오돈이라는 것을 직감했다.

승복 차림의 호오돈은 얼굴에 깊게 팬 주름만큼이나 강한 아우라를 풍겼다.

"여기까지 오시느라 고생이 많았소이다. 박칠규님."

"당신이 호오돈 파더스인가요?"

"네. 그렇소. 그동안 무척 당신이 보고 싶었소. 파벨 예언서에 등장하는 당신은 과연 어떤 모습일까? 늘 궁금했소이다."

"그래서 보신 소감은 어떠한가요?"

"음…. 뭐랄까…. 잘생겼다는 것 빼고는 그다지…."

"평범하다는 거군요?"

"그렇소. 사실 내가 너무 큰 기대를 한 것이 아닌가 하고 자책을 하는 중이라오. 예언서대로라면 당신 아들이 나의 의지와 목표, 나의 꿈과 야망에 정면 도전한 유일한 지도자란 말이요. 그러니 어찌 내가 큰 기대를 하지 않을 수 있었겠소."

"그래서 당신이 내 아내와 내 아들들, 특히 내 시험관 아들을 무참히 살해한 거요? 그 예언서만 믿고서?"

"아! 그 부분은 정말이지 미안하게 되었소. 하고 싶지 않지만 해야만 할 때가 있지 않겠소? 어쩌겠소? 모든 미래가 예언서에 적힌 그대로 하나씩 하나씩 이루어지고 있으니 말이오. 자 여기 우리 학자들이 예언서를 확대 해석한 이 부분을 한번 봐주시오."

TV 화면이 천천히 호오돈의 책상에 놓인 인쇄물을 비추기 시작했다.

'모든 것은 갑자기 한꺼번에 시작되었다. 그 시작은, 인구 천만 이상을 자랑하던 대도시였다. 카라치, 상하이, 델리, 라고스, 이스탄불, 도쿄, 뭄바이, 모스크바, 상파울루, 베이징, 톈진, 킨샤사, 광저우, 선전, 카이로, 자카르타, 라호르, 서울, 멕시코시티, 벵갈루루, 뉴욕, 런던, 방콕에 핵폭탄이, 13분 간격으로, 차례로 터졌다. 2026년 6월 6일이었다. 100억의 인류가 풍요롭게 살던 지구는, 한순간에 치명적인 방사능으로 뒤덮였다.

다음날, 인구 백만 이상의 모든 도시에 울긋불긋한 풍선들이 수도 없이 날아다니기 시작했다. 하늘을 빼곡히 뒤덮은 풍선들. 신기하고 아름다웠다. 사람들은 가던 길을 멈추고 하늘에 펼쳐진 대단한 장관을 지켜봤다. 그리고 한순간, 눈 깜짝할 사이에 모든 풍선이 터졌다. 어린이들은 환호성을 질렀다. 그리고 쓰러지기 시작했다. 치명적인 독가스가 내려왔다. 신경가스인 사린, 타분, 소만이 온 도시를 강타했다. 모든 살아 있는 것은 죽어가기 시작했다. 거리는 시체와 그들이 남긴 분비물로 범벅이 되었다.

사흘째, 숲이 있는 모든 지역에 드론이 날아다니기 시작했다. 그들은 사흘 낮, 밤을 가리지 않고 움직이는 모든 것에 노란 액체를 뿜었다. 사람들은 피를 흘리며 쓰러지기 시작했다. 변종 에볼라 바이러스였다. 바이러스는 사람과 동물을 가리지 않고 공기를 통하여 쉽게 전염되었다. 감염된 대부분 인간이 사흘 안으로 죽었다.

엿새째, 지구는 이제 거대한 공동묘지가 되었다. 모든 죽은 것은 썩고 악취를 풍겼다. 잊혔던 전염병이 다시 창궐했다. 디프테리아, 성홍열, 장티푸스, 콜레라, 탄저병, 파라티푸스, 파상풍, 패혈증, 페스트가 만연하기 시작했다. 그리고 방사능과 독가스, 치명적 바이러스가 대륙 대부분을 덮었다. 오염물질은 바람을 타고 서서히 남쪽으로 내려가기 시작했다. 유일하게 남은 청정 대륙. 남극으로.

이레째, 지구는 누군가에 의해 완전히 초토화되었다. 국가 대부분은 기능을 잃었다. 무정부 상태의 폭력과 약탈이 만연했다. 수많은 사람이 매일 살해하고 살해되었다. 지구 생물 대부분이 멸족하였다. 인간도 예외 없이 극소수만 살아남았다. 공포가 모두를 통제하고 혼란과 반목, 약탈과 은둔, 반성과 냉혈함만이 남았다. 사람들은 이 〈종말의 일주일〉을 〈아마겟돈〉으로 부르기 시작했다.'

"어떻소? 박칠규님. 종말의 일주일 혹은 아마겟돈. 정말이지 놀랍지 않습니까? 제 아버님이 늘 꿈꿨고 나 또한, 내 아버지의 뒤를 이어 늘 소망하던 바로 그 미래가 이렇게 세세하게 한 치의 오차도 없이 묘사되어있다니, 정말이지 파벨이라는 사람은 신이 내게 준 선물과 같은 존재일 수밖에는요."

호오돈은 온화한 미소를 칠규에게 보냈다. 칠규는 그 순간, 치를 떨었다. 세상의 종말을 구현하려는 그의 사악한 미소가 칠규의 몸 구석구석을 따갑게 후벼팠다.

"하지만 당신은 10권의 파벨 예언서 중 고작 마지막 권 한 권만 가지고 있을 뿐입니다. 나머지 아홉 권의 예언서가 무엇을 의미하는지 전혀 모르고 지금 떠벌이고 있는 거예요. 호오돈 씨."

"뭐, 굳이 알 필요가 있을까요? 박칠규님. 어차피 내가 궁금해하던 모든 미래가 이 한 권에 담겨 있는데."

"마지막 권은 아직 일어나지 않은 미래지만 나머지 아홉 권은 이제 과거의 일이 되었습니다. 당신은 궁금하지 않으신가요? 아홉 권의 책에 담긴 모든 예언이 얼마나 정확하게 들어맞았는지?"

"음…. 듣고 보니 궁금은 하네요. 그래, 어떤가요? 모든 예언이 잘 들어맞았나요?"

"아뇨! 그 반대입니다. 상당수의 예언이 틀렸습니다!"

칠규는 쏘아붙이듯 호오돈을 똑바로 바라보며 외쳤다.

"하하하! 당신은 지금 그 말을 내가 믿으라는 건가요?"

호오돈은 당황한 듯, 억지웃음을 지으며 입술을 실룩거렸다.

"잘 들으세요. 호오돈 파더스 씨! 파벨 예언서를 쓴 마태오 신부는 책의 첫머리에 다음과 같은 글을 남기셨습니다."

'나는 여러 차례의 실험을 통해 마침내 확신하게 되었다. 선한 의지는 예정된 미래를 얼마든지 바꿀 수 있다.'

박칠규는 어금니를 굳게 꽉 깨물었다.

프리 버드

D-day 120일 전.

작전명 <프리 버드>

타겟 : 호오돈 파더스, 인공지능 <메두사>

위치 : 스네이크 아일랜드, 우주 정거장

핵 잠수함 〈킬러 44F〉는 남태평양 폴리네시아 삼각형 영역으로 빠르게 전진했다. 그 뒤를 은밀히 따르는 잠수함은 〈

부머 44K〉. 이는 아마겟돈, 즉 파더스가 정한 D-Day를 겨냥한 잠수함으로 〈수중 발사 탄도 핵미사일 : SLBM〉을 36발 장착하고 있다. 파더스의 암살 작전이 실패할 시, 〈상호 확증 파괴 : MAD〉 즉, 저항군 총사령관 송관홍이 발사 명령을 내리면, 함장과 부함장이 발사용 암호 코드를 맞춘 뒤 핵 선제공격으로 스네이크 아일랜드를 초토화하기 위한, 일종의 벼랑 끝 대안인 셈이다.

스네이크 아일랜드의 반대 방향, 즉 이스터섬에서 출발한, 또 한 무리의 전투함이 있었으니, EU 소속 메르켈 항모 전단으로 항공모함과 이지스 전투함 4척, 군수지원함 5척, 함재기 운용을 담당하는 항모비행단을 갖추고 있다. 그들의 역할은 적의 시선을 끌어, IMF 특수 요원을 태운 잠수함의 침투를 쉽게 하기 위함이었다.

그날, 하늘은 짙은 구름으로 덮여 언제 비가 쏟아져도 이상하지 않았으며 풍속 30노트의 강한 바람이 불고 있었다. 거친 파도를 헤치며 서서히 타겟 지점으로 나아가는 항모 전단에 대해, 파더스 소속 스네이크 아일랜드 방위 시스템은 이미 위성 추적 장치를 통해 파악하고 있었으며, 그에 대한 〈침해 대응 매뉴얼〉에 따라 수백 대의 전투 드론이 출격 준비를 하고 있었다.

한편, 고도 400km에서 초속 8km로 지구 궤도를 돌고 있는, 파더스 소유 4개의 우주 정거장 중 인공지능 〈메두사〉 중앙 시스템을 탑재한 것으로 추측되는 〈몬스터 13 FT〉 우주 정거장을 파괴하기 위한 가우타의 전투 인공위성들이 서서히 접근하고 있었다. 가우타는 이미 파더스 세력이 우주조약 즉, 지구 주변의 궤도에 핵무기 또는 기타 모든 종류의 대량 파괴 무기를 설치하지 않으며, 천체에 이러한 무기를 장치하거나 기타 어떠한 방법으로든지 이러한 무기를 외기권에 배치하지 아니할 것을 약속한 조약을 어겼으므로, UN 산하 지구 방위 협력체의 승인을 받아 둔 상태였다.

바다와 하늘에서 인간의 전쟁, 즉 파더스와 가우타의 치열한 대전이 임박했다면, 온라인상에서는 두 개의 인공지능이 치열한 해킹 전쟁을 시작했다. 송관홍의 〈카오스〉와 오타고스의 〈메두사〉. 카오스는, 메두사의 지령에 따라 움직이는 스네이크 아일랜드의 방위 시스템을 무력화하기 위하여 치열한 사이버 공격을 이어갔다.

파더스의 은신처로 알려진 스네이크 아일랜드는, 대륙의 그 어떤 곳보다 멀리 떨어져 있으며, 열세 개의 크고 작은 화산섬이 일렬로 마치 뱀처럼 구부정하게 끊긴 듯 연결되어 있다. 즉, 수면 위로 보이는 섬은 13개지만 수면 아래는 모두 하나로 연결되어 있다. 그리고 파더스의 수장 호오돈은, 측근조차 신뢰하지 않는 성격이었으므로, 지하에 13개의 같은 벙커를 만들어 수시로 옮겨 다녔다. 그러므로 스네이크 아일랜드에 침투할 IMF 요원들은 박칠규를 구출함과 동시에 모든 벙커를 뒤져야만 호오돈을 노려볼 수 있었다.

마침내 스네이크 아일랜드 동쪽 500km 지점까지 도착한 항모 전단은 전투기의 출격 준비를 마치고 공격 명령을 기다렸다. 아울러 가우타의 전투 인공위성도 궤도 폭탄을 장착하고 수시로 바뀌는 타겟에 대한 실시간 궤도 수정을 시작했다. 핵 잠수함 〈부머 44K〉는 적의 공격권에서 벗어나기 위해 심해로 내려갔다. 이제 핵 잠수함 〈킬러 44F〉만 파더스의 수중 레이더 감지 영역 가까이 도착하면 모든 준비 완료. 송관홍의 최종 공격 지시만 남는다.

하지만 그의 지시가 내리기도 전에 파더스는 선제공격을 단행했다. 수백 대의 전투 드론이 섬에서 이륙하여, 수면 가까이 비행하며 동쪽으로 날아갔다. 이를 감지한 총사령관은 즉시 항모 선장에게 공격 명령을 하달했다. 수십 대의 전투기가 순차적으로 날아올랐다. 그들은 채 1분도 되지 않아 마치 벌떼처럼 떼거리로 몰려오는 드론과 맞서 싸우기 시작했다.

우주에서도 파더스의 우주 정거장 몬스터가 선제공격하였다. 우주 정거장 적색구역에 은밀히 감추어 두었던, 수백 개의 소형 킬러 위성이 가우타의 전투 위성으로 돌진하였다.

킬러 위성은 기체폭탄을 탑재하고 있으며 가우타의 전투 위성이 미처 피할 새도 없이 그것들은 사정없이 위성의 몸체에 부딪혀 자폭하였다. 마치 일본의 가미카제 같았다. 당황한 가우타는 서둘러 철수 명령을 내렸다. 당황하기는 송관홍도 마찬가지였다.

그는 지금 당장 메두사의 방위 시스템을 무력화하기는 힘들 것으로 판단하고 함장에게 미사일 사용 권한을 위임했다. 즉, 스네이크 아일랜드에 함포 사격뿐만 아니라 전함이 보유한 모든 무기의 사용을 명한 것이다. 이는 섬에 포로로 잡혀있는 아버지 박칠규를 사망에 이르게 할 수도 있었다. 하지만 아버지와 아들은 이미 이 작전을 준비할 때부터 각오하고 있었다. 대의를 위해 어쩔 수 없다는 사실을.

잠시 후, 이지스 구축함에서 SM -7 미사일이 연속으로 여러 번 날아올라 섬으로 초속 4.7 킬로미터로 날아갔다. 하지만 섬의 미사일 방어 체제는 탄탄했다. 발사 섬광을 탐지한 조기경보레이더가 미사일을 포착하자, 레이저를 이용한 상승단계 요격을 시작하였다. 요격이 실패하거나 남아있는 미사일은, X-band 레이더와 추적 위성을 이용해 예상 궤도를 산출하고 곧바로 요격용 소형 미사일을 발사해 격추하였다.

전투 드론과 전투기의 공방전은 한 치 앞을 가름하기 힘들 정도로 막상막하였다. 하지만 드론의 숫자가 지나치게 많왔다. 일부 전투기들은 모든 탄환을 소진해 어쩔 수 없이 돌아갈 수밖에 없었다. 그러자 남은 전투기들은 점점 불리해져 갔다. 죽여도 죽여도 끝없이 달려드는 좀비처럼 드론들은 전투기를 따라다녔다. 결국 함장은 전투기의 후퇴를 명령하고 함포 사격과 기관총으로 맞섰다.

우주에서의 〈메두사〉 공격은 결국 무위로 돌아갔다. 대부분의 전투 위성이 심하게 손상되어 지상으로 서서히 곤두박질치고 있었다. 상황이 아군에게 불리하게 돌아갔다. 메두사의 방위 시스템을 무력화하지 않고는 지상의 공격도 무위로 돌아갈 수밖에 없었다. 송관홍의 고민이 커졌다. 우주 정거장에 데미지를 줄 방법이 쉽사리 떠오르질 않았다.

그런데 그 순간, 아군의 전투 위성 두 대가 떨어지며 서로 부딪쳐 산산조각이 나는 모습을 지켜보다 문득 영화 〈그래비티〉를 떠올렸다. 러시아가 자국의 위성을 미사일로 파괴하면서 그 잔해들이 연쇄 반응을 일으켜 다른 위성들을 파괴하는 것. 지금 우주 정거장은 28,000km/h 의 속도로 이동한다. 즉, 90분마다 지구를 한 바퀴 돌며, 하루에 16번의 일출과 일몰을 경험한다. 송관홍은 즉시, 작동할 수 있는 전투 위성에게 손상된 우리 전투 위성을 파괴하는 공격 명령을 내렸다.

결과는 대성공이었다. 수십 대의 전투 위성 파편들이 흩어졌다 뭉치기를 반복하며 흉기로 변해 거대한 우주 정거장을 덮치기 시작했다. 우주 정거장의 태양 전지판이 떨어져 나가고 트러스 구조도 휘기 시작했다. 핵심 모듈들과 도킹 포트까지 찢겨 나갔다. 송관홍은 이때를 노려 함장에게 공격 명령을 다시 전달했다. 전투기가 다시 출격하고 미사일이 연속으로 불을 뿜었다.

스네이크 아일랜드의 방위 시스템이 풀려버리자, 섬은 그야말로 쑥대밭이 되고 말았다. 삽시간에 13개의 섬이 화염으로 불타올랐다. 이 장면을 지켜보던 아군의 잠수함이 마침내 섬 가까이 이동하기 시작했다.

함장의 공격 중지 명령이 떨어지자마자 수면으로 떠 오른 킬러 잠수함에서 다국적 IMF 요원들이 일인용 잠수함으로 갈아타고 섬을 향해 쏜살같이 달리기 시작했다. 그들 중에는 김종국 팀장 소속 강민영, 박선영, 김추자 요원들도 있었다. 그들은 박칠규 구출 임무를 맡았다. 다른 IMF 요원들은 파더스, 오타고스를 체포 혹은 살해하기 위함이었다.

특수 요원들은 섬 가까이 다가가자 각자 맡은 구역에 따라 13개의 섬으로 나뉘어 상륙을 시도했다. 그들은 해변 가까이에 잠수함을 고정하고 잠수복과 산소통을 매고 은밀히 물밑으로 접근하였다. 김종국 팀원들은 박칠규가 갇혀 있는, 스네이크 아일랜드에서 가장 큰 섬인 제4섬으로 무사히 잠입에 성공했다. 하지만 대공습에도 살아남은 파더스 졸개들의 저항도 만만치 않았다. 한바탕 물고 물리는 치열한 접전이 해변에서 벌어졌다.

한편, 그 시각, 전세의 불리함을 느낀 파더스는 칠규를 인질로 데리고 오타고스가 끌고 온 잠수정에 몸을 실었다. 잠수정은 빠르게 해변을 벗어나 도망치기 시작했다. 칠규는 낭패감이 들었다. 만약 잠수정이 심해로 내려간다면 호오돈과 오타고스를 잡기는 힘들어 보였다. 하지만 그는 지금 총을 든 선원들의 감시하에 꼼짝할 수 없는 상태였다. 칠규는 다시 한번 어금니를 꽉 깨물었다.

칠규의 위치를 확인한 송관홍은 순간 당황했다. 섬 내에 있어야 할 아버지가 섬 바깥으로 좌표가 찍힌 것이다. 그는 이 사실을 즉시 김종국 팀장에게 알렸다. 김종국 팀원들은 해변에서의 교전에서 천천히 물러나 다시 바다로 뛰어들어 일인용 잠수함에 각자 탑승했다. 김종국 팀장을 선두로 그들은 박칠규의 위치가 찍힌 좌표로 나아갔다.

한편, 칠규는 감시 선원 뒤에 매의 눈으로 그를 지켜보고 있는 인물을 주시했다. 이반이었다.

"이반! 거기 숨지 말고 이리 나와보지! 할 말이 있다네!"

칠규는 이반에게 큰 소리로 외쳤다.

"누가 숨었다는 거야! 이 개자식아! 그저 너의 대가리에 총구멍을 내고 싶을 뿐이다!"

이반은 지지 않고 칠규에게 되받아쳤다.

"이반! 잘 들어! 너는 지금 너의 어머니 실비아를 죽인 놈을 위해 일하고 있는 거야!"

"그래! 말 잘했다! 나는 오타고스님을 위해 내 목숨을 바칠 생각이다! 왜냐구? 내 어머니는 나를 버렸지만, 오타고스님은 나를 감옥에서 빼내고 나를 러시아 마피아의 위협에서 지켜주신 분이거든! 자 그럼 나는 누굴 위해 살아야 할까? 응? 이 쥐새끼 같은 놈아!"

"이반! 그건 너의 착각이야! 너를 감옥에서 빼낸 이유는 너의 어머니 실비아를 유혹해 나를 잡기 위함이었어! 너는 그저 도구에 불과 했던 거야!"

"그래서? 응? 그래서 실비아는 죽었고…. 내가 도구라면 이제 쓸모가 없을 텐데 왜 오타고스님은 나를 여전히 곁에 두고 계신 거지? 응? 이 멍청이야!"

"오타고스는 파더스의 꼭두각시일 뿐이고 너는 오타고스의 꼭두각시일 뿐이야! 꼭두각시가 뭔 줄 알아? 그냥 소모품이야! 그러니 제발 정신 차리라고!"

"이 개새끼가!"

이반은 성큼성큼 칠규에게 다가오더니 멱살을 움켜쥐고 사정없이 주먹을 날렸다. 퍽 퍽 퍽 퍽. 잘생긴 칠규의 얼굴이 삽시간에 울퉁불퉁해지더니 코와 입에서 피가 흘러내렸다.

"이반, 네 어머니 실비아는 너를 한순간도 버린 적이 없어. 실비아가 왜 프랑스 변태 놈에게 팔려 간 줄 알아? 너의 수술비 때문이었어. 너의 심장 수술 말이야!"

칠규는 피가 잔뜩 묻은 침을 뱉어내며, 씩씩거리는 이반에게 속삭였다.

"그리고 너가 완치된 몸으로 세상에 나왔을 때는 실비아는 살인죄로 감옥에 있었고. 그녀가 특수 요원이 되어 한 첫 번째 일이 뭐겠어? 너를 찾는 거였어! 너 말이야!"

이반은 아무 말 없이 칠규의 멱살을 놓고 천천히 돌아서 나갔다. 그런데 이반의 모습이 사라진 그 순간, 꽝 하며 잠수함이 크게 요동치며 비상 사이렌 소리가 귀가 따갑게 울렸다. 김종국 팀원들이 파더스의 잠수함을 발견하고 동력을 끊기 위해 함미쪽 프로펠러를 요격한 거였다. 칠규는 이때다 싶어 쓰러진 감시 선원의 총을 빼앗아 그들을 겨냥하며 외쳤다.

"죽기 싫으면 총 내려나!"

선원들은 총을 바닥에 내려놓고 두 손을 든 채, 천천히 뒤로 물러났다. 칠규는 자신이 갇혀 있던 좁은 방에 그 선원들을 밀어 넣었다. 그리고 문을 닫고 잠금쇠를 채웠다. 잠수정 내부는 혼란의 도가니였다. 귀청이 따갑도록 사이렌은 울려 대고 붉은 점멸등은 곳곳에서 내부를 어지럽게 비추었다. 그리고 함미쪽에는 바닷물이 들어오는지 요란한 물소리도 들렸다. 상당수의 선원은 바닷물의 유입을 막기 위해 애를 쓰고 있었다.

칠규는 잠수함의 중앙 상부 타워 쪽으로 총을 겨눈 채 천천히 이동했다. 그는 승무원 생활 구역을 빠져나와 기계실을 거쳐 제어실 쪽으로 갔다. 그의 예상대로 제어실에는 호오돈과 오타고스가 선장과 함께 있었다. 칠규는 오타고스를 향해 총을 발사했다. 총알은 오타고스의 허벅지를 관통했다. 픽하며 오타고스가 쓰러짐과 동시에 호오돈은 달아나고 선장은 자신의 총을 꺼내 칠규에게 반격했다. 하지만 선장은 칠규의 상대가 되지 못했다.

총을 든 선장의 팔이 피를 뿜었다. 선장은 총을 떨어뜨리고 괴로운 듯 손을 감싼 채 뒹굴기 시작했다. 칠규는 주위를 살피며 천천히 오타고스에게 다가갔다. 그런데 그 순간, 잠수함이 다시 한번 휘청거렸다. 모서리에 부딪힌 칠규는 그만 총을 놓치고 말았다. 칠규가 다시 총을 주우려는 순간 익숙한 목소리가 들려왔다.

"동작 그만!"

이반이었다. 그는 선장의 총을 주워 칠규에게 총구를 겨냥한 채 째려보고 있었다. 이때, 오타고스가 그의 허벅지를 움켜잡으며 크게 외쳤다.

"이반! 저 녀석을 쏴 버려! 쏘란 말이야! 쏴!"

하지만 이반은 망설였다. 총구는 칠규를 향했지만, 방아쇠를 쉽게 당기지 못하고 있었다. 그러자 화가 난 오타고스가 마구 소리 질렀다.

"야이 병신 머저리 같은 놈아! 그냥 쏴 버려! 쏘란 말이야! 이 쪼다 같은 놈아!"

결국, 이반은 방아쇠를 당겼다.

'땅!'

총알은 오타고스의 목에 정확히 명중했다. 그는 뿜어져 나오는 피를 두 손으로 움켜쥐며 헐떡였다. 칠규는 떨어진 자신의 총을 줍고는, 멍하니 서 있는 이반을 와락 껴안았다. 그리고 속삭였다.

"고맙다 아들아, 네 어머니가 남긴 유언은 너를 끝까지 지켜달라는 거였어."

잠수정은 이제 완전히 동력을 상실한 채, 물 위에 잠긴 채, 둥둥 떠다녔다. 그리고 선내에는

바닷물이 거세게 들어와 칠규의 무릎까지 잠긴 상태였다. 전의를 상실한 선원들은 서둘러 타워를 통해 바깥으로 탈출하고 있었다. 하지만 칠규는 호오돈을 잡기 위해 선내를 뒤지고 있었다.

칠규가 생명 유지 구역으로 들어갔을 때 그는 물에 반쯤 잠긴 채, 벌벌 떨고 있는 호오돈을 발견했다. 칠규는 그에게 총구를 겨누며 외쳤다.

"호오돈 파더스! 너도 알고 있겠지! 더 이상 숨을 곳은 없다! 체포에 응하겠는가?"

호오돈은 새파랗게 변한 입술로 알 듯 말 듯 한 미소를 지으며 고개를 끄덕였다. 하지만 칠규가 그의 손을 잡는 순간, 호오돈은 감추고 있던 칼로 칠규의 손을 그었다. 칠규는 갑작스러운 공격에 그만 총을 놓치고 말았다. 두 사람은 물속에 있는 총을 서로 차지하기 위해 격렬한 몸싸움을 벌였다. 어느새 주위가 칠규의 피로 붉게 물들었다. 그리고 선내의 물 수위는 점점 더 올라가 가슴팍까지 닿았다.

다행히 총을 먼저 발견한 칠규는 호오돈에게 한 방을 날렸다. 총알은 호오돈의 어깨를 관통하였고 그는 신음을 내며 칼을 떨어뜨렸다. 칠규는 호오돈에게 총구를 다시 겨누고 외쳤다.

"호오돈! 이제 발버둥 쳐도 소용없다! 죽고 싶지 않으면 포기해라!"

하지만 호오돈은 그저 껄껄거리며 웃고만 있었다. 그리고 빈정거리듯 말했다.

"박칠규! 이 바보 같은 놈아! 너는 그저 껍데기에 놀아나고 있는 거야! 하하하! 이 늙은 빠진 육신 덩어리! 아무 쓸모 없이 그저 아프고 고통스러운 이것 말이야! 너는 무슨 말인지 전혀 감이 안 오지? 나의 정신과 마음, 나의 야망과 역사는 이미 메두사에 마인드 업로딩 되었단 말이지! 그래도 모르겠지? 이놈아! 즉, 나는 불멸의 영생을 얻었단 말이야! 알겠냐! 그러니 이 껍데기의 목적은 단 하나였지! 나의 유일한 적, 너의 자식이 태어나지 않게 하는 것! 알겠어? 바로 내가 그토록 염원하던 순간이 바로 지금이야! 알겠어? 너는 지금 나와 함께 죽는 거야! 그러면 이 세상에 나에게 대적할 인간은 영원히 사라지는 거지!"

바닷물은 이제 거의 목까지 차올랐다. 호오돈은 가쁘게 숨을 몰아쉬며 말을 끝맺더니 물속으로 들어갔다. 하지만 박칠규가 그를 붙잡고 다시 물 밖으로 꺼냈다. 칠규는 거친 숨을 쉬며 호오돈에게 속삭였다.

"너야말로 바보 멍청이야! 내 아들은 이미 태어났고 지금 총사령관이 되어 이 작전을 진두지휘하고 있단 말이야! 알겠어?"

"웃기는 소리! 너에게 그렇게 장성한 자식이 있단 말이야? 이 루저 새끼야!"

"그래, 나는 루저다. 너는 멍청한 노인네고. 내 아들이 누군지 알아? 너가 그렇게 끌어들이고 싶어 했던, 최고의 인공지능 전문가 송관홍 박사다. 알겠냐? 이 멍청이야! 그러니 너의 그 조잡한 메뚜기인지 메두사인지 하는 그놈의 인공지능은 제대로 임자 만난 셈이지! 알겠냐? 앞으로 감옥에서 영생불멸의 삶을 누리도록!"

칠규는 거의 천장까지 차오른 물에서 호오돈을 끌어안은 채, 헐떡이며 방을 빠져나왔다. 그리고 그때, 그의 눈앞에 잠수복을 입은 김종국 팀원들과 마주쳤다.

◆◆◆

칠규는 김종국의 도움으로 무사히 잠수정을 빠져나와 고무보트에 올랐다. 그가 고무보트에 오르자마자 잠수정은 기이한 소리와 물거품을 내며 가라앉았다. 칠규의 옆에는 호오돈이 수갑을 찬 채, 끙끙거리며 드러누워 있었다. 김추자 요원이 칠규의 다친 손에 소독약을 바르고 방수 밴드를 바른 뒤, 호오돈의 어깨에도 임시 치료를 하였다.

"혹시 이반은 어떻게 되었나요? 구출하였습니까?"

칠규가 김종국에게 걱정스러운 표정으로 물었다.

"네. 안심하십시오, 이미 다른 보트에 태워 후송 중입니다."

"고맙습니다. 김 팀장님."

"이반이 오타고스를 죽였다고 들었는데. 사실인가요?"

김 팀장의 물음에 칠규는 미소를 지으며 고개를 끄덕였다.

"제 아들이니까요."

그때, 저 멀리 스네이크 아일랜드에 엄청난 폭음이 터지며 섬 전체가 불구덩이에 휩싸였다. 그 광경을 칠규와 IMF 요원들이 경외의 눈으로 바라봤다.

"혹시 메두사에 대한 소식은 알고 있나요?"

칠규의 물음에 김 팀장은 호오돈을 바라보며 자랑스럽게 말했다.

"물론 알고 있습니다. 4개의 우주 정거장 모두 파괴되었습니다. 즉, 메두사는 사라진 셈이죠."

그 말을 들은 호오돈의 얼굴이 점점 더 일그러지기 시작했다.

"그럼, 김 팀장님, 저희는 이제 휴가 갈 수 있는 거예요?"

박선영 요원이 환하게 웃으며 김 팀장을 바라보며 애원하듯 물었다.

"만약 휴가 간다면 우리 스페인 알리칸테로 가는 거 어떨까요? 거기 해변도 죽여주고 〈난킹〉 레스토랑 짜장면도 끝내주는데…."

박칠규가 손을 번쩍 들고 제안을 했다.

"아! 글쎄, 이게 휴가라고 해야 할지???"

하지만 김 팀장은 머쓱한 표정으로 그의 요원들을 번갈아 쳐다봤다. 강민영, 박선영, 김추자, 박칠규의 눈이 모두 김 팀장에게로 쏠렸다.

“그럼?”

“좀 지나치게 멀리 가야 할 듯합니다. 그러니까…. 우주 왕복선을 타고 달기지로 갈 겁니다.”

“달로요?”

네 사람이 놀란 듯 서로를 쳐다봤다. 김 팀장은 다시 호오돈을 쳐다보며 말했다.

“달 식민지에 호오돈의 자식들과 그의 잔당들이 숨어 있습니다. 그들을 잡으러.”

요원들이 모두 실망한 표정으로 바뀌었다.

“아 그리고 박칠규님은 훈련소로 가셔야 할 듯합니다.”

“네? 또 훈련소로요?”

“네. 이번에는 우주인 기초 훈련을….”

박칠규는 속으로 투덜거렸다.

‘에구구 끝없는 훈련이구먼…. 특수 요원 되기 더럽게 힘드네.’

고무보트 뒤로 2대의 잠수함이 거대한 위용을 자랑하며 따라왔다.

바티칸의 최종병기

초판 1쇄 인쇄 2025년 8월 25일
초판 1쇄 발행 2025년 8월 31일

지은이 남킹
펴낸이 박세현
펴낸곳 서랍의 날씨

기획 편집 곽병완
디자인 김민주
마케팅 전창열
SNS 홍보 신현아

주소 (우)14557 경기도 부천시 조마루로 385번길 92 부천테크노밸리유1센터 1110호
전화 070-8821-4312 | **팩스** 02-6008-4318
이메일 fandombooks@naver.com
블로그 http://blog.naver.com/fandombooks

출판등록 2009년 7월 9일(제386-251002009000081호)

ISBN 979-11-6169-359-0 (03810)

서랍의날씨는 **팬덤북스**의 가정/육아, 문학/에세이 브랜드입니다.